AF214639

Eigentlich will die junge Istanbuler Journalistin Pelin nur für einen Promi-Mordfall in dem kleinen Küstendorf am Schwarzen Meer recherchieren. Dann lernt sie den älteren Ahmet kennen, einen Eigenbrötler, der vor jeder Berührung zurückschreckt. Mit dem Erzählen von Geschichten gelingt es ihm jedoch, die junge Frau für sich einzunehmen. Als er die Lebensgeschichte seines Zwillingsbruders Mehmet erzählt, erwacht auch in Ahmet die Sehnsucht nach der Liebe. Gemeinsam arbeiteten sie vor vielen Jahren in Russland, wo sein Bruder sich in eine traumhaft schöne Frau verliebte. Doch damals wurde Mehmet aus rätselhaften Gründen verhaftet. Er sollte seine Geliebte nie wiedersehen …

ZÜLFÜ LIVANELI wurde 1946 in Konya-Ilgın in der Türkei geboren. In den 70er Jahren war er wegen seiner politischen Anschauungen gezwungen, die Türkei zu verlassen, erst 1984 kehrte er zurück. Als Mitglied des türkischen Parlaments setzte er sich besonders für die türkisch-griechische Aussöhnung ein. Als Liedermacher, Schriftsteller und Regisseur ist Livaneli einer der bekanntesten Künstler der Türkei und feiert international große Erfolge. Seine Bücher wurden in zahlreiche Sprachen übersetzt. Für sein Werk erhielt er zahlreiche Auszeichnungen, darunter den renommierten »Orhan-Kemal-Literaturpreis«.

Zülfü Livaneli

Schwarze Liebe, Schwarzes Meer

Roman

Aus dem Türkischen
von Gerhard Meier

btb

Die türkische Originalausgabe erschien 2013 unter dem Titel
»Kardesimin Hikâyesi« bei Doğan Kitap, Istanbul.

Verlagsgruppe Random House FSC® N001967

1. Auflage
Genehmigte Taschenbuchausgabe März 2017,
btb Verlag in der Verlagsgruppe Random House GmbH,
Neumarkter Str. 28, 81673 München
Copyright © der Originalausgabe 2013 by Omar Zülfü Livaneli
Copyright © der deutschen Ausgabe 2015 by J.G. Cotta'sche
Buchhandlung, Nachfolger GmbH, gegr. 1659, Stuttgart
Umschlaggestaltung: semper smile, München nach einem Entwurf
von Anzinger/Wüschner/Rasp, München unter Verwendung eines
Fotos von © plainpicture/bildhaft
Druck und Einband: GGP Media GmbH, Pößneck
mr· Herstellung: sc
Printed in Germany
ISBN 978-3-442-71437-7

www.btb-verlag.de
www.facebook.com/btbverlag
Besuchen Sie auch unseren LiteraturBlog www.transatlantik.de

Der Mensch
Ein Tropfen Blut und tausend Sorgen
Saadi, im 13. Jahrhundert

Mein König, du hast mir das Leben geschenkt,
dafür aber meine Geschichten gestohlen. Nur in ihnen
jedoch konnte ich leben. Nun, wo sie zu Ende gehen,
ist auch meine Geschichte vorbei.
Intizar Husain, *Scheherazades Tod*

Ich

1
Ein seltsamer Morgen,
die junge Journalistin, Kerberos

Es mag sich unwahrscheinlich anhören, doch schon beim Aufwachen wurde mir klar, dass ich gleich etwas Besonderes erfahren würde. In dem einsamen Dorf am Schwarzen Meer verlief ein Tag wie der andere, und kaum einmal geschah etwas, worüber die Leute sich aufregten. So hätte auch jener Tag still vergehen können, doch nein, ich fühlte, es würde etwas passieren. Dass ich von einem Mord hören würde, wusste ich natürlich nicht. Ich war noch nicht aufgestanden und sah mit geschlossenen Augen den violetten Kaninchen zu, die blitzschnell hin und her sausten und dabei Leuchtspuren hinter sich herzogen.

Die Kaninchen waren noch flinker als sonst. Sie flitzten von Felsen zu Felsen und hielten es nirgends eine Sekunde lang aus, und eigentlich sah ich nur noch diese Lichtstreifen, die mich an die Krimis erinnerten, in denen der Tresor einer Bank mit Infrarotstrahlen geschützt ist, die der Filmheld nur mit einer Spezialbrille sieht. Die Spuren der Kaninchen aber waren violett, das weiß ich noch genau.

Da klingelte das Telefon. Als ich abhob, plärrte mir Hatice ins Ohr, die Frau, die ein paarmal pro Woche bei mir den Haushalt besorgte. »Es ist furchtbar! Ganz ganz furchtbar!«

Wenn jemand mit furchtbarer Stimme »Furchtbar!« ruft, gibt es etwas zu fürchten, so viel war mir klar, und als Erstes fiel mir mein Zwillingsbruder Mehmet ein. Eine Weile hörte ich der Frau zu, und als sie sich beruhigt zu haben schien, fragte ich, was denn so furchtbar sei.

»Ja haben Sie denn das mit Arzu nicht gehört?«, fragte sie schluchzend.

»Was denn?«

Erst wollte sie es gar nicht erzählen, aber dann sah sie wohl ein, dass es Unsinn war, etwas als furchtbar zu bezeichnen und dann nicht mit der Sprache herauszurücken. Beinahe flüsternd sagte sie: »Arzu ist umgebracht worden!«

Ich überlegte, wie man in so einem Fall reagiert. Normalerweise taten Menschen ihr Bedauern kund, wenn sie vom Tod eines Bekannten erfuhren. Irgendetwas in dieser Richtung musste ich also sagen, nur hatte ich meist Schwierigkeiten mit der Dosierung.

Ich war mit Arzu näher bekannt und hatte sie sogar vor sieben, acht Stunden zum letzten Mal gesehen. Sollte ich also losweinen, entsetzt aufschreien, lamentieren? Womöglich war es angezeigt, alles zugleich zu tun? Aber wie, und wie lange?

Aus meinem Schweigen rettete ich mich erst einmal heraus, indem ich einen Seufzer von mir gab. Das schien mir noch nicht genug, und so ließ ich ein »Entsetzlich!« folgen.

»So etwas von entsetzlich! Wie ist es denn passiert?«

Neugierde ist schließlich auch ein Gefühl, und wenn Menschen gewöhnlich von einem Mord erfahren, sind sie auf Details aus.

»Gestern Abend war eine Party bei ihr …«, fing Hatice an. Das wusste ich, ich war ja selbst den ganzen Abend dort gewesen, mit Arzu in ihrem roten Trägerkleid, das die braungebrannten Schultern freiließ, mit ihrem Mann Ali und den Gästen aus Istanbul. Es war ein Sommernachtsfest und der Jasminduft im Garten so intensiv, dass er uns auf der Haut haften blieb.

»Und als die Party zu Ende war, ist Ali den Gästen bis zur Straße vorausgefahren.«

Auch das wusste ich, denn ich war kurz danach heimgegangen und hatte mich sofort schlafen gelegt. Von Podima, unserem Dorf also, hinauf zur Straße nach Istanbul zu finden, ist für einen Ortsfremden in der Nacht eine ziemliche Herausforderung. Da kann es passieren, dass man bis in den Morgen hinein auf verzweigten Wegen an dunklen Feldern vorbeikurvt und sich irgendwann in Ufernähe im Sand festfährt. So ließ es sich Ali in der Regel nicht nehmen, seinen Gästen nach dem Abschied vorauszufahren und sie bis zur Hauptstraße hinaufzubegleiten.

»Als Ali eine halbe Stunde später zurückgekommen ist, war noch überall Licht an. Er hat im Garten ein paarmal nach Arzu gerufen und ist dann ins Haus. Und da hat er dann … mein Gott …«

Meines Erachtens gab die Frau recht seltsame, röchelnde Geräusche von sich, doch es wäre nicht statthaft gewesen, darüber zu lachen. So wartete ich einfach ab.

»Entschuldigen Sie bitte, aber ich bin noch ganz mitgenommen …«, brachte sie schließlich heraus. »An der Treppe hat er sie gefunden, blutüberströmt. Sie ist erstochen worden, die arme Frau. Bis ins Wohnzimmer ist ihr Blut gelaufen. Wer konnte ihr bloß so etwas antun? Gott möge ihn strafen und in der Hölle braten lassen!«

»Wer war es denn?«

»Das weiß man noch nicht. Die Polizei hat einige verhört,

und auch ein Staatsanwalt ist da, glaube ich. Und es wimmelt von Journalisten. Ich bin ja nur eine einfache Frau, ich verstehe von alledem nichts.«

Diese Geschichte begann am Morgen des 11. Juni 2011.

Nach dem Telefongespräch mit Hatice streckte ich mich wie eine Katze und machte mir einen Kaffee. Zum Frühstück hörte ich Melody Gardot, die mir wie jeden Morgen mit ihrer rauchigen Stimme zuraunte »Your heart is as black as night«. In dem Bestreben, die Gefühle der Menschen zu begreifen und zu erlernen, höre ich viel Musik, doch ertrage ich kaum etwas anderes als Alben im Stil von Melody Gardot, denn der Rest ist mir zu schmalzig. Irgendwo hat meine Geduld für die Gefühlsduselei der Menschen ihr Ende.

Abgesehen von der Küche gab es in meinem Haus nur ein einziges Zimmer, das nicht als Bibliothek gestaltet war. Neben einem breiten, bequemen Bett stand dort ein Schrank, in dem Hatice meine Kleider nach sorgfältigem Bügeln in einer ganz besonderen Ordnung verstaute. Nicht nur für Unterwäsche und Socken, sondern auch für Hosen, Hemden, Gürtel, Krawatten, Jacken und Anzüge gab es entsprechende Schubläden und Fächer, in denen die Kleidung danach eingeteilt war, wie viel Wolle oder Baumwolle sie enthielt und inwieweit sie einen vor Kälte oder Hitze schützte. Jeden Morgen blickte ich als Erstes auf das Display, das mir die Außentemperatur anzeigte, und wählte demgemäß meine Kleidung aus. Wenn es etwa 22° hatte, zog ich etwas anderes an als bei 19°. Meine Garderobe war in Fünf-Grad-Schritten organisiert, sodass ich immer wusste, was ich zu wählen hatte. An den Hosen etwa waren von 0° bis 30° reichende Etiketten angebracht, und mit dem Rest meiner Kleidung verhielt es sich ebenso. Das bedeutete keineswegs, dass ich reich gewesen wäre, denn als Ingenieur in Rente musste ich ziemlich haushalten. Meine Kleider waren alt, aber durch gute Pflege noch immer in Schuss.

Die Bibliothekszimmer waren mit Stühlen, Sesseln und Tischchen möbliert; in einem stand eine Bettcouch, in einem anderen der »Liebling«. Auf der Bettcouch hatte bisher nur mein Bruder Mehmet geschlafen, andere Gäste hatte ich noch nicht gehabt. Was es mit dem »Liebling« auf sich hatte, einem nach Plänen aus dem Internet von mir gebauten Gerät, erklärt sich später.

Als mir an jenem Morgen eine Temperatur von 25° angezeigt wurde, zog ich ein dünnes blau-graues Hausgewand an, setzte mich im Obergeschoss in einen Sessel und dachte nach. Dass eine Bekannte von mir umgebracht wird, war mir noch nie passiert, in all den Jahren nicht, seit ich in diesem Dorf an der Küste ein neues Leben führte.

Ich holte das Heft hervor, in das ich mir hin und wieder Gedanken notierte, und schrieb Folgendes hinein:

Da wir den Menschen nicht nur als rein biologisches Wesen ansehen, sondern seine Existenz mit allerlei hohen Begriffen überfrachten, begreifen wir nicht, dass mit dem Blut auch das aus dem Körper tritt, was wir »Seele« nennen, und dass der Mensch damit ganz einfach tot ist. Die Tiere begreifen den Tod, der Mensch begreift ihn nicht. Die sogenannte Seele entweicht dem für jegliche Verwundung anfälligen Menschenkörper innerhalb einer Sekunde, und das erschüttert die Mitmenschen ganz und gar. »Mein Gott, vor ein, zwei Stunden war er noch quicklebendig und hat gelacht, wie kann es da plötzlich mit ihm aus sein?« Das übersteigt unseren Verstand und ist mit nichts von dem zu vereinbaren, mit dem wir unser Dasein überhöhen. Soll denn alles sinnlos sein? Meiner Ansicht nach

ja! Da ist nämlich nichts. Wir mühen uns ab, dem Menschen
eine Bedeutung zu verleihen, die über seine biologischen Funk-
tionen hinausgeht, denn das Nichts kommt uns hart an.

Dann warf ich Heft und Stift auf das Tischchen. Was mir gerade noch blendend erschienen war, verlor auf dem Papier
seinen Glanz, ja wirkte geradezu klischeehaft. Ich strich es
trotzdem nicht, denn lesen würde es ohnehin keiner.

In dieser Verfassung war ich, als es klingelte. Ich sah auf die
Uhr: 11.14 Uhr. Seit ich von dem Mord erfahren hatte, waren
knapp zwei Stunden vergangen, in denen ich nur gegrübelt
und mir Fragen gestellt hatte, die ich nie würde beantworten
können.

Wieder klingelte es.

Wer konnte das sein? Die Gendarmerie? Der Staatsanwalt? Trat der bei Mordfällen sofort in Aktion, oder wurden
die ersten Verhöre von der Polizei durchgeführt? Da ich am
Vorabend in dem Haus gewesen war und das Opfer als einer
der Letzten gesehen hatte, würde ich wohl auch vernommen
werden. Nun, falls mir jemand irgendwie gefährlich werden
sollte, würde mich Kerberos warnen, mein Hund, der draußen angekettet war.

Mir fiel auf, dass ich die als »schön und aufreizend« gel-
tende Frau im Geiste schon nicht mehr »Arzu« nannte, sondern »das Opfer«. So würde sie auch in den Gerichtsakten
genannt werden.

Ich nahm das zerfledderte Notizheft wieder an mich und
schrieb hinein, wir wüssten alle, dass wir sterben müssten,
aber keinem käme in den Sinn, einmal ermordet zu werden.
Millionen von Babys werden bei der Geburt freudig begrüßt,
doch denken die Eltern nie daran, dass ihr Kind ab jenem

Augenblick schon altert und zum Tode verurteilt ist. Und erst recht fällt niemandem ein, sein Baby könne einmal umgebracht werden, bei einem Unfall sterben, hingerichtet werden oder im Krieg umkommen. Dabei sind dies alles Dinge, die Menschen passieren. Im Lauf der Geschichte sind Milliarden von Menschen nicht auf »normale« Weise gestorben, sondern umgebracht worden, und dazu gehörte nun auch Arzu.

An meiner Tür wurde noch immer geklingelt, aber ich machte nicht auf. Zu mir ins Haus durften nur wenige Leute. Dazu zählte vor allem die aus dem Dorf stammende Hatice. Ihr Mann arbeitete bei Arzu als Gärtner, und ihr vierzehnjähriger Sohn Muharrem, ein riesiger Kerl, ging mal dem Vater, mal der Mutter bei der Arbeit zur Hand. Ihn hatte ich als Zweiten ins Haus gelassen, denn ich sollte ihm unbedingt Englisch beibringen. Darauf ließ ich mich notgedrungen ein, denn eine Haushälterin, die meine penible Ordnung so anstandslos respektierte wie Hatice, würde ich so schnell nicht wieder finden, und so kam er nun einmal in der Woche zu mir.

Mit dem Lernen tat er sich schwer, denn von dem, was man gemeinhin Intelligenz nennt, hatte er nicht viel mitbekommen. Daher war er auch von der Schule geflogen. Er war mit irgendeiner Gehirnkrankheit geplagt; ganz genau wollte ich es nicht wissen. Trotz seiner Grobschlächtigkeit machte er einen gutmütigen Eindruck, doch sein seltsam fliehender Blick war ehrlich gesagt nur schwer zu ertragen.

Das Klingeln war äußerst hartnäckig. Da wollte jemand wirklich nicht lockerlassen, aber mich brachte das keineswegs aus der Ruhe.

Als ich vor Jahren auf der Flucht vor dem Istanbuler Trubel zum ersten Mal nach Podima gekommen war, hatte ich ein zweistöckiges Haus gesehen, das zum Verkauf stand. Es war so billig, dass ich es auf der Stelle kaufte. Dem Vorbesitzer hatte genau wie mir der Sinn danach gestanden, möglichst allein zu sein. Er wäre liebend gern Schriftsteller gewesen, hatte es aber anscheinend lediglich geschafft, einen Band mit Erzählungen auf eigene Kosten herauszubringen. Wie es um ihn stand, war leicht an den zu Hunderten in einer Ecke gestapelten Ausgaben seines Buches *Meine Träume und ich* zu erahnen, auf deren Umschlag die ungelenke Zeichnung einer Meerjungfrau prangte. So ganz allein mit seinen Träumen hatte er jede Wand seines Hauses mit Bücherregalen ausgestattet und unter Tausenden von Büchern bis zu seinem Tod dahingelebt, ohne sein Heim öfter als nötig zu verlassen. So schlug mir denn, als ich das Haus zum ersten Mal betrat, der modrige Geruch alter Bücher entgegen. Das bestärkte mich erst recht darin, das Haus zu kaufen, denn ich hatte nichts anderes vor, als den Rest meines Lebens lesend und schreibend zu verbringen. Trotz meiner bescheidenen Mittel vermochte ich es jedoch, die Bücherregale in meinem Sinne umzugestalten.

Fast das ganze Hausinnere wurde durch Stahlregale in einzelne türlose Räume aufgeteilt. Lediglich ein Zimmer im Erdgeschoss ließ ich für die Besuche meines Bruders Mehmet mit einer Tür, einer Bettcouch und einem Bad versehen. Die Bücher, fast durchgehend literarische Werke, wurden nach einer strengen thematischen Ordnung auf die Räume verteilt. An jedem Eingang hing ein Schild, auf dem ich mit einem Architektenstift fein säuberlich das jeweilige Thema geschrieben hatte:

Rachezimmer
Eifersuchtszimmer
Liebeszimmer
Geschlechtszimmer
Kriegszimmer
Selbstmordzimmer
Mordzimmer

Zu meinem täglichen Training gehörte es zu lesen. Unter Literatur verstand ich allerdings nicht jede Art von Werk, und so standen im Mordzimmer etwa keine Krimis, sind diese doch nicht auf die Ergründung der menschlichen Seele ausgelegt, sondern nur auf die Neugier, die man einem Verbrechen entgegenbringt, sodass sie mich in ihrer Eindimensionalität nicht interessierten. Mir kam nur ins Haus, was die Innenwelt des Menschen und seine Lebensumstände betraf.

Ich wollte erfahren, was Menschen in bestimmten Situationen empfinden. Was fühlen sie, wenn sie jemanden lieben, das alles musste ich wissen, denn wenn ich auch fort von Istanbul war, lebte ich doch noch immer unter Menschen, was nicht möglich war, ohne sie zu verstehen. Und solche Erkenntnisse konnte ich einzig durch die Literatur erlangen.

Zu Anfang hatte ich mir Beistand von Psychologie, Philosophie und Wissenschaft erhofft, doch vergebens. Auch Filme waren mir zu oberflächlich. Schließlich erkannte ich, dass nur eine Gattung die Seele des Menschengeschlechts zu ergründen vermag: die Literatur. Von da an kaufte ich zu dem schon vorhandenen Bestand noch Hunderte von Büchern hinzu und füllte damit die Regale. Ich stellte mir ein umfangreiches Programm zusammen und widmete mich, um mit Flaubert zu sprechen, der Erziehung meines Herzens.

Seit damals hat neben Hatice und Muharrem nur eine weitere Person mein Haus betreten, und zwar, auf ihr beharrliches Drängen hin, keine andere als Arzu. Doch, ein Mensch war da schon noch, mein Bruder Mehmet. Er ist aber ein Sonderfall, von dem ich berichten werde, wenn es an der Zeit ist.

Wer immer das an der Tür sein mochte, musste ein sehr hartnäckiger Mensch sein, denn er klingelte noch immer.

Fast hätte ich es vergessen: Früher versuchte ich den Gefühlen der Menschen auch über die Musik näherzukommen. Denn wenn ein Buch von Heldentum sprach, konnte die *Eroica* nützlich sein, und wenn es um Schmerz ging, ein Adagio. Bald aber merkte ich, wie sinnlos das war. Anders als die Literatur zielt die Musik nämlich nicht darauf ab, von Gefühlen zu erzählen, sondern sie will sie einen erleben lassen. Das hilft mir aber nicht weiter, denn erleben möchte ich sie nicht, sondern nur begreifen. Nach vielerlei Versuchen weiß ich nun, dass ich einzig und allein leise dahinfließenden Jazz hören kann. Jede andere Art von Musik sucht Streit mit dem Zuhörer.

So, nun klingelte es nicht mehr, der Besucher musste weg sein.

Ich ging ins Mordzimmer und überlegte, was ich auf die Ermordung Arzus hin wohl am besten lesen sollte. Ich ließ meinen Blick über die Buchrücken schweifen, aber nach einer Weile fiel mir auf, dass nichts so recht passte, da es in jedem dieser Werke für den Mord einen Grund gab. Liebe, Eifersucht, Konkurrenz, ein Überfall … Solange ich das Motiv für den Mord an Arzu nicht kannte, hatte Lesen wenig Sinn. In allen Büchern ging es vor allem um den Mörder, das heißt vom Opfer wurde bis zur Tat erzählt, danach ging das Interesse auf den Mörder über, beziehungsweise auf die Menschen, die den Fall aufzuklären suchten. Ich aber kannte nur das Opfer.

Außerdem kam ich nun doch nicht von dem Gedanken an den Menschen los, der so lange geklingelt hatte. Da Hatice und Muharrem es nicht sein konnten und auch Arzu naturgemäß ausschied, blieb nur noch die Möglichkeit, dass mich jemand zu dem Mord befragen wollte, ein Gendarm oder ein Staatsanwalt etwa. In diesem Fall hätte ich besser öffnen sollen, um mir spätere Unannehmlichkeiten zu ersparen. Aber Kerberos hatte nicht angeschlagen.

Da klingelte es wieder. Diesmal ging ich zur Tür.

Draußen stand ein junges Mädchen, so jung, dass es weder eine Polizistin noch eine Staatsanwältin sein konnte. Sie trug eine an den Knien abgewetzte Jeans und eine weiße Bluse, die eine Schulter freiließ. Sie war groß und schlank, hatte glatte schwarze Haare und auffallend große Augen. Zwar lächelte sie mich an, doch klagte sie auch sogleich, dass ich so lange nicht aufgemacht habe. Sie habe zuvor schon geklingelt und schließlich aufgegeben, aber beim Krämer habe sie erfahren, dass ich praktisch nie aus dem Haus gehe, und da habe sie es eben noch einmal probiert.

Sie erwartete wohl eine Reaktion von mir, einen Kommentar. Nach einer Pause fragte sie: »Sie sind doch Ahmet Aslan, oder?«

»Nein.«

»Ach so?«, erwiderte sie erstaunt. »Ja, wohnen Sie denn nicht hier?«

»Doch.«

»Dann sind Sie doch Ahmet Aslan!«

»Nein, bin ich nicht.«

»Sondern?«

»Ahmet Arslan.«

»Na, das sage ich doch!«

»Nein, Sie haben Ahmet Aslan gesagt, aber ich heiße Ahmet Arslan.«

»Und wegen diesem einen r sagen Sie, Sie sind das nicht?«

»Ja.«

»Sie sind sonderbar.«

»Keineswegs«, entgegnete ich kühl. »Wenn Sie wüssten, was ein einziger Buchstabe alles auslösen kann … Aber nun gut, was wollen Sie von mir?«

»Sie sollen Arzu Kahraman gekannt haben?«

»Ja.«

»Und Sie waren gestern Abend auch auf ihrer Party?«

»Ja, aber was geht Sie das an?«

Die Hand, die sie mir entgegengestreckt hatte, zog sie nun verwundert zurück, denn ich hatte sie nicht ergriffen. Journalistin sei sie, aus Istanbul. Sie nannte mir den Namen einer jener Zeitungen, die ich nie lese. Sogar ihren Ausweis wollte sie mir zeigen, aber ich winkte ab und fragte sie, warum sie zu mir gekommen sei.

»Um mit Ihnen zu sprechen.«

»Worüber?«

Aus ihren großen schwarzen Augen starrte sie mich an.

»Na, über den Mord.«

»Über den weiß ich nichts.«

Sie lachte. »Keine Angst, ich bin nicht von der Polizei. Ich möchte nur ein paar Fragen stellen. Wie die Frau so war. Sie wissen ja, Zeitungsleser sind immer versessen auf Details.«

»Jung war sie, voller Leben, und alle fanden sie schön. Sie lachte viel, und wenn sie das tat, regte sich bei Männern so einiges. Aber jetzt ist sie tot. Das ist alles.«

Sie trat einen Schritt zurück und blickte mich verwundert an. Eine Weile sahen wir uns in die Augen.

»Sie sind aber komisch!«

»Kann schon sein. Sind Sie fertig mit Ihren Fragen?«

»Damit werde ich also hinauskomplimentiert?«

»Weiß ich nicht. Ihre Fragen habe ich beantwortet.«

Unschlüssig stand sie da. Dann beugte sie sich zu ihrer großen Tasche hinunter, die sie auf den Boden gestellt hatte. Dabei spitzte aus dem weiten Ausschnitt ihrer Bluse ein schneeweißer Brustansatz hervor.

»Na, wenn Sie mich nicht reinlassen, gehe ich eben wieder«, sagte sie gekränkt.

»Ich kann mich nicht erinnern, so etwas gesagt zu haben.«

»Was gesagt zu haben?«

»Dass ich Sie nicht reinlasse.«

Sie strahlte wie ein Kind.

»Dann darf ich also reinkommen?«

Ich trat beiseite und wies ihr mit ausladender Geste den Weg.

So kam mir also der vierte Mensch ins Haus. Mit Ausnahme, wie gesagt, von Mehmet. Ich ging ihr voraus in Richtung Wohnzimmer. Auf einmal merkte ich, dass sie mir nicht mehr nachkam, und drehte mich um. Sie war im Eingangsbereich stehengeblieben und starrte die Bücherwände an.

»Was ist denn das?«

»Hier wohne ich.«

»Wohnen? Das ist ein Bücherwald!«

»Kein Angst, wir finden schon was zum Sitzen für Sie. Und die Büchersäulen werden auch nicht einstürzen und Sie unter sich begraben. Zumindest nicht, solange ich das nicht will. Dahinter steckt nämlich Ingenieurskunst.«

Sie war sichtlich verwirrt. Um sie zum Bleiben zu bewegen, war es wohl das Beste, etwas über Arzu zu erzählen.

»Arzu hat so ähnlich gestaunt, als sie zum ersten Mal bei mir war.«

Sofort glomm in ihren Augen Neugier auf.

»Sie kam also hierher?«

»Ja, tagsüber, und sie blieb nie länger als eine Stunde.«

»Und was taten Sie in dieser Stunde?«

»Wir lasen Bücher«, sagte ich und sah sogleich einen Anflug von Enttäuschung über ihr Gesicht huschen. »Ach was, glauben Sie mir nicht, das ist ja keine Bücherei hier.«

Ihre Verblüffung wurde immer stärker. Vergebens versuchte sie sich auf meine widersprüchlichen Reden einen Reim zu machen. Und während ich ihre Mimik beobachtete, fiel mir auf einmal auf, was für ein schönes Gesicht sie hatte, ein klares, helles Mädchengesicht, in dem sich alles, was in ihr vorging, augenblicklich widerspiegelte. Mir war, als würde ich sie erst jetzt so richtig wahrnehmen. Waren ihre Verblüffung und ihr Interesse mir nur deshalb recht, weil das hieß, dass sie wohl bleiben würde? Merkwürdig, erst wollte ich gar nicht, dass sie hereinkam, und nun …

»Wenn Arzu also nicht zum Lesen hier war, haben Sie wohl Kaffee getrunken und geplaudert, oder?«, fragte die Journalistin und riss mich damit aus meinen Gedanken.

»Ja. Sie hatte hier im Dorf nicht viele Leute, mit denen sie reden konnte, also kam sie zu mir.«

Bestimmt wollte sie es als Journalistin möglichst weit bringen, und ohne diese Karotte vor ihrer Nase wäre unser Gespräch wohl schon beendet gewesen. Nun aber schien sie etwas Vielversprechendes zu wittern.

»Und mit Reden meinen Sie …«, sagte sie in der Hoffnung,

ich würde darauf anspringen und ins Detail gehen. Das nutzte ich aus, um sie erst recht zu verunsichern.

»Und mit Reden meine ich, dass wir uns Geschichten erzählt haben.«

Wie erwartet, stutzte sie und verzog die Unterlippe zu einer Unschuldsmiene.

»Also …«

Wieder überließ sie es mir, den Satz zu vervollständigen.

»Und mit also meinen Sie …«, machte ich sie erneut nach.

Sie war mit ihrem Latein am Ende. Ungeduldig spielte sie mit dem Heft, in das sie sich eigentlich Notizen machen wollte. Schließlich gewann doch wieder ihre Journalistenneugier die Oberhand. Herausfordernd sah sie mir in die Augen.

»Also war Arzu Ihre Geliebte?«

Sie wähnte sich schon einem Triumph nahe. Von all den Journalisten, die nach Podima gekommen waren, hatte ausgerechnet sie den Geliebten der Ermordeten ausfindig gemacht und war dabei, ihn zu befragen.

»Nein«, sagte ich.

»Wie, nein?«

»Arzu und ich hatten kein Verhältnis.«

»Aber gerade … da haben Sie doch gesagt …«

Wie ein schmollendes Kind sah sie nun drein.

»Was habe ich gesagt?«

Sie verzog wieder die Unterlippe, nun aber wütend. Streng sah sie mich an und sagte: »Machen Sie sich über mich lustig?«

Es war hochinteressant, wie sich bei diesem anscheinend sehr stolzen Mädchen der Seelenzustand von Minute zu Minute änderte. Noch dazu wurde sie dabei immer schöner, denn ihre Blicke und ihr ganzes Mienenspiel hatten etwas vom ständig wechselnden Schwarzmeerwetter, das einen immer wieder verblüffte.

»O nein«, erwiderte ich. »Aber Sie sprechen so komplizierte Dinge an, dass es mit kurzen Fragen und Antworten nicht getan ist. Bleiben Sie doch auf einen Kaffee, dann können Sie mich fragen, was Sie wollen.«

Damit hatte ich ihren Panzer durchbrochen. Besänftigt willigte sie ein.

Als sie kurz darauf in einem der kleinen Sessel im Eifersuchtszimmer saß und ich den Kaffee servierte, fragte sie mich, ob ich über Arzus Tod denn gar nicht traurig sei. Ich gab keine Antwort, da ich nicht wusste, was ich sagen sollte.

»Verstehe«, sagte sie. »Das hatte ich mir schon gedacht.«

Ich wusste zwar nicht, was sie sich gedacht hatte, aber nachfragen wollte ich auch nicht. Mit einer Mischung aus Neugierde und Scheu sah sie mich an, als inspizierte sie ein unbekanntes Insekt.

Alles an ihr sah gut aus, die schwarzen Augen, die Brauen, das ganze Gesicht, die Schultern, der schmale, energiegeladene Körper, doch wie ich schon festgestellt hatte, faszinierte mich am meisten ihre Unterlippe. Nicht dass ich in dieser Hinsicht Fetischist wäre, aber diese Unterlippe schien ein Instrument zu sein, um alles auszudrücken, was in dem Mädchen vorging. Momentan wirkte die Unterlippe ziemlich gleichgültig, doch ich war mir völlig sicher, dass sie bald wieder etwas anzeigen würde.

Da holte das Mädchen aus seiner sackartigen schwarzen Tasche ein Aufnahmegerät, eines von diesen schmalen, metallfarbenen Dingern. »Ich möchte Ihnen noch ein paar Fragen stellen und Ihre Antworten aufnehmen, wenn Sie nichts dagegen haben.«

»Ich habe nichts dagegen, aber nur unter einer Bedingung.«

»Und die wäre?«

»Dass ich Ihnen genauso viele Fragen stellen darf wie Sie mir.«

»Aber ich bin doch die Journalistin.«

»Muss man Journalist sein, um Fragen zu stellen?«

»Nein, aber das ist meine Arbeit ... Ich meine, die Leser haben schließlich ein Recht auf ...«

»Versuchen Sie nicht abzulenken. Das ist nun mal meine Bedingung.«

»Aber wozu eine Bedingung? Auf Fragen, die Ihnen unlieb sind, brauchen Sie ja nicht zu antworten.«

Daraufhin schwiegen wir uns eine Weile an, als hätten wir gewettet, wer das Schweigen als Erster brechen würde. Sie wusste nicht, dass ich so ein Spielchen ewig lang aushalten konnte.

Irgendwann deutete sie mit einem Nicken ihr Einverständnis an und drückte auf den Knopf des Aufnahmegeräts. Dann fragte sie mich, wer ich eigentlich sei, warum ich nach Podima gezogen sei, was ich beruflich mache und wie ich Arzu kennengelernt hätte. Und ich gab auf alles offen und ehrlich Antwort.

2
Ein Gespräch über Liebe und Eifersucht und über die Strafe, sein Schicksal schon im Voraus zu kennen

»Ich bin Bauingenieur«, sagte ich, »oder vielmehr war ich es. Achtundfünfzig Jahre bin ich alt. Angeblich sind wir echte Istanbuler, aber den Stolz, der darin mitschwingt, finde ich immer ein wenig lächerlich. Da wir keine Byzantiner sind und auch nicht Palaiologos heißen, muss auch unsere Familie irgendwann einmal zugewandert sein, bloß ist eben seither so viel Zeit vergangen, dass die ersten Ankömmlinge längst vergessen sind. Meinen Eltern, die selbst nicht mehr am Leben sind, mache ich daher keinen Vorwurf wegen dieses Stolzes.«

»Ach, Ihre Eltern leben beide nicht mehr?«

»Nein. Ich habe nur noch meinen Zwillingsbruder Mehmet.«

»Ahmet und Mehmet? Die zwei geläufigsten Namen? Das passt für Zwillinge.«

»Finde ich auch. Das haben meine Eltern sich gut überlegt. Aber alles lässt sich eben doch nicht planen. Dass sie sterben würden, ohne ihre Zwillinge aufwachsen zu sehen, hätten sie sich bestimmt nicht gedacht. Ist aber auch besser so, oder? Denn was könnte furchtbarer sein, als sein Schicksal schon im Voraus zu kennen? Würde man nicht jede einzelne Minute als einen Sargnagel empfinden? Allein der Gedanke lässt einen schon erschauern. Vor allem, wenn jemand sehr jung stirbt. Hätte Arzu während der Vorbereitung auf ihr grandioses Fest von einem Todesengel die Stunde ihrer Ermordung erfahren, wie hätte sie ihre Gäste noch so munter empfangen können? Kennen Sie die Geschichte von dem Hirten, der sich frecherweise in die Mondgöttin verliebt und dafür bestraft wird?«

»Nein.«

»Die Götter verdammen ihn dazu, im Voraus zu wissen, was jeden Tag geschehen wird. Diese Strafe ist schlimmer als der Tod, und genau deshalb wurde sie von den Göttern verhängt. Der Mensch ist schwach und sterblich und ständig Unbillen wie Krankheit, Unfall und Schmerz ausgesetzt, doch darüber tröstet er sich durch das Vergessen hinweg. Genau darin liegt der Schlüssel zum Geheimnis des Lebens: im Vergessen. Ohne zu vergessen, könnte der Mensch nicht leben.«

»Wie sind Ihre Eltern denn gestorben?«

»Wozu wollen Sie das wissen?«

»Na, Sie haben doch akzeptiert, alle Fragen zu beantworten. Also, wann haben Sie Ihre Eltern verloren? Ist es schon lange her?«

»Als Mehmet und ich zehn waren, sind wir mit dem Auto auf Besuch zu unseren Großeltern nach Ankara gefahren. Mein Vater saß am Steuer. Auf einmal ist ein entgegenkommender LKW auf unsere Fahrbahn geraten und hat uns gerammt. Später haben wir erfahren, dass der Fahrer seit Tagen unterwegs und völlig übermüdet war. Mein Vater war auf der Stelle tot, meine Mutter ist im Krankenhaus gestorben. Mehmet und ich haben überlebt, weil wir hinten saßen. Nach dem Unfall haben wir bei meinen Großeltern in Ankara gelebt, und deshalb haben wir auch dort studiert. Ich bin wie gesagt Bauingenieur geworden, mein Bruder Elektroingenieur. Mein ganzes Berufsleben habe ich auf Baustellen verbracht, doch ich bin früh in Rente gegangen.«

»Was ist Mehmet für ein Mensch?«

»Ach, wie soll ich sagen ... Ein Sonderling. Aber eigentlich möchte ich diese Frage lieber nicht beantworten. Ich will über Mehmet nicht reden.«

»Doch, bitte, Sie haben zugesagt, dass Sie auf alles antworten.«

»Nein, bitte lassen Sie das, das Thema Mehmet ist beendet.«

»Na gut«, sagte sie. »Dann fahren Sie eben mit Ihrer Geschichte fort.«

»Vor einiger Zeit schon habe ich mich in diesem Dorf niedergelassen, von dem die meisten Istanbuler noch nicht einmal gehört haben. Das Leben ist leicht hier, denn keiner mischt sich in die Angelegenheiten des anderen ein. Und wenn einem danach ist, kann man in zwei Stunden in Istanbul sein. In Richtung Norden erreicht man in einer Stunde die Grenze zu Bulgarien. Hier leben nur einheimische Fischer, die sich mit den Schwarzmeerstürmen herumplagen, und ein paar Künstler und Rentner, die von Istanbul die Nase voll haben.«

»Haben Sie ein gutes Verhältnis zu den Leuten im Dorf?«

»Außer Hatice und ihren Sohn kenne ich so gut wie niemanden. Und die beiden kenne ich im Grunde genommen auch nicht wirklich. Arzus Ehemann Ali habe ich hier im Dorf kennengelernt. Er hatte an der Kunstakademie studiert und nach seinem Abschluss dort eine Stelle als Dozent bekommen. Daneben machte er sich auch als Maler einen Namen. Als die beiden vor zwei Jahren hierherzogen und hörten, dass da ein seltsamer Ingenieur aus Istanbul völlig zurückgezogen lebt, wollten sie mich unbedingt kennenlernen. Erst sträubte ich mich gegen eine Bekanntschaft mit ihnen, aber sie ließen nicht locker, vor allem Arzu. Ein Einsiedler in einem Haus voller Bücher übte eine unwiderstehliche Anziehungskraft auf sie aus. Arzu ist eine Studentin von Ali gewesen, und der hat sich unsterblich in das hübsche Mädchen verliebt und um ihretwillen seine Frau verlassen. Nach ihrer Heirat sind die beiden in eine zweistöckige Villa in Podima gezogen, vermutlich um nicht mehr den missbilligenden Blicken ihres Umfelds ausgesetzt zu sein. Letztes Jahr haben sie einen Sohn bekommen, Emir. Ali hatte bereits drei Kinder aus erster Ehe, zwei Söhne und eine Tochter, die schon erwachsen sind.«

»Also waren sie altersmäßig ziemlich weit auseinander?«

»Ja. Grob geschätzt so an die dreißig Jahre.«

»Dann ist es ja kein Wunder«, sagte das Mädchen und nickte wissend.

»Was ist kein Wunder?«

»Na, dass sie auf ein Abenteuer aus war. Ist sie nicht auch deswegen zu Ihnen gekommen?«

»Was reden Sie da? Außerdem sind Ali und ich im gleichen Alter. Und sie ist nun mal nicht meine Geliebte gewesen.«

»Was war sie denn für eine Frau?«

»Tja, wie war sie? Voller Leben. Es fiel so einiges an ihr auf, aber am meisten ihre Energie. Wie sie lachte und wie sie ging, das hatte schon fast etwas Animalisches an sich. Sie war sehr attraktiv.«

»War sie schön?«

»Ja, sehr schön sogar«, erwiderte ich fast schuldbewusst.

Von der Schönheit anderer Frauen zu hören, scheint für

junge Mädchen irgendwie interessant zu sein, denn eine Weile sah die Journalistin mich sinnierend an.

»Dieser Junge«, sagte sie schließlich, »wie hieß er gleich wieder, Emir, ja? Könnten Sie nicht der Vater von ihm sein?«

»Nein! Wie kommen Sie darauf?«

»Sind Sie sicher?«

»Natürlich bin ich sicher.«

»Und wie können Sie so sicher sein?«

»Weil wir keine solche Beziehung hatten, wie Sie mir das unterstellen.«

»Das ist die Lösung! Eifersüchtiger Ehemann wird zum Mörder.«

»Wie bitte? Was soll die Lösung sein?«

»Der Mann hat von Ihrem Verhältnis mit seiner Frau erfahren und …«

»Würden Sie Ali kennen, so würden Sie gleich einsehen, was für ein Unsinn das ist. Der Mann würde einen anderen nicht mal mit einem Pinsel berühren, geschweige denn mit einem Messer.«

»Sie brauchen gar nicht zu spotten«, sagte sie gekränkt.

»Na, jetzt seien Sie nicht gleich eingeschnappt. Sie haben etwas vermutet, das völlig abwegig ist, da musste ich eben lachen.«

»Es kann aber auch umgekehrt sein.«

»Was meinen Sie jetzt wieder?«

»Statt des eifersüchtigen Ehemanns könnte es auch ein eifersüchtiger Liebhaber gewesen sein.«

»Unterstellen Sie mir einen Mord?«

»Möglich wäre es doch?«

Darauf herrschte wieder kurze Stille.

»Jetzt bin ich an der Reihe«, sagte ich dann. »Wer sind Sie, was machen Sie, sind Sie verheiratet, aus was für einer Familie kommen Sie?«

»Muss dass sein?«

»Ja. Versprochen ist versprochen. Ich habe Ihnen alles erzählt, jetzt sind Sie dran.«

Sie leckte sich über die Lippen, als wüsste sie nicht so recht, wo sie anfangen sollte. Um die Sache hinter sich zu bringen, rasselte sie ihren Werdegang herunter. Sie habe an der Marmara-Universität Journalistik studiert, dann bei einer Zeitung als Reporterin angefangen und nebenbei noch einen Master gemacht. Verheiratet sei sie nicht, sie wohne auch noch daheim, der Vater sei Zahnarzt mit einer Praxis in Kadıköy, die Mutter Hausfrau. Keine Geschwister. Der »Podima-Mord« (so nannte sie das) sei ihre erste größere Geschichte, und sie könne damit bei der Zeitung groß herauskommen.

»Haben Sie einen Freund?«

Damit hatte ich sie kalt erwischt. »Was?«, fragte sie mit aufgerissenen Augen. Und gleich noch einmal: »Was?«

»Ob Sie einen Freund haben?«

Daraufhin zog sie ordentlich vom Leder. Wie ich es wagen könne, sie so etwas zu fragen; was mich das eigentlich angehe; was ich doch für ein seltsamer Kauz sei, etc. Irgendwann merkte sie, dass das Aufnahmegerät die ganze Zeit mitgelaufen war. »Mensch, jetzt habe ich mich selbst aufgenommen. Sehen Sie, was Sie mit mir angestellt haben?«

»Womit habe ich Sie denn so aufgebracht?«, fragte ich lächelnd zurück.

»Der kostet mich noch den letzten Nerv«, sagte sie mehr zu sich selbst als zu mir, stopfte ihr Aufnahmegerät in die Tasche, stand auf und ging in Richtung Tür. Ich folgte ihr und öffnete ihr höflich die Haustür. Sie hielt mir (zum Glück) nicht die Hand hin und huschte grußlos hinaus. Als sie ein paar Schritte entfernt war, rief ich ihr nach: »In dem Haus ist noch jemand.«

Sie blieb stehen, drehte sich aber nicht um.

»In welchem Haus?«

»Im Haus von Ali und Arzu. Vielleicht ist das die Person, die zu Ihrem Liebes- und Eifersuchtsmord passt.«

Jetzt drehte sie sich doch um. Ihre Augen funkelten.

»Wer soll das sein?«

»Versuchen Sie es herauszufinden. Wenn es Ihnen nicht gelingt, dann kommen Sie einfach wieder.«

»Wiederkommen? Das hätte mir gerade noch gefehlt! Sie sind ja verrückt. Nie wieder setze ich meinen Fuß da hinein.«

Lachend wandte ich mich meinem Hund zu. »Da, Kerberos, sag Auf Wiedersehen zu der wütenden Dame. Heute Nachmittag kommt sie wieder.«

Kerberos bellte fröhlich und wedelte mit dem Schwanz.

»Bei Ihnen ist wohl alles antik, sogar der Name von Ihrem Hund. Das ist also Kerberos?«

»Ja.«

Damit hatte ich die beiden einander offiziell vorgestellt.

3

Die kupierten Ohren von Kerberos,
Swetlana und Vorzeichen von Wut

Kerberos, der schon lange mein Haus hütete, war zwar nicht drei-, fünf- oder siebenköpfig wie sein Namenspatron, aber der eine Kopf war so furchtbar hässlich, dass ein einziger Blick genügte, um Menschen, die ihm nicht passten, in die Flucht zu schlagen. Überhaupt war es ein Riesenvieh, das in keine handelsübliche Hundehütte passte, sodass ich mir für ihn eine regelrechte Hundevilla hatte schreinern lassen.

Er war so groß, wie ein Hirtenhund nur sein kann. Seine Ohren waren kupiert, damit sie ihm von Wölfen nicht abgebissen werden konnten.

Als ich mich von der Journalistin verabschiedete, warf er mir neckende Blicke zu, als wollte er sagen: »Na, da hast du ja wieder eine …« Für junge Frauen hatte er etwas übrig, auch hatte ihm gefallen, dass Arzu immer wiederkam. Hatice dagegen würdigte er keines Blickes. Wahrscheinlich nahm er sie nicht einmal als Frau wahr, der Mistkerl.

Er bleckte die Zähne, was bei ihm einem Lächeln gleichkam. Das wusste nur ich, andere Leute hielten es für ein Zeichen von Angriffslust. Dann ließ er den Kopf hängen und legte sich auf den Boden. Es war ein durchtriebenes Biest, das mich in- und auswendig kannte.

Ich ging ins Eifersuchtszimmer und dachte eine Weile nach. Sollte ich mich an den Tatort begeben? Dort wimmelte es vermutlich von Polizisten, und die würden über kurz oder lang ohnehin zu mir kommen und mich verhören.

Ich durfte meinen Tagesablauf nicht durcheinanderbringen, aber vorsichtshalber wollte ich mich anständig anziehen, um für den nächsten Besuch gewappnet zu sein. Aus dem Bereich »ab 25°« meines Kleiderschranks holte ich eine graue Hose und ein weißes Baumwollhemd. Dazu wählte ich bequeme Mokassins, die ich ohne Socken anzog. Sie waren bestimmt an die zwanzig Jahre alt, denn mein knapp bemessenes Geld investierte ich lieber in Billigausgaben von Büchern, und auch die waren oft aus zweiter Hand. Außerdem liebe ich meine alte Kleidung, und neue kaufe ich mir ganz ungern. Und neue Schuhe drücken mich grundsätzlich.

Dann ging ich in die Küche und machte mich an die Zubereitung von Fleisch und Salat. Ich achtete sehr auf meine Ernährung. Von Kohlehydraten in Brot und Nudeln hielt ich mich fern, doch jeden Morgen genehmigte ich mir ein Mandelgebäck. Daher nahm ich auch nicht zu. Ohnehin war ich von langem, schmalem Körperbau und unternahm dreimal in der Woche einen Strandspaziergang. Allerdings wurde es immer schwerer, mein Gewicht zu halten.

Zwar ging es mir nicht darum, irgendjemandem zu gefallen, aber schlank zu sein war nun mal gut und gesund, und so hoffte ich, noch recht lange zu leben, ja stellte mich sogar darauf ein, bei bester Gesundheit hundert zu werden. Dazu hielt ich einen strengen Diätplan ein und las im Internet Studien zu dem Thema. Denn es war doch die Hauptpflicht des Menschen, auf sich zu achten und möglichst alt zu werden. Oder?

Den Gedanken musste ich mir sofort aufschreiben. Ich las ihn aber nicht gleich wieder durch, sondern wollte abwarten, ob er mir ein paar Tage später noch immer so glänzend vorkommen würde. Dann griff ich nach dem Buch, das aufgeschlagen auf dem Tischchen lag, und verbrachte ein paar Stunden lesend. Aus dem Ort war keinerlei Geräusch zu vernehmen, und auch das Telefon klingelte nicht. Als ich mir gegen drei Uhr etwas Obst herrichtete, meldete Kerberos, dass die Journalistin wieder da sei. Ich musste schmunzeln. In dem Moment, als ich an der Tür war, läutete es. Das Mädchen war verblüfft, dass ich ihr so schnell öffnete.

»Haben Sie hinter der Tür gewartet?«

»Nein. Kerberos hat mir schon gemeldet, dass Sie kommen.«

»Dass genau ich komme ...«

»Ja.«

»Und nicht jemand anders?« Spöttisch sah sie mich an. »Ihr Hund mit dem komischen Namen hat gesagt: ›Die Journalistin ist wieder da‹?«

»Ja, genau so war es.«

»Dann behaupten Sie also, dass Sie mit Tieren sprechen können?«

»Sprechen kann man es vielleicht nicht nennen, denn natürlich verwenden wir keine Worte. Aber es ist ein Verständnis da, eine Art Dialog in unseren Köpfen. Doch lassen wir das. Haben Sie herausbekommen, wer noch in Arzus Haus wohnt?«

»Ja, anscheinend eine Kinderfrau, die meinen Sie doch?«

»Swetlana.«

»Bitte?«

»Sie heißt Swetlana und ist Bulgarin.«

»Das hat man mir nicht gesagt.«

»Möchten Sie ihre Geschichte hören?«

»Ja.«

Ich öffnete die Tür ganz und machte eine einladende Geste.

»Ich richte gerade Obst her, das können wir zusammen essen, dann erzähle ich Ihnen alles.«

»Erzählen Sie es doch hier.«

»Ich bitte Sie, doch nicht an der Tür.«

Resigniert ließ sie die Arme sinken und gab einen Ton von sich, der sich in etwa wie »Pffff!« anhörte. Es war ihr gewiss schwergefallen, überhaupt wiederzukommen. Eigensinnige Mädchen nehmen nur ungern etwas zurück, doch die Neugier hatte wohl zu sehr an ihr genagt.

»Na gut, aber ich bleibe nur ganz kurz, höchstens eine halbe Stunde, dann fahren meine Kollegen nach Istanbul zurück, mit denen muss ich mit.«

»Ich werde so schnell erzählen wie möglich.«

Wir setzten uns wieder in dasselbe Zimmer. Auf einem kleinen Teller servierte ich ihr Honigmelone. Geistesabwesend griff sie zu.

»Swetlana ist Anfang dreißig«, fing ich an, »und hat in ihrer Heimat Krankenschwester gelernt. Sie ist eine dunkelblonde hochgewachsene Frau, die immer ganz aufrecht geht und sehr diszipliniert wirkt. Anders als in ihrer Krankenschwesterkluft habe ich sie nie gesehen.«

»Warum ist sie in der Türkei?«

»Sie war anscheinend in Bulgarien lange mit einem Mann zusammen, den sie sehr liebte, aber der Kerl hat sie Knall auf Fall verlassen und eine andere geheiratet, noch dazu ein ziemliches Dummchen. Daraufhin wollte sie so weit wie möglich weg. Ihre beste Freundin war türkischer Herkunft, und als die mit ihrer Familie in die Türkei zog, ging Swetlana einfach mit.«

Die Journalistin rutschte unruhig hin und her und sah immer wieder auf die Uhr.

»Ich weiß, ich weiß, Sie haben nicht mehr viel Zeit«, sagte ich beruhigend. »Ich komme auch gleich zum Thema. Wenn Sie nicht andauernd auf die Uhr sehen würden, könnte ich konzentrierter erzählen. So fühle ich mich ständig unter Druck.«

Als Zeichen guten Willens ließ sie die Arme hängen.

»Sehen Sie, so ist es schon besser. Also, in der Türkei wandte Swetlana sich an eine private Arbeitsagentur für Ausländer und wurde zunächst an eine alte Frau vermittelt, die sie pflegen sollte. Die Frau lag im Sterben, und somit war es nicht gerade eine leichte Arbeit. Swetlana tat aber diszipliniert ihre Pflicht, verabreichte der Frau rechtzeitig ihre Medikamente, wechselte ihr Bettzeug, massierte sie gegen das Wundliegen, fütterte sie … Warum stehen Sie denn auf, ist die Zeit schon um? Moment, ich beeile mich ja. Trotz all dieser Pflege starb die Frau, und Swetlana sollte als Nächstes auf die zwei kleinen Kinder eines berufstätigen Paares aufpassen. Auch dort wurde sie … Was ist los?«

»Ich bin doch nicht gekommen, um mir die Laufbahn einer bulgarischen Krankenschwester anzuhören!«

»Aber gerade wollte ich zum entscheidenden Punkt kommen, nämlich dass Swetlana danach an Ali und Arzu vermittelt wurde, um sich um Emir zu kümmern, der gerade auf die Welt gekommen war.«

»Ich habe genug von der Geschichte«, rief sie aus. Energisch hängte sie sich ihre Tasche um und schritt auf die Tür zu.

Ich eilte ihr voraus und öffnete ihr mit vollendeter Höflichkeit die Tür. Blick- und grußlos ging sie hinaus und steuerte entschlossen auf das Gartentor zu.

»Auf Wiedersehen«, rief ich ihr hinterher. »Schade, dass Sie so früh wegmüssen. Gerade wäre ich zu dem Punkt gekommen, der den ganzen Mord aufklären könnte.«

Sie blieb nicht wirklich stehen, hielt aber doch kurz inne, bevor sie weiterging, ohne sich umzudrehen. Als sie an dem schmiedeeisernen Tor anlangte, rief ich: »Swetlana war in Ali verliebt!«, woraufhin sie mit der Hand am Gitter kurz erstarrte. Dann aber gab sie sich einen Ruck und stürmte davon, ohne mir zu antworten oder sich auch nur umzudrehen.

»Na, wie läuft's?«, fragte Kerberos mich spöttisch.

»Bestens, keine Sorge«, erwiderte ich. »Los, renn ein wenig herum, aber bell keine Passanten an, und lass die Blumen in Ruhe!«

Er knurrte.

Um seine Energie loszuwerden, würde er, sobald ich ihm die Kette löste, trotz meiner Ermahnungen auf die Gartenmauer zurasen, dort im letzten Augenblick kehrtmachen, wieder zurücksausen, überall in der Erde herumwühlen und an allem, was er fand, herumkauen. Zum Glück war der Garten fast einen halben Hektar groß, denn das Haus war gebaut worden, als man Grundstücke im Dorf noch für ein Butterbrot haben konnte.

Ich wartete eine halbe Stunde, bis er sich ausgetobt hatte, erst dann gingen wir zum Strand hinunter. Die Hitze hatte nachgelassen. Die Sonne senkte sich über dem Meer dem Horizont entgegen und tauchte alles in rotblaue Abendschläfrigkeit. Fischer zogen ihre Netze ein, ein paar Boote tuckerten auf uns zu.

Ich blickte auf den Schrittzähler, den ich am Gürtel trug:

2342 Schritte. Von meinem Tagesziel, nämlich 10000 Schritten, war ich also noch deutlich entfernt. Weit ausholend ging ich weiter und zog Kerberos immer wieder mühsam von Stellen weg, an denen er vermutlich den Urin von Hündinnen erschnüffelte.

Am Meer sammelten Tagesurlauber ihre Strandsachen zusammen und packten ihre Kinder in die Autos. Bald würde der Rückreiseverkehr nach Istanbul einsetzen. Das Mädchen war wohl schon im Auto und erzählte ihren Kollegen von dem seltsamen Kerl, den sie kennengelernt hatte. Womöglich nannte sie mich sogar einen »verrückten Alten«.

Mir war egal, was sie sagte, und auch, ob sie wiederkommen würde oder nicht. Mit so unerfahrenen jungen Mädchen ist der Umgang nicht leicht. Bei Arzu war das anders; weder sie erwartete etwas von mir, noch ich etwas von ihr. Sie akzeptierte auch ohne Weiteres meine Bedingung, nicht berührt zu werden. Wir würden reden und eventuell Freundschaft schließen, uns aber nie berühren, nicht einmal ein Händeschütteln. Das kam ihr zunächst merkwürdig vor, aber schließlich fand sie Gefallen daran, denn es war doch mal was anderes.

Nur einmal fragte sie mich: »Hat das irgendeine Bedeutung?«

»Nein, eigentlich nicht, ich kann nur niemanden berühren, weder Frau noch Mann, und ich will auch nicht berührt werden.«

»Dann hast du es aber nicht leicht in einem Land, in dem die Leute sich dauernd abschmatzen. Ich lasse mich auch nicht gerne von Männern küssen, aber es hat sich nun mal eingebürgert. Sogar Ali tut es. Er fällt jedem um den Hals und küsst ihn.«

Wir näherten uns der Dorfmitte. Von hier war es nicht

mehr weit bis zum Haus von Ali und Arzu. Wäre ich auf den Pfad links eingebogen, wäre ich in zehn Minuten dort gewesen. Ich ging aber geradeaus weiter. Wer weiß, was dort gerade los war. Damit konnte ich mich jetzt nicht befassen.

Ein khakifarbenes Fahrzeug der Gendarmerie fuhr rasch an uns vorbei. Die waren bestimmt wegen des Mordes hier. Ansonsten waren nur vereinzelt Einheimische auf Mopeds unterwegs. Wir grüßten uns nicht. Sowieso hatten die Leute aus Podima für die »auswärtigen Reichen« nichts übrig. Diese konservativen Menschen, fast alles Aussiedler aus dem Balkan, gingen in die Moschee, beteten viel und spielten im Kaffeehaus Tavla. Mit den aus Istanbul Zugezogenen beschränkte sich ihr Kontakt auf Geschäftliches, etwa den Verkauf von Grundstücken. Sie lebten in einer anderen Welt. Solche Partys wie die »Vernissage« in Alis Haus galten ihnen vermutlich als Sündenpfuhl.

Auf dem Rückweg blickte ich in die Richtung von Alis Haus, ging aber wieder nicht hin. Ich wusste nicht, was mich dort erwartet hätte, weinende Menschen wohl, Imame, Gebete. Nichts von alledem hätte ich jetzt ertragen. Für die Gebete war es vielleicht auch noch zu früh, denn Arzu war noch nicht beerdigt worden. Wahrscheinlich wurde ihre Leiche erst obduziert. Na ja, am nächsten Morgen würde ich von Hatice alles brühwarm erfahren. Wenn die Frau erst mal ins Erzählen geriet, war sie nicht mehr zu bremsen. Und am Abend würde auch noch ihr merkwürdiger Sohn kommen, zum Englischunterricht. Dabei war es leichter, Kerberos Englisch beizubringen als diesem begriffsstutzigen Burschen. Seit Jahren redete ich auf ihn ein, und er konnte noch immer nicht die Finger seiner Hand abzählen.

Nur seiner Mutter zuliebe tat ich das, sonst wäre es nicht

zu ertragen gewesen. Aber Hatice war die Einzige, die mir den Haushalt führen konnte, ohne meine heilige Ordnung und meine Ruhe zu stören. Meine Hosen mussten ohne doppelte Falte gebügelt und im richtigen Wetterfach aufgehängt, meine enggeschnittenen Hemden nach Farben und Stoffen geordnet, meine Socken nicht in der Waschmaschine, sondern von Hand gewaschen werden, damit sie nicht verfilzten, und wegen meiner Lärmempfindlichkeit durfte kein Staubsauger benutzt werden. Eine andere als Hatice hätte da nicht mitgemacht. So musste ich eben ihre Geschwätzigkeit und ihren seltsamen Sohn ertragen. Es hat alles im Leben seinen Preis.

Der Krämer an der Ecke hatte wie immer geöffnet. In Sommernächten wartete der Mann mit dem grauen Schnauzbart bis Mitternacht, ob nicht noch irgendwelche Touristen Lust auf Waffeln, Knabberzeug, Raki, Helva oder Brot hatten. Auch eine Eistruhe hatte er sich zugelegt. Er wohnte mit seiner Familie im Obergeschoss seines Hauses, vermietete aber auch ein Zimmer an Pensionsgäste. Seine Frau, die erwachsene Tochter und die beiden Söhne mussten alle bei ihm mitarbeiten. An der Kasse hatte immer sein Vater gesessen, ein Hadschi, der aber im Vorjahr an Kehlkopfkrebs gestorben war. Der Krämer war ein gerissener Kerl, aber wir wussten, was wir aneinander hatten, nämlich er einen guten Kunden und ich einen Krämer ganz in meiner Nähe.

4

Ein Abendessen und das furchtbare Zeug,
das wie braune Butter aussieht

Als ich unter dem Eindruck des herrlichen Sonnenuntergangs durch das Gartentor ging, war ich ganz überrascht, die Journalistin zu sehen. Sie saß auf den Eingangsstufen zum Haus und tippte auf ihrem Handy herum. Als sie das Tor quietschen hörte, stand sie auf und kam auf mich zu, aber ich musste erst Kerberos an seiner Hütte anbinden.

»Ich habe unterwegs etwas erfahren«, sagte sie, »da musste ich zurück.«

»Was denn?«

»Swetlana ist in Untersuchungshaft.«

Die Journalistin sah aufgeregt aus, wo sie doch jetzt einem großen Liebes- und Eifersuchtsdrama auf der Spur war. Ich sollte ihr helfen und ihr alles erzählen, was ich wüsste. Ihr ganzer Zorn schien verflogen.

»Das kann ich machen«, sagte ich, »aber Sie halten ja nicht Wort.«

»Wo habe ich nicht Wort gehalten?«

»Sie sollten mir als Gegenleistung Rede und Antwort stehen, aber das haben Sie nicht getan.«

»Ich habe Ihre Fragen beantwortet«, sagte sie beleidigt.

»Aber nicht alle und viel weniger, als Sie mir stellen durften.« Ich sah sie eindringlich an. »Sie haben unser Abkommen gebrochen, aber das lässt sich wieder gutmachen. Ich kann Ihnen noch mehr von Swetlana und von den Zuständen in Alis Haus berichten, aber nur unter der Bedingung, dass Sie mit mir zu Abend essen.«

Sie stutzte. Daraufhin erklärte ich ihr, dass sie am Abend ohnehin von Podima nicht mehr wegkommen würde.

»Haben Sie schon überlegt, wo Sie übernachten?«

»Nein, noch nicht. An so praktische Dinge habe ich in all der Aufregung noch nicht gedacht. Aber es wird ja eine Pension oder so was hier geben.«

»Ja, beim Krämer dort drüben ist ein Zimmer zu bekommen.«

Da klingelte ihr Handy.

»Hallo Mama, nein, ich weiß, aber ich kann hier nicht mehr weg heute, ich übernachte in einer Pension, ich bin nämlich einer Geschichte hinterher. Ja, Mama, klar, mach dir keine Sorgen, mir passiert schon nichts. Ja, ich esse auch was, und morgen früh ruf ich dich an. Jetzt muss ich Schluss machen. Ja, Mama, ja, sowieso, mach ich, tschüss jetzt Mama, ja, versprochen, tschüss Mama, tschüss!«

Ich schloss indessen die Tür auf, und als sie zu Ende telefoniert hatte, ließ sie sich ohne Umstände ins Haus und in die Küche bitten.

»Ich richte uns schnell was her«, sagte ich. »Sie können sich inzwischen bei meinen Büchern umsehen, es dauert nicht lang. Ich mache uns eine Flasche Weißwein auf, und Foie gras habe ich auch.«

»Was ist das?«

»Foie gras? Gänseleberpastete. Kommt aus Frankreich. Kriegt man in Istanbul. Sehr begehrte Sache.«

Sie zuckte mit den Schultern und ging ins Nebenzimmer, wo sie sich wohl die Bücher anschauen wollte.

Ich toastete zwei Scheiben Brot und holte aus dem Küchenschrank eine Dose Foie gras, die Mehmet mitgebracht hatte, als er von einer Reise mit einem Arm voller Geschenke zurückgekehrt war. Auf zwei Tellern richtete ich jeweils ein Stück davon an, dann schenkte ich uns zwei Glas gekühlten Weißwein ein. Zum Foie gras servierte ich auch die dazu passende Feigenkonfitüre. Als ich die Journalistin zu Tisch bat, verzog sie beim Anblick ihres Tellers das Gesicht.

»Ist es das da?«

»Ja.«

Dann sah sie misstrauisch auf die Feigenkonfitüre. Um ihr eine Frage zu ersparen, erläuterte ich ihr, wie Foie gras zu essen sei, nämlich vorzugsweise mit eben jener Konfitüre. Ich schritt auch sogleich zu einer Demonstration und bestrich ihr Brot mit Foie gras und etwas Konfitüre. Sie nahm unterdessen einen Schluck Wein und verzog prompt wieder das Gesicht. Ich reichte ihr die Scheibe Brot und versicherte, das ihr das bestimmt schmecken würde. Sie beäugte das Brot erst, bevor sie misstrauisch hineinbiss. Kurz hielt sie inne, dann spuckte sie alles in ihre Serviette.

»Was ist das denn für ein Zeug? Wie braune, ranzige Butter. Pfui Teufel!«

Ich musste schmunzeln. Um den Geschmack loszuwerden, spülte sie mit Wein nach, aber für den hatte sie ja auch nichts übrig.

»Schmeckt wie Limo. Das soll Wein sein? Sie essen und trinken also immer solches Zeug?«

»Die Leute sind ganz verrückt nach Foie gras. Und das ist noch dazu eine gute Marke.«

»Na dann guten Appetit. Ich finde das Zeug furchtbar.«

»Hm, was essen Sie denn gern? Ich habe nicht viel im Haus.«

»Das macht nichts. Ein Käsebrot tut es auch.«

Wieder musste ich schmunzeln.

»Ich denke, auf den Käse, den ich hier habe, würden Sie auch nicht anders reagieren. Am besten, ich hole Ihnen was vom Krämer. Wie wär's mit einem Sandwich?«

»Ist völlig okay, aber wir sollten nicht so viel Zeit vertun. Ich muss meiner Zeitung etwas liefern. Lassen wir das mit dem Essen, und erzählen Sie mir lieber.«

»Kommt nicht infrage. Versprochen ist versprochen. Nach dem Essen erzähle ich Ihnen alles, aber jetzt muss ich Sie erst mal kurz alleine lassen.«

Ich ging zum Krämer, um ein Sandwich mit Wurst und Käse zu holen. Es war ein herrlich lauer Sommerabend, und die Wellen waren auf einmal viel lauter. Unterwegs hörte ich einen Fischer sagen, es werde morgen Sturm geben. Deswegen also kehrten so viele Fischerboote heim.

»Sie haben wohl Besuch«, sagte der Krämer. »Das Mädchen hat ganz schön lange vor Ihrer Tür gewartet.«

»Tja. Eine Journalistin aus Istanbul. Sie wissen schon, wegen des Mordes.«

Als ich das Sandwich entgegennahm, fragte ich, ob das Pensionszimmer schon besetzt sei. Wie erwartet war es noch frei, und so kündigte ich dem Mann an, dass die Journalistin bei ihm übernachten werde.

Ich hatte Erfolg mit dem Sandwich; das Mädchen biss herzhaft hinein. »Sehen Sie, das schmeckt«, sagte sie. Als wir danach im etwas größeren Mordzimmer Kaffee tranken, berichtete ich weiter von Ali, Arzu und Swetlana.

»Wissen Sie«, sagte ich, »mir ist eine kühle Beobachtungs-gabe zu eigen, die sich von ichbezogenen Gefühlen nicht be-einträchtigen lässt. Sie werden vielleicht bemerkt haben, dass ich andauernd alles und jeden beobachte. Viele Menschen können das nicht, weil sie ständig viel zu sehr mit sich selbst und ihren Gefühlen beschäftigt sind. Ich weiß schon ziem-lich gut über Sie Bescheid. Auf meine Frage beispielsweise, ob Sie einen Freund haben, waren Sie mir böse, aber mittlerweile weiß ich, dass Sie keinen haben. Kleine Flirts mag es gegeben haben, aber fester Freund ist da keiner.«

In einer Mischung aus Wut und Verblüffung starrte sie mich an. Ihre Unterlippe zitterte.

»Es war keine Kunst, das herauszufinden«, fuhr ich fort. »Aus Ihren Telefongesprächen geht hervor, dass Sie noch bei Ihren Eltern wohnen und ihnen immer Bericht erstatten, wo Sie gerade sind. Außerdem bekommen Sie nur Anrufe von der Zeitung und halten es auch nicht für nötig, jemandem mitzuteilen, dass Sie hierbleiben. Und die SMS, die vorhin gekommen ist, haben Sie nicht mal gelesen, also sind Sie da-von ausgegangen, dass niemand Wichtiger sie geschickt hat. Wenn Sie einen Freund hätten, würde der doch ständig anru-fen. Und womöglich versuchen hierherzukommen.«

»Jetzt wühlen Sie also in meinem Privatleben?«, fuhr sie mich an. »Vielleicht habe ich einen Freund, vielleicht auch nicht, aber das geht Sie gar nichts an. Also wirklich!«

»Wie dem auch sei, ich werde jetzt Wort halten und Ihnen erzählen, was in Alis Haus so vor sich ging.«

»Mit Swetlana?«

»Ja, mit Swetlana. Wären Sie nicht hinausgerauscht, hätte ich es Ihnen längst erzählt.«

5
Betrüger, Betrogene und eine Mordnacht

»Wie gesagt, Swetlana ist schön, gut ausgebildet und will aus Liebeskummer ein neues Leben anfangen. Ihr Brot muss sie sich hart verdienen. Glauben Sie etwa, es ist leicht, alten Leuten den Hintern abzuwischen und Männern die Urinflasche hinzuhalten?«

»Mir wäre es recht, wenn Sie zum Thema kommen würden.«

»Ich weiche keineswegs davon ab, Sie werden sehen. Diese hübsche junge Frau verschlägt es also nach Podima, und dort wird sie in einem Haus untergebracht, in dem ein kultivierter, kreativer Künstler mit einer viel jüngeren Frau zusammenlebt, die zwar sehr schön, aber launisch und verwöhnt ist. Mit Ali kann Swetlana über Literatur sprechen, über Kunst und Politik, über das Leben, aber in Arzu sieht sie lediglich ein Dummchen, das all sein Glück gar nicht verdient und sich einzig und allein dadurch hervorgetan hat, sich einen reichen Mann zu schnappen. Überdies ist Arzu grob zum Personal und macht auch Swetlana manchmal herunter. Swetlana kümmert sich also um Arzus Baby, denkt aber immer wieder, dass sie selbst so ein Haus, so einen Mann und so ein liebes Kind verdienen würde, und zwar mehr als Arzu. Oft genug erinnert sie sich an den Kerl, der sie wegen einer dummen

Schnepfe verlassen hat. Und in Arzu sieht sie mehr und mehr ein Hindernis. Zumal sie merkt, dass diese oftmals verschwindet, also Ali ganz offensichtlich betrügt. Da in einem so kleinen Ort nichts lange verborgen bleibt, erfährt auch Ali von der Sache. Als Arzu wieder einmal nicht da ist, kommen Ali und Swetlana sich näher und schlafen schließlich miteinander in Arzus und Alis Ehebett.

Ab da beginnt die Sache zu eskalieren. Swetlana denkt, dass Ali in sie verliebt ist und sie das erträumte Leben führen kann, sofern Arzu nur das Feld räumt. Sie wird ein stattliches Haus und einen liebenden Ehemann haben und den kleinen Emir, in den sie vernarrt ist, großziehen wie ihr eigenes Kind. Nur Arzu muss weg, vor der sie nun eine Abscheu empfindet, die ihr Tag um Tag mehr das Herz vergiftet. Schließlich hat sie nur noch ein einziges Ziel: die Frau endlich loszuwerden.

Während jener Party hört sie aus dem Kinderzimmer das Gelächter der Gäste und insbesondere das aufdringliche Kreischen Arzus. Dann wird es immer leiser, die Gäste verlassen das Haus. Da das Baby schläft, will Swetlana kurz in die Küche hinunter, um sich ein Glas Milch zu holen. Unten an der Treppe aber steht Arzu, mit einem Glas Champagner in der Hand, und muss sich schon am Geländer festhalten. Mit schwerer Zunge keift sie Swetlana an, wie es ihr habe einfallen können, das Kind alleine zu lassen. Swetlana beteuert, dass sie ja nur eine Minute weg sei und Emir tief und fest schlafe, doch Arzu fährt aus der Haut: Wenn die Frau des Hauses etwas anordne, dürfe es keinen Widerspruch geben.

Swetlana macht nur eine abschätzige Handbewegung. Sie sind ja betrunken, Sie wissen gar nicht, was Sie da reden. Entschlossenen Schrittes geht sie in die Küche. Arzu will sich das nicht gefallen lassen und läuft ihr nach. Sie stampft mit dem

Fuß auf und schreit: Sofort stellst du das Glas hin und gehst wieder rauf! Swetlana trinkt seelenruhig ihre Milch, als hätte sie nichts gehört. Daraufhin dreht Arzu völlig durch. Ich weiß doch, was für eine Nutte du bist, ständig scharwenzelst du um meinem Mann rum. Du verlässt das Haus, und zwar nicht erst morgen früh, sondern auf der Stelle. Pack deinen Kram zusammen und scher dich fort. Haushaltshilfen wie dich gibt es zu Hunderten, und zwar anständige Frauen, nicht solche Flittchen, wie du eines bist.

Da nimmt Swetlana auf einmal ein Messer aus der Schublade und geht auf Arzu zu. Die verstummt und sieht Swetlana entsetzt an, aber da bekommt sie von der auch schon eine solche Ohrfeige, dass sie zu Boden fliegt. Sie rafft sich wieder auf und hastet auf die Treppe zu, doch auf den ersten Stufen erwischt Swetlana sie schon wieder, packt sie an den Haaren und stößt ihr das Messer in den Leib. Fünfmal, zehnmal, zwanzigmal, Swetlana merkt gar nicht, wie oft sie zusticht.

Als sie sicher ist, dass Arzu nicht mehr lebt, geht sie mit dem Messer die Treppe hoch und achtet dabei darauf, nicht in das Blut zu treten. Im Kinderzimmer versteckt sie das Messer unter dem Bett des schlafenden Emir und geht dann hastig duschen. Als sie nach einer Weile Schreie hört, läuft sie hinunter und spielt die Entsetzte. Das Messer vergräbt sie am nächsten Tag im Wald. Was ist, warum schauen Sie so verwundert?«

»Erstaunlich«, sagte die Journalistin, »wirklich erstaunlich. Wenn Sie so erzählen, habe ich das Gefühl, ich sehe einen Film.«

»Ich bitte Sie … Nun, vielen Dank. Ich habe es ganz normal erzählt.«

»Richtig spannend erzählen Sie es. Aber sagen Sie, wie können Sie das alles wissen, als hätten Sie von irgendeinem Versteck aus zugesehen?«

»Ich war natürlich in keinem Versteck.«

»Aber Sie erzählen es, als wären Sie dort gewesen.«

»Ja schon, aber das sind ja alles nur Vermutungen. Ich habe nur ein paarmal gesehen, wie Swetlana Arzu hasserfüllt anblickte, und aus ein paar Anzeichen dafür, dass Ali und Swetlana sich nähergekommen sind, habe ich die ganze Geschichte dann konstruiert.«

»Was?«, rief sie aus. »Konstruiert?«

»Ja, warum nicht?«

»Dann ist alles, was Sie erzählt haben, also gar nicht wahr?«

»Doch und wie es wahr ist. Wissen Sie denn nicht, dass Fiktion wahrer ist als das Leben oder dass sie, besser gesagt, das einzige Mittel ist, die Wahrheit zu begreifen?«

Das wusste sie natürlich nicht.

»Dann wird es aber Zeit, Kleine.«

»Kleine?«, fragte sie scharf zurück.

»Ist mir nur so herausgerutscht. So rede ich jüngere Menschen öfters an, seien Sie mir deswegen nicht böse. Denken Sie lieber daran, wie diese Geschichte bei ihrer Zeitung einschlagen wird.«

»Was ist jetzt wahr daran, und was ist erfunden? Mal sagen Sie so und mal so.«

»Nun, was ich gesagt habe, entspricht vielleicht nicht eins zu eins dem, was Swetlana erlebt hat und was im Dorf vorgefallen ist. Aber vom allgemein Menschlichen her möchte ich behaupten, dass es wahr ist.«

Als ich ihr enttäuschtes Gesicht sah, legte ich sogleich nach: »Und es ist ja auch nicht alles erfunden. Die Geschichte beruht auf gewissen Tatsachen.«

»Aber wie soll ich das als Nachricht verwenden?«

»Das weiß ich nicht. Swetlana ist jedenfalls tatsächlich verhaftet worden. Das wäre doch eine schöne Hintergrundgeschichte dazu. Was wollen Sie mehr? Entspricht denn jede Zeitungsnachricht der Wahrheit?«

Schon wurde sie wieder munterer.

»Verzeihen Sie mir jetzt, dass ich Ihnen das furchtbare braune Zeug vorgesetzt habe?«

»Na, so halb«, sagte sie.

»Gut so. Dann verstehen wir uns ja.«

»Kaufen Sie doch bessere Qualität ein. Leisten könnten Sie sich's anscheinend«, sagte sie schmunzelnd.

Ich verschwieg ihr lieber, dass ich mir die Foie gras von meiner Rente keineswegs hätte leisten können.

»Gut, mach ich von nun an. Das da hat mir ohnehin Mehmet mitgebracht. Dort muss es wohl billiger sein.«

»Dort?«

»Im Ausland, meine ich. Hier wird ja immer so viel Steuer draufgeschlagen.«

»Mir geht ihr mysteriöser Bruder nicht aus dem Kopf«, sagte sie. »Warum verstecken Sie den?«

»Ich verstecke ihn doch nicht.«

»Und ob«, sagte sie wissend. »Vielleicht sitzt er sogar irgendwo hier im Haus, und Sie wollen ihn mir bloß nicht zeigen.«

»Wie kommen Sie darauf? Wieso sollte ich so etwas tun?«

»Was weiß ich, vielleicht ist er behindert oder geisteskrank. Oder er hat sogar …«

»Was?«

»Oder er hat etwas mit dem Mord zu tun.«

»Was für ein Unsinn«, sagte ich lachend.

»Nun gut, aber warum sind Sie immer ganz aufgeregt, wenn Sie von ihm reden? Und was hält Sie davon ab, mehr von ihm zu berichten? Wo Sie doch über alle anderen reden?«

»Das ist meine Sache. Erlauben Sie mir, dass ich das für mich behalte.«

So ging der Abend zu Ende. Als ich mich im Garten von ihr verabschiedete, nahm ich an, ich würde sie nie wiedersehen. Am nächsten Morgen würde sie nach Istanbul fahren. Besser so, dachte ich. Es war schon etwas mühsam mit ihr. Bevor sie zum Gartentor hinausging, sah sie noch mal zu Kerberos hin, der schwanzwedelnd röchelte.

»Er hat zwar nur einen Kopf, aber zum Fürchten ist er genauso wie der echte Kerberos.«

»Sie haben sich also erkundigt, wer Kerberos ist?«

Lächelnd hielt sie ihr Handy hoch.

»Wikipedia sei Dank.«

Dann ging sie auf den Krämerladen zu, in dem noch Licht brannte.

6

Ein Sturm, ein junger Staatsanwalt mit schiefer Krawatte und eine seltsame Wand

Am nächsten Morgen beschäftigte mich das Herumflitzen der Kaninchen eine ganze Weile. Wie konnten sie nur so schnell sein? Ich hielt die Augen geschlossen, um ihnen zuzusehen. Währenddessen hörte ich das Meer rauschen und den Wind an den Fensterläden zerren. Hin und wieder donnerte es sogar. Der Sturm draußen kümmerte mich nicht weiter.

Als Hatice die Haustür aufsperrte, musste ich wohl oder übel aufstehen, denn schon fing sie unten zu reden an: »Mein Gott, ich habe es kaum hergeschafft, so sehr, wie das schüttet. Als würde Arzus Blut damit weggespült.«

Ich machte die Augen auf und sah nach der Außentemperatur. Diese war auf 17° gefallen. Typisches Schwarzmeerwetter: einen Tag so, einen Tag so. Ich stand auf und zog mir aus dem Bereich 15° bis 20° etwas an.

»Ich komme gleich«, rief ich hinunter. »Richten Sie mir schon mal den Kaffee und das Mandelhörnchen her.«

Wie immer fing sie mit dem Aufräumen in der Küche an. Dann würde sie bald auf die Serviette stoßen, in die die Journalistin die Foie gras gespuckt hatte, denn ich hatte am Abend alles so gelassen, wie es war. Höchstwahrscheinlich würde auch Hatice sich über das Zeug wundern.

Zum Duschen und Rasieren brauchte ich zwanzig Minuten. Dann ging ich in die Küche hinunter, wo aber nicht nur der Kaffee fertig war, sondern auch Hatice sogleich loslegte.

»Ach, was sagen Sie bloß zu der Sache? So was hat es doch früher hier nicht gegeben. Aber heute … Es ist so schade um die schöne junge Frau. Und als ich das mit der Katze gehört habe, hat sich mir der Magen umgedreht.«

»Mit welcher Katze?«

»Ach, das haben Sie gar nicht mitbekommen? Arzu hatte doch eine schneeweiße Katze, die sie immer auf dem Arm gehabt und gestreichelt hat.«

»Ja, und?«

»Als Ali heimkam und seine Frau tot daliegen sah und der Marmorboden war voller Blut, da hat doch tatsächlich die Katze an dem Blut geleckt, und ihre Schnauze war schon ganz rot. Ist das nicht entsetzlich: Trinkt das Vieh das Blut des eigenen Frauchens?«

In ihrem Redeschwall kam sie kurz danach auf Swetlana zu sprechen: »Das Luder hat mir von Anfang an nicht gefallen. Dieses bulgarische Christenpack ist zu allem fähig. Unsere Leute erzählen ja immer, wie sie unter den Bulgaren gelitten haben. Grausam sind die, grausam!«

Ich brauchte gar nichts zu antworten, sondern nur hin und wieder zu nicken oder zu brummen. Wie schlecht die türkischen Aussiedler auf Bulgaren zu sprechen waren, hatte ich schon zur Genüge mitbekommen.

In das Heulen des Windes draußen mischte sich auf einmal ein anderes Heulen. Das war Kerberos mit der Warnung: »Achtung, Feind an der Tür.«

Da klingelte es auch schon. Hatice sah mich fragend an.

»Na machen Sie schon auf«, sagte ich.

Sie trippelte hinaus, und kurz darauf rief sie herein: »Da sind Polizisten, Sie sollen zum Staatsanwalt.«

Draußen sah ich einen Korporal der Gendarmerie und einen anderen Uniformierten stehen. Höflich teilten sie mir mit, ich würde erwartet, um meine Aussage zu machen.

»Gut«, erwiderte ich. »Mit Ihrer Erlaubnis werde ich mich aber zunächst ankleiden. Und noch etwas: Laut ärztlichem Attest soll mich niemand berühren.«

Der Korporal, der mich ohnehin aus dem Dorf kannte, sagte nur: »In Ordnung, wir werden Sie nicht berühren.« Mir entging nicht, dass er dazu spöttisch lächelte.

Ich ging ins Obergeschoss und wählte der Witterung entsprechend neue Kleidung aus, eine graue Hose, ein blaues Hemd und einen dunkelblauen Blazer. Um beim Staatsanwalt einen guten Eindruck zu hinterlassen, griff ich auch zu einer dunkelblauen, weiß gepunkteten Krawatte. Dann schmierte ich mir Brillantine ins von der Schläfe her allmählich ergrauende Haar und kämmte mich sorgfältig. Zum Abschluss ein paar Spritzer Rasierwasser, das ich nur alle heiligen Zeiten verwendete, und ich war bereit. An meiner Kleidung und meinem Auftreten würden meine Vernehmer erkennen, dass sie einen vornehmen Herrn vor sich hatten, der keinerlei Verbrechen beging, und sie würden mir nichts von der kostbaren Zeit stehlen, die ich ansonsten mit meinen Büchern verbrachte. So ging ich hinunter und sagte Hatice, sie solle ruhig gehen, sobald sie mit ihrer Arbeit fertig wäre. Sie erinnerte mich daran, dass am Abend ihr Sohn kommen werde.

»Ach, verschieben wir das doch lieber«, erwiderte ich. »Heute ist schon so viel los.«

Ich griff zu dem Schirm neben der Tür und ging mit den

Gendarmen in den Regen hinaus. Ich wollte den Schirm auch über die beiden halten, doch sie gaben mir zu verstehen, das sei nicht nötig. Vor dem Tor stand der Pick-up, den ich am Vortag schon gesehen hatte. Der Korporal sagte mir, ich sei zunächst mit einer SMS vorgeladen worden, aber da ich nicht geantwortet habe, habe man mich abholen müssen. Ich erwiderte, dass ich nie ans Telefon gehe und ansonsten natürlich von selbst gekommen wäre. Auf meine Frage, wohin wir denn eigentlich führen, wurde mir gesagt, dass wir in die Kreisstadt müssten. Bis dahin war es ein ziemlicher Weg.

Ich musste in dem Fahrzeug hinten Platz nehmen, wo ich mich in meinem Aufzug gewiss etwas seltsam ausnahm, doch was sollte ich tun?

Das Meer sah schlammfarben aus. Es stimmte schon, dass sich im Meer immer die Farbe des Himmels widerspiegelte. Am Vortag war es noch so herrlich blau gewesen.

Auf holprigen Straßen rumpelten wir durch verregnete Wälder hindurch in die Kreisstadt.

Vor einem rosafarbenen Gebäude mit der Aufschrift Justizpalast stiegen wir aus, und ich wurde in das Büro des Staatsanwalts gebracht. Es war ein junger Mann mit dünnem Schnurrbart und müdem Gesicht. Unter der verknitterten braunen Anzugjacke trug er ein Hemd mit aufgestellten Kragenspitzen und eine schief sitzende bunte Krawatte, über die ich unwillkürlich schmunzeln musste, was dem Staatsanwalt leider nicht entging.

»Warum lachen Sie?«

»Ach, nur so.«

Wenn ein Anzug sauber, gebügelt und von guter Qualität ist, sieht man elegant darin aus, doch ein billiger, verknitterter Anzug bewirkt genau das Gegenteil, und bei dem Staatsanwalt war genau das der Fall. Noch dazu standen ihm die Hemdsärmel viel zu weit heraus.

Irgendwie erinnerte mich der Staatsanwalt an etwas, was ich nicht genau hätte benennen können: An ein Augenpaar aus anderer Zeit, das mich voller Hass und Rachegefühlen ansah, an einen eiskalten Raum, eine unmenschliche Silhouette … Doch weder der Raum, in dem ich stand, noch der Staatsanwalt selbst hatten mit diesen Bildern etwas zu tun, die auch gleich wieder verschwanden.

An dem weinfarbenen Stoffbehang hinter dem Staatsanwalt hing ein Atatürk-Bild aus der Zeit, als er seinen Schnurrbart nicht mehr trug. Das Foto war nachträglich koloriert worden. Der Staatsanwalt wies mir einen der beiden Stühle zu, die vor seinem Mahagoni-Schreibtisch standen, und ich setzte mich. Zuerst ließ er von seiner Sekretärin meine Personalien aufnehmen, dann fragte er mich, wann ich in jener Nacht das Haus von Ali und Arzu verlassen hätte.

»Als die meisten Leute aufgebrochen sind.«

»Also hat jemand Sie weggehen sehen.«

»Das weiß ich nicht. Ali ist in sein Auto gestiegen, und die anderen Leute auch.«

»Und Sie sind einfach davongegangen?«

»Ja.«

»Haben Sie sich von jemandem verabschiedet?«

»Nein.«

»Warum nicht?«

»Das ist keine Gewohnheit von mir.«

Ich konnte mir vorstellen, dass ich den Staatsanwalt reizte. Mein Aufzug und der Rasierwasserduft, der sich allmählich im Raum verbreitete, passten nicht so recht hierher. Der Staatsanwalt stellte mir noch ein paar Fragen, auf die ich mir aber keinen Reim zu machen wusste. Swetlana war doch verhaftet worden, wozu dann noch weitere Ermittlungen?

Da ging die Tür auf, und Ali kam herein. »Herr Staatsanwalt, kann ich jetzt gehen?«, fragte er. Mit seinen dunklen Ringen unter den Augen sah er bemitleidenswert aus. Als er mich bemerkte, ging er mit erhobenen Armen auf mich zu und sagte seufzend: »Ach, Ahmet.« Anscheinend wollte er mich umarmen. Oder sich gar an meiner Schulter ausweinen.

Unwillkürlich hob ich abwehrend die Hände. Obwohl Ali um meine Eigenheit sehr wohl wusste, stutzte er. Der Staatsanwalt musterte uns aufmerksam und fragte mich schließlich, während Ali noch immer unschlüssig dastand: »Wie haben Sie von dem Mord erfahren?«

»Von meiner Haushälterin Hatice.«

»Was haben Sie dann getan? Sind Sie zu dem Haus gegangen?«

»Nein.«

»Warum nicht?«

»Was sollte ich da?«

»Haben Sie Ali nicht angerufen? Um ihm Ihr Beileid auszusprechen?«

»Nein.«

Da sagte Ali auf einmal: »Ich komme später wieder, Herr Staatsanwalt«, und ging hinaus.

»Mein Beileid, Ali«, rief ich ihm nach.

»Sie waren mit der Ermordeten näher bekannt?«, fragte der Staatsanwalt weiter.

»Ja.«

»Sie soll manchmal zu Ihnen gekommen sein.«

»Richtig.«

»Wozu?«

»Auf einen Plausch ganz einfach.«

»War da was zwischen Ihnen beiden?«

»Was soll da gewesen sein?«, fragte ich zurück. Da begriff ich erst. »Ach so, Sie meinen etwas zwischen Mann und Frau? Nein, so eine Beziehung war das nicht.«

Der Staatsanwalt blätterte kurz in seinen Akten, dann fand er das Gesuchte. »Hm«, sagte er nach einer Weile, »bei den Augenzeugen liest sich das aber anders. Die Frau soll manchmal Stunden bei Ihnen verbracht haben und danach mit zerzaustem Haar aus Ihrem Haus gekommen sein.«

Das quittierte ich mit einem gleichgültigen Lächeln, worauf der Staatsanwalt mich ermahnte: »Wir ermitteln hier in einer Mordsache.«

»Verzeihen Sie. Aber das mit dem zerzausten Haar kann nur der Fantasie des Krämers entsprungen sein.«

Der Staatsanwalt zögerte kurz, dann hielt er mir eine orangefarbene Akte hin. Als ich sie öffnete, sah ich die Fotos vom Tatort. In ihrem roten Kleid lag Arzu mit dem Kopf nach oben auf der Treppe, die nackten Beine schienen völlig verdreht. Einer ihrer Schuhe war verschwunden. Während ich die Aufnahmen betrachtete, sah der Staatsanwalt mich prüfend an, wie ich erst nach einer Weile bemerkte. Ich gab ihm die Akte zurück.

Er wandte sich an seine Sekretärin und sagte: »Schreiben Sie.«

Erst diktierte er belanglose Formalitäten, aber auf einmal horchte ich auf.

»Da der Einvernommene durch keinerlei Zeugen beweisen kann, wo er sich zur Tatzeit aufhielt, und in seinem Verhalten und seinen Aussagen Auffälligkeiten aufgetreten sind, die Anlass zu weiteren Ermittlungen geben, wird wegen Flucht- und

Verdunklungsgefahr an das Gericht ein Antrag auf Untersuchungshaft gestellt.«

Dann trat Schweigen ein. Ich wusste nicht recht, was ich tun sollte, und so stand ich einfach auf und wartete. Der Staatsanwalt dachte wohl, dass ich protestieren würde, und wunderte sich über meine Teilnahmslosigkeit. Als wäre ihm plötzlich erst eingefallen, was er zu tun hatte, betätigte er schließlich eine Klingel, und zwei Uniformierte führten mich ab.

Sie brachten mich ins Untergeschoss, in einen dunklen feuchten Raum, und sperrten hinter mir zu. Dort ließen sie mich mehrere Stunden lang. Erst dachte ich nur, ach hätte ich doch ein Buch dabei. Dann geschah etwas Seltsames: Mir war, als ob die Wand gegenüber mir etwas erzählen wollte, mich an irgendetwas erinnern. Ich sah sie mir genauer an. Sie war voller schmutziger Stellen und Feuchtigkeitsflecken, eine graue Wand wie viele andere, und ich hatte sie nie zuvor gesehen. Weiter war da nichts, und ich konnte mir nicht erklären, was für eine sonderbare Wirkung von ihr ausging. Auch wenn ich die Augen abwandte, sah die Wand mich weiterhin an. Um diesen Eindruck loszuwerden, fing ich ein Spiel an und stellte mir Romanfiguren vor, die schon in Gefängnissen gesessen hatten. Ans eine Ende der Pritsche setzte ich Meursault und gleich neben ihn Jean Valjean, damit sie Französisch miteinander reden konnten. Daneben flüsterten Katjuscha und Raskolnikow auf Russisch. Keşanlı Ali stand an die Wand gelehnt da, während Dr. B. im Geiste mit sich selbst Schach spielte.

So verging die Zeit, bis die Wächter mich abholten und wieder nach oben brachten. Ein Bereitschaftsrichter stellte mir noch einmal die gleichen Fragen, und ich gab wieder die gleichen Antworten. Man ließ mich noch eine Weile warten, dann durfte ich gehen.

Als ich das Gerichtsgebäude verließ, dämmerte es, und in den Geschäften brannte Licht. Mit einem Taxi fuhr ich zurück nach Podima. Unterwegs war mir, als ob alles, was ich an dem Tag erlebt hatte, schon gelöscht worden wäre. Ich vergaß es einfach oder, besser gesagt, ich geriet in einen Zustand des Vergessens. Einzig jene Wand blieb mir im Gedächtnis haften. Außer dem Taxi war weit und breit kein Auto zu sehen. Wegen der vielen Schlaglöcher kamen wir nur langsam voran.

Kerberos begrüßte mich freudig bellend. »Ich bin ziemlich müde«, sagte ich zu ihm. »Tut mir leid, aber mit deinem Auslauf wird es heute nichts. Dafür lasse ich dich aber von der Kette, einverstanden?«

7
Ein Beileidsbesuch und eine Katze
mit blutiger Schnauze

Ich duschte erst einmal ausgiebig mit möglichst heißem Wasser, dann holte ich mir aus dem Kühlschrank etwas zu essen.
Ich musste schmunzeln, als ich von dem Wein trank, der für
die Journalistin »wie Limo« geschmeckt hatte. Sie war wohl
mittlerweile in Istanbul bei ihren Eltern.

Im Bett lauschte ich auf das Donnern, das Meeresrauschen
und den Wind. Dann fiel ich wie üblich in tiefen, traumlosen
Schlaf.

Von den violetten Kaninchen ließ sich am nächsten Morgen keines blicken. Der Wind schlug nicht mehr an die Fensterläden, und als ich sie öffnete, blickte mir ein etwas kühler,
aber ruhiger Tag entgegen.

Mir war, als müsste ich an dem Tag irgendetwas erledigen,
aber ich wusste nicht mehr, was. Beim Kaffeetrinken fiel es
mir wieder ein: Ich musste Ali einen Besuch abstatten, wenn
mir das auch noch so unangenehm war. Ansonsten würde
nur eine unnötige Spannung zwischen uns aufkommen, die
mich dann noch mehr Zeit kosten würde.

Ich kleidete mich wieder der Witterung entsprechend und
ging mit Kerberos den pfützenreichen Weg zu Alis Haus hinauf. Dort band ich Kerberos am Gartentor an, was er nach

dem Spaziergang hinnahm. Zu Fressen hatte er wohl von Hatice bekommen, doch immer an der Kette zu liegen verdross ihn sehr.

Als ich den Garten betrat, fiel mir jene Party wieder ein. Über dem Hügel hatte glänzend der Vollmond geschienen, und das Innere des Hauses, dessen Türen alle weit offen standen, war in eine Art Galerie verwandelt worden. Ali hatte seine neuesten Bilder mit eben dem Thema Vollmond aufgehängt. Die Gäste indes warfen nur einen kurzen Blick darauf und gesellten sich dann im Garten zu kleinen Grüppchen zusammen. Es waren fast ausschließlich wohlsituierte Istanbuler aus der Welt der Medien, der Werbung und der Wirtschaft, im Grunde lauter langweilige, erfolgsbesessene und lärmende Menschen, die einander verabscheuten, aber andauernd so taten, als ob sie Gott weiß wie viel voneinander hielten. Der Jasminduft im Garten war an sich schon berauschend genug, doch die Gäste bedienten sich reichlich an den auf Tabletts servierten Drinks. In einer Ecke des Gartens war von einer Istanbuler Catering-Firma ein Büfett angerichtet worden.

Arzu trug ein Kleid, das ihre Brüste nur notdürftig bedeckte und ihre gebräunten Beine betonte. Sie umarmte die Gäste, zum Großteil alte Freunde von ihr, stieß mit ihnen an, sprach und lachte laut. Schon früh am Abend schien sie betrunken zu sein. Ich griff auch zu einem Glas, in dem ich Champagner wähnte, doch belehrte mich schon der erste Schluck, dass ich es mit billigem Sekt zu tun hatte. Daraufhin wusste ich nicht so recht, wo ich mit dem Glas hin sollte, denn es wieder zurückstellen oder den Inhalt wegkippen konnte ich vor aller Augen nicht. Da lief mir zum Glück Muharrem über den Weg, mit einem Stapel voller Teller, auf dem ich das Glas abstellte. Sichtlich besorgt, nicht alles fallen zu lassen, balancierte er damit in die Küche.

Ich kannte fast keinen der Gäste und hatte auch nicht die geringste Absicht, mich zu irgendeinem Grüppchen dazuzustellen, doch als Arzu mich erblickte, kam sie gleich mit großem Hallo auf mich zu und schleppte die Leute, mit denen sie gesprochen hatte, einfach mit. Denen wurde dann vorgeschwärmt, was für ein findiger Ingenieur ich doch sei und wie wahnsinnig gebildet. Und wenn sie erst mein Haus sähen, ihren Augen würden sie nicht trauen, die reinste Nationalbibliothek, und da säße ich Tag und Nacht über meinen Büchern, aber zugleich sei ich auch ein guter Freund.

Dann stellte Arzu mir irgendeine Journalistin vor, danach einen Moderator von weiß der Teufel welchem Sender, und die streckten mir natürlich die Hand hin, was ich aber lediglich mit einem grüßenden Nicken quittierte. Arzu lachte auf. Ach so, ja, sie habe vergessen, das zu erwähnen, aber ich hätte eben so meine Eigenheiten, und dazu gehöre, dass ich niemanden berührte. Hoho, scherzte da ein vollbärtiger Journalist, nicht einmal mich selbst? Dann müsse ich ja wirklich seltsam sein. Dazu lachte er schallend, und die anderen fielen ein, als hätte er etwas ungeheuer Witziges gesagt. So zwang ich mir eben auch ein Lächeln ab.

Jener Journalist ging so ungezwungen mit Arzu um, dass ich ihn stark im Verdacht hatte, hinter ihren vielen Istanbul-Fahrten zu stecken.

Als der Mond besonders hell herabschien, wurden für zehn Minuten alle Lichter gelöscht, sodass wir uns in lauter Silhouetten verwandelten und unwillkürlich eine dramatische Stille eintrat. Im Nachhinein hätte man die Szene als theatralischen Auftakt zu dem Geschehen werten können, das wenige Stunden später seinen Lauf nahm. Wenn ich davon auch noch nichts ahnen konnte, erlebte ich doch die vom Mond geschaffene Atmosphäre als bedrückend, ja todverheißend. Als wäre ich im weiten Universum mutterseelenallein. Während der Vollmond Dichter und Verliebte zu höchster Inspiration hinriss, erinnerte er mich an das Licht über einem Operationstisch.

Sobald die Beleuchtung angemacht wurde, ging auch im Garten der Radau wieder los. Unter dem Vorwand, mir Alis Bilder anzusehen, stahl ich mich ins Haus. Im Erdgeschoss war alles weiß, von der Wandfarbe bis zum Marmorboden. Jene Vollmondgemälde schienen mir kaum vom handelsüblichen Kitsch abzuweichen, doch als Ali kurze Zeit später neben mich trat, sagte ich: »Respekt. Die sind bestimmt bald alle verkauft. Und überhaupt: Eine Vernissage mit Vollmond-Bildern bei Vollmond ...«

Er dankte mir einfältig. Mir erschienen die Bilder ebenso überflüssig wie die Party draußen, doch ich hatte gelernt, die Wahrheit für mich zu behalten, um mich nicht auf Diskussionen einzulassen. Die laute Musik im Garten störte mich gewaltig. Alle fühlten sich bemüßigt zu zeigen, wie sehr sie sich amüsierten, und zappelten herum wie die Wilden, am allerschlimmsten der vollbärtige Journalist. Hätte ich Anstalten zum Gehen gemacht, wäre das bestimmt aufgefallen, und ich hätte Arzu wortreiche Erklärungen abgeben müssen. So ging ich lieber ins Obergeschoß hinauf, wo ich in Alis Arbeitszimmer einen Band über Alvar Aalto fand, mit dem ich es mir auf der Ledercouch bequem machte. Aus einer kristallenen Karaffe schenkte ich mir Wasser ein. Es war schön ruhig dort oben, und niemand sah mich.

Nach vielleicht zehn Minuten ging eine Tür auf, und Swetlana in ihrer weißen Arbeitskluft kam an dem Zimmer vorbei. Wir nickten uns zu. Kurze Zeit später hörte ich nebenan eine Spülung gehen, Swetlana kam wieder vorbei, und erneut grüßte sie mich nickend. Hinter dem Schweigen dieser Frau verbirgt sich doch etwas, dachte ich. Als Bulgarin hatte sie bestimmt viel mehr Bücher gelesen als die Hohlköpfe dort unten. Außerdem war sie eine schöne Frau mit einem athletischen Körper.

Ich sah mir die Abbildungen von Aaltos weißen Gebäuden an und überlegte, inwiefern sein Stil mit der Musik von Sibelius zu vergleichen war. Darüber muss ich ein wenig eingenickt sein. Irgendwann jedenfalls wurde ich von Huptönen wach und sah, dass sich Arzus weiße Katze neben mir auf der Couch eingerollt hatte. »Du hattest wohl auch den Lärm da unten satt, was?« Sie sah mich an, antwortete aber nicht. Es war ein hochnäsiges Tier.

Als ich wieder hinunterging, war die Party zu Ende. Ein paar Autos fuhren in Kolonne zur Straße hoch. Arzu musste sich wohl noch von jemandem verabschieden. Ich wartete, bis die Autos weg waren, dann ging ich im Dunkel nach Hause.

Es war schon seltsam, nach all dem, was geschehen war, heute wieder in das Haus zurückzukehren. Der vom Regen ausgewaschene Garten hatte so gar nichts Glänzendes mehr an sich, alles sah zermatscht und verfault aus. Bei jedem meiner Schritte auf dem Rasen erzeugte ich ein schmatzendes Geräusch.

Diesmal war nur eine der Schiebetüren geöffnet. Als ich darauf zuging, kam mir Swetlana entgegen, mit fest hochgesteckten Haaren. Ich fragte sie nach Ali.

»Ali schlafen«, erwiderte sie. »Sehr, sehr müde.«

Wir setzten uns ins Wohnzimmer, und sie brachte mir einen Tee, der mir bei dem feuchten Wetter gut tat.

»Gendarmen habe mich mitgenommen«, sagte sie.

»Ich weiß, mich auch. Und dann?«

»Dann Staatsanwalt, Richter, viel, viel Fragen. Ich gesagt, Feriha hier, Freundin, arbeitet in andere Haus. An dem Tag Leute von Feriha in Istanbul, Feriha hat Angst, will nicht allein sein, kommt zu mir. Arzu sagt Ja, Feriha kommen. Emir dann gegessen und schlafen, Feriha und ich in meine Zimmer vor Fernseher, dann schlafen. Dann wach werden, Ali schreit, wir laufe hinunter, und da liegt Arzu. Inspektor fragt Feriha, dann lasse mich frei.«

»Nur gut, dass Feriha bei Ihnen war und alles bezeugen konnte. Was meinen Sie denn, wer es getan hat?«

Sie rümpfte die Nase, sah zur Decke hinauf, dann sagte sie: »Weiß nicht. Weiß gar nicht.«

Ich fragte sie nach der Katze, weil diese doch Arzus Blut geleckt hatte.

»Ja. Furchtbar, habe große Schreck gekriegt. Ganz rot in Gesicht. Das ist nicht Katze, das ist Teufel. Wirklich, Teufel.«

»Und wo ist sie jetzt?«

»Habe ich wegjagen, mit Besen.«

Ich sah, dass Ali die Treppe herunterkam, und stand auf. Er hatte verquollene Augen, schien sich aber zu schämen, nach allem, was passiert war, überhaupt schlafen zu können.

»Ich hatte bisher kein Auge zugetan«, sagte er entschuldigend, »aber jetzt bin ich einfach weggesackt.«

»Du kannst nicht dein Leben lang wach bleiben.«

Dann bezeugte ich ihm in aller Form mein Beileid und entschuldigte mich für mein Verhalten beim Staatsanwalt. »Du kennst mich, das ist eine Art Krankheit bei mir.«

»Ich weiß schon. In all der Aufregung hatte ich das nur vergessen.«

Er sah eine Weile sinnierend vor sich hin, dann sagte er: »Arzu mochte dich sehr gern. Sie hat gesagt, wenn sie mit dir redet, fühlt sie sich ernst genommen.«

Seine Stimme war so zittrig, dass er den Satz kaum zu Ende brachte. Dann fing er an zu weinen. Swetlana war in die Küche gegangen, um auch Ali Tee zu bringen. Ich hoffte inständig, sie würde so bald wie möglich zurückkommen, da ich nicht wusste, wie ich mit einem schluchzenden Mann umgehen sollte. Swetlana aber kam und kam nicht, also starrte ich auf die Bilder an der Wand. Bei Tageslicht waren sie noch hässlicher. Draußen hörte ich Kerberos wütend bellen.

»Ich muss jetzt gehen, wegen meines Hundes«, sagte ich und stand abrupt auf. Ali weinte noch immer, mit den Händen vor dem Gesicht. Am Gartentor sah ich, warum Kerberos wie ein Verrückter bellte. Arzus Katze wollte in den Garten, wurde aber von Kerberos in Schach gehalten. Fauchend versuchte sie an ihm vorbeizukommen. Es sah so aus, als hätte sie noch immer Blutspuren an der Schnauze. Es war eine sehr wilde Katze, die meiner Ansicht nach den Mord mitangesehen hatte. In ihrer ganzen Art hatte sie etwas Anormales, ja Böses an sich. Ich ging auf sie zu und sagte: »Wenn du etwas weißt, dann sag es!« Da fauchte sie auch mich an und zog sich mit gekrümmtem Buckel zurück. Ich nahm Kerberos' Leine und band ihn los. Sofort stürzte er vor wie ein Ungeheuer, aber die Katze sprang blitzschnell auf einen Baum. Ohnmächtig knurrend schlich Kerberos um den Baum herum.

Zwei Jungen aus dem Dorf hatten die Szene mitangesehen und bewarfen die Katze nun mit Steinen. Sie wurde auch getroffen, konnte sich aber auf dem Baum halten. Da warfen die Jungen erst recht mit allem nach ihr, was ihnen in die Hände fiel, und als auch noch Kerberos mit den Vorderpfoten auf den Baumstamm gelehnt immer wilder bellte, merkte die Katze, dass sie da oben nicht bleiben konnte. Sie sprang herunter und sauste in den Garten. Kerberos sah ihr verdutzt hinterher.

Nach diesem Zwischenfall ging ich nach Hause, zog mir bequemere Sachen an und fing an zu lesen. Da ich ein paar Tage lang nicht dazu gekommen war, legte ich mir gleich drei Bücher zurecht. Doch während ich darin blätterte, wurde ich den Gedanken an die fleckige Wand nicht los. Die hatte eine Art Beziehung zu mir aufgenommen, da war ich mir ganz sicher. Was wollte sie mir bloß sagen?

8
Wo beginnen Geschichten,
und wo endet die Wirklichkeit?

Als ich am nächsten Morgen noch in meinem Schlafzimmer war, setzte Hatice unten, kaum dass sie durch die Tür war, zu einem solchen Redeschwall an, dass ich schon meinte, sie würde nie wieder aufhören.

Sie seien so entsetzt gewesen, ihr Mann und sie, so furchtbar entsetzt, dass sie darüber fast krank geworden seien, und ihr Sohn sei tatsächlich erkrankt, mit Fieber liege er im Bett und fantasiere vor sich hin. Wie könne man nur einen Ingenieur und noch dazu einen so guten Menschen wie mich in ein Gendarmerie-Auto stecken. Da hätten doch bestimmt irgendwelche Neider sich etwas aus den Fingern gesogen. Aber Gott, der auch noch die kleinste Ameise sehe, habe den Gendarmen das Herz erleuchtet, und so hätten sie schnell eingesehen, dass ein Herr wie ich mit dieser Sache nichts zu tun habe. Zu Hause habe sie mir eine gute Suppe gekocht, die werde mir gut tun. Wenn ich ihr erlauben würde, hier im Haus zu kochen, dann würde ich schon sehen, was sie mir noch alles zaubern würde, aber, nun ja, ich sei gegen Essensgerüche eben allzu empfindlich, so sei es nun mal. Jeder habe seine Eigenheiten, das sei überhaupt keine Schande. Ich hätte sie schon so und so oft geschimpft deswegen, aber ein Haus, in dem nicht gekocht werde, das sei doch eigentlich ein Unding, aber gut, gut, sie sei ja schon still und wolle mir nicht noch weiter zusetzen, nach allem, was geschehen sei, aber von der Suppe möge ich doch wenigstens ein paar Löffel probieren.

Während sie noch alle möglichen Details über die Ermittlungen herunterratterte, wärmte sie wohl auch die Suppe auf, denn es roch auf einmal ganz fürchterlich nach Fett und irgendetwas Undefinierbarem. Ich rief nach unten, sie solle die Suppe einfach stehen lassen, ich sei erschöpft und wolle noch ein wenig schlafen. Sie könne ruhig gehen. Und tatsächlich hörte sie auf mich und verließ kurz darauf das Haus, in dem nun wieder Ruhe und Frieden herrschten.

Ich ging in die Küche hinunter, wo es noch mehr stank. Die Suppe, in der Fleischstücke schwammen und noch einiges andere mehr, schüttete ich in einen Napf und brachte sie zu Kerberos hinaus, der ohnehin schon Witterung aufgenommen hatte. Er stürzte sich auf den Napf und schleckte ihn gierig leer. Ich ging zurück ins Bett und verfiel auch gleich wieder in tiefen Schlaf. Als ich erwachte, stand die Sonne schon hoch am Himmel.

Gerade als ich mit der Kaffeetasse vor mir nach meinem Buch greifen wollte, klingelte es an der Tür. Womöglich war es Hatice, und sie hatte gesehen, dass ich die Suppe dem Hund gegeben hatte? Aber nein, sie hatte ja ihren Schlüssel, warum sollte sie klingeln? Oder standen wieder die Gendarmen vor der Tür? So etwas hatte Kerberos mir zwar nicht gemeldet, aber einfach nicht zu reagieren, war wohl nicht ratsam.

Ich ging hinunter und machte auf, und wen hatte ich vor mir? Die Journalistin. Sie trug Jeans und eine weiße, langärmelige Bluse und sah frisch und munter aus. Sie war etwas geschminkt, ein violetter Lidschatten verlieh ihren Augen einen leicht asiatischen Einschlag.

»Ich werde Sie wohl gar nicht mehr los, Ahmet?«

Ein höchst merkwürdiger Einstieg dies, doch sollte es wohl ein Scherz sein. Ich ging darauf nicht ein, sondern ließ sie einfach hereinkommen. Wir gingen ins Obergeschoss, wo ich ihr Kaffee und Kekse anbot.

Was ich doch für ein sonderbarer Mensch sei, fing sie wiederum halb scherzhaft an, mit mir nähmen die Überraschungen kein Ende, andauernd vermischten sich Wahrheit und Lüge. Meine Swetlana-Theorie sei wie ein Kartenhaus zusammengestürzt, sodass der Artikel, den sie auf mein Betreiben hin für die Zeitung geschrieben habe, ein Reinfall geworden sei. Und dann sei ich auch noch verhaftet worden! Was denn hier eigentlich los sei? Mal heiße es, dass Arzu in Istanbul mit alten Bekannten herumflirte, dann dass Swetlana in Ali verliebt sei, ja dass die beiden miteinander schliefen … Ob ich denn das alles ganz einfach erfinde? Wo endeten die Geschichten, und wo beginne die Wirklichkeit? Es sei nun höchste Zeit, dass ich ihr die Wahrheit erzählte, eher gehe sie mir nicht aus dem Haus.

Sie holte eine Zeitung aus der Tasche und hielt sie mir hin. Zum ersten Mal sei eine Meldung von ihr auf der Titelseite erschienen, sogar mit ihrem Foto, und dann so etwas.

Sie sah mich dabei so verschmitzt an, dass mir wirklich nicht klar wurde, ob sie mir nun böse war oder an der Entwicklung der Dinge Gefallen fand.

»Moment mal«, sagte ich, »möchten Sie etwa behaupten, dass Sie ansonsten immer wissen, ob man ihnen gerade Märchen oder die Wahrheit erzählt?«

»Und ob ich das behaupte.«

»So, so. Und wissen Sie zum Beispiel auch, ob Ihr Chef, der Sie bei der Zeitung unterstützt, das nur aus Liebe zu seinem Beruf macht, oder vielleicht auch, weil er sich an ein hübsches Mädchen heranmachen will?«

Ich sagte das einfach ins Blaue hinein, landete aber anscheinend einen Treffer damit, denn augenblicklich umwölkte sich ihr Gesicht.

»Ich will Sie nicht länger ärgern. Eigentlich weiß ich gar nichts, sondern stelle nur aufgrund dessen, was ich in Romanen gelesen habe, bestimmte Modelle auf und liege fast immer richtig.«

Ihr war sichtlich unbegreiflich, was ich damit meinte.

»Sehen Sie«, sagte ich, »nicht mal bei der eigenen Mutter kann man immer sicher sein, inwiefern sie einem die Wahrheit sagt, geschweige denn bei irgendwelchen Fremden. Bei allem, was wir anderen erzählen, ist immer ein Teil erfunden, bei dem einen mehr, beim anderen weniger.«

»Lesen Sie deshalb so viele Bücher?«

»Ja. Glauben Sie mir, das einzig Wahre am Leben ist die Fiktion, also das, was in Geschichten erzählt wird.«

»Dass ausgerechnet ein Ingenieur so denkt, hätte ich nicht erwartet«, sagte sie. »Mein Vater glaubt nur an die Wissenschaft. Romane liest er überhaupt nicht, für ihn ist das nichts als ausgedachtes Zeug.«

Ich musste schmunzeln, denn Leute, die wie ihr Vater dachten, kannte ich eine ganze Reihe, doch täuschten sie sich. Die Wissenschaft konnte der Literatur nicht das Wasser reichen, noch nie. »Passen Sie auf, ich kann Ihnen das beweisen. Sie kennen doch die griechischen Tragödien, nicht wahr? Die wurden vor unserer Zeitrechnung geschrieben und haben nichts von ihrer Gültigkeit eingebüßt. Wir sprechen etwa heute noch vom Ödipus-Komplex. Nun, wie weit war denn die Wissenschaft damals? Man hielt die Erde für eine Scheibe und hatte keine Ahnung von Mikroben. Die Wissenschaft war im Krabbelalter. Was aber ist nun wahrer? Jene unsterblichen Geschichten, an denen wir uns noch heute orientieren, oder das primitive Wissen von damals?«

Sie sah wieder gedankenversunken vor sich hin. Dass ich sie derart ins Grübeln bringen würde, hatte ich nicht erwartet. Um sie aufzuheitern, sagte ich: »Ödipus, das klingt doch ungeheuer vornehm, was? Dabei heißt es nichts anderes als ›geschwollener Fuß‹, ein recht ordinärer Name, nicht wahr? Entschuldigen Sie, dass ich mich hier als Oberlehrer betätige, aber Sie können mir glauben, dass sich das Leben einzig und allein über die Literatur begreifen lässt. Gerade das Leben hat mir das beigebracht.«

Sie blickte auf und sah mich fragend an.

»Ach ja?«

»Hm, Sie wollen mir wohl etwas entlocken, was?«

»Ja, schon. Hierhergekommen bin ich wegen einer Mordsache, aber nun habe ich einen ausgesprochen geheimnisvollen Menschen kennengelernt. Wer sind Sie wirklich? Ich sehe, dass Sie ihre fünf Sinne beisammen haben, aber haben Sie auch Gefühle?«

Mit ernster Miene erwiderte ich: »Sie irren sich.«

»Inwiefern?«

»In Bezug auf meine fünf Sinne. Einer fehlt mir nämlich, der Tastsinn. Das heißt, ich besitze ihn wohl schon, aber ich kann kein Lebewesen berühren.«

»Ach so, deshalb schütteln Sie niemandem die Hand. Und ich dachte schon … Nun gut, Sie haben also vier Sinne. Aber können Sie zum Beispiel wütend werden?«

»Das kenne ich gar nicht«, erwiderte ich lächelnd.

Darauf fragte sie mich nacheinander nach Eifersucht, Hass, Angst, Rachegefühlen, Mitleid, Stolz und Ähnlichem ab, und jedes Mal musste ich verneinen. Auf einmal wurde sie ganz ernst, sah mir in die Augen und fragte: »Und was ist mit Liebe?« Wieder erntete sie ein Nein.

Eine Weile sah sie mich stumm an, dann sagte sie: »Ich glaube, Sie haben kein Ego.«

»Stimmt genau. Ego habe ich keines.«

»Wenn ich Sie jetzt beleidige oder Ihnen diesen heißen Kaffee über die Hose schütte, was machen Sie dann?«

»Erst versuche ich mich zu schützen, und dann denke ich mir, dass Sie da ziemlichen Unsinn veranstalten.«

»Und böse werden Sie mir nicht?«

»Nein.«

»Interessant. Höchst interessant. Wo doch sogar Tiere ein Ego und Gefühle haben.« Und fast murmelnd fuhr sie fort: »Ein Mann, der zwar Sinnesempfindungen, aber keine Gefühle hat, der niemanden berührt, weder Hass noch Liebe verspürt, kein Ego hat und glaubt, dass er mit Tieren reden kann. Das ist ja noch interessanter als der ganze Mord.«

»Das eine hat aber mit dem anderen zu tun. Hätten die Menschen keine Gefühle, so gäbe es auch keine Verbrechen. Kain hätte Abel nicht umgebracht. Und wer immer der Mörder ist, hätte Arzu nicht getötet.«

»Sie glauben also, es war ein Mord aus Liebe?«

»Kann schon sein. Aus Liebe oder aus Hass, höchstwahrscheinlich aus beidem heraus, sonst hätte der Mörder nicht derart oft auf das Opfer eingestochen.«

»Hat niemand Ali im Verdacht?«

»Warum das?«

»Na ja, Arzu soll sich doch in Istanbul ziemlich viel mit Exfreunden rumgetrieben haben. Vielleicht hatte Ali einen Eifersuchtsanfall.«

»Ali ist ein Feigling. Auch wütend wäre er zu so was nicht imstande.«

»Was meinen Sie, warum Arzu überhaupt fremdgegangen ist? Hat sie Ali nicht geliebt?«

»Doch, sie hat mir sogar jedes Mal gesagt, wie sehr sie ihn liebt. Dass sie ein Riesenglück hat, mit so einem Mann verheiratet zu sein.«

»Was wollte sie dann mit anderen Männern?«

»Weiß man's? Das Geschlechtsleben der Menschen ist sehr sonderbar.« Da fiel mir auf einmal etwas ein.

»Was haben Sie denn? Warum sind Sie plötzlich so still?«

»Ich muss da an eine alte Geschichte denken.«

»Über Sex und starke Gefühle?«

»Ja.«

»Na, dann her damit.«

»Ich weiß nur nicht, ob es angemessen ist, diese Geschichte jetzt zu erzählen. Ich habe ja kein Gefühl dafür …«

»Erzählen Sie schon, bitte!«

»Na gut.«

So erzählte ich ihr von dem Fahrer, den ich vor vielen Jahren eines Abends in einer Hotelbar in Minsk getroffen hatte.

9

Die Geschichte von Michail und die erste Frau,
die in dem Haus übernachtet

»Ich arbeitete damals auf einer Baustelle in der Nähe von
Minsk. An manchen Abenden flüchtete ich mich in irgendeine Bar jener Stadt, die unter dem Schnee wie eine Märchen-
welt wirkte. Als ich eines Abends in der Bar meines Hotels
saß, setzte sich ein bulliger Russe mit blondem Schnurrbart
neben mich. Er machte einen aufgeregten Eindruck und
kippte in rascher Folge drei Glas Wodka hinunter. Dann
sprach er mich auf Russisch an. Sie werden sich fragen, wie
er mich für einen Russen halten konnte, aber das Sowjetreich
war ein Vielvölkerstaat, und als Tschetschene hätte ich ohne
Weiteres durchgehen können. Nachdem ich ihm meine Herkunft erklärt hatte, erzählte er mir auf Englisch, er sei ein Fahrer, der Touristen vom Flughafen ins Hotel bringe und ihnen
manchmal auch als Reiseführer diene. Minsk kenne er wie
seine Westentasche, er sei dort geboren und aufgewachsen. Zu
Hause habe er eine Frau und drei Kinder, die nun gerade auf
ihn warteten.

Der Mann redete in einem fort, aber ich hatte schon einiges getrunken und wollte eigentlich gehen und mir nicht
seine Lebensgeschichte anhören. Das war mir wohl anzusehen, denn auf einmal setzte er eine ganz ernste Miene auf

und sagte, er müsse mir nun etwas erzählen. Ich fragte, warum ausgerechnet mir, er kenne mich doch gar nicht, aber das war ihm egal, er flehte mich geradezu an, denn bevor er nach Hause gehe, müsse er diese Geschichte unbedingt loswerden, sonst platze er. Ich schlug ihm vor, die Sache seiner Frau zu erzählen, aber da lachte er nur bitter. Seine Frau – Mascha heiße sie – sei die Letzte, der er das erzählen könne, obwohl er sie über alles liebe und ansonsten jedes Geheimnis mit ihr teile.

Mir wurde klar, dass ich den Mann nicht losbekam, und so sagte ich, na gut, dann erzähl eben deine Geschichte, wenn sie so besonders ist.

Nach dem wer weiß wievielten Glas Wodka berichtete Michail: ›Ich habe heute ein dänisches Paar vom Flughafen abgeholt. Die beiden hatten den Wagen schon vorbestellt, und ich sollte sie zwei Tage lang herumfahren. Also stand ich mit einem Schild da und habe auf sie gewartet. Es war ein wunderschönes Paar, beide jung, blond und groß gewachsen, sie wunderhübsch und er elegant wie ein Filmstar. Doch kaum waren sie in Richtung Minsk losgefahren, ist zwischen den beiden ein fürchterlicher Streit ausgebrochen, der vielleicht schon im Flugzeug angefangen hatte oder noch früher. Da sie Dänisch sprachen, habe ich kein Wort verstanden, doch aus ihrem Ton habe ich herausgehört, dass sie sich gegenseitig am liebsten umgebracht hätten.

Während wir durch die Dunkelheit fuhren, schwiegen die beiden irgendwann eine ganze Weile, dann hat die Frau wieder angefangen zu schreien. Als wir nach dieser merkwürdigen Fahrt in diesem Hotel hier angekommen waren, ist der Mann ausgestiegen und hat sich um das Gepäck gekümmert, doch die Frau ist erst im Auto sitzengeblieben und hat nach einem Wortwechsel mit dem Mann, der daraufhin wegging, auf dem Beifahrersitz Platz genommen. Mit einer vagen Handbewegung in Richtung auf die dunkle Straße hat sie mich angewiesen weiterzufahren.

Kaum waren wir ein paar Hundert Meter entfernt, hat die Frau mich gebeten, am Rand der kaum befahrenen Straße zu halten. Ich habe das Auto abgestellt, und da hat sich die Frau zu meinem Schoß hinabgebeugt.‹ Dann habe sie etwas getan, was allenfalls zwei Männer sich in einer Bar erzählen können. Der arme Michail hat mit aufgerissenen Augen alles über sich ergehen lassen, und kaum war es vorbei gewesen, hat die junge Frau ihm bedeutet, er solle zum Hotel zurückkehren. Dort angekommen, ist sie mit selbstzufriedenem Gesichtsausdruck und großer Geste durch die Eingangstür verschwunden.

Michail ist völlig verdattert auf einen Parkplatz gefahren, und hat sich eine Zigarette angezündet. In seinem Zustand war es ihm unmöglich, sofort nach Hause zu fahren, denn seiner Mascha, die er noch nie betrogen habe, hätte er nicht in die Augen sehen können. Außerdem hätte sie ihm bestimmt etwas angemerkt. So hatte er beschlossen, erst einmal in der Hotelbar etwas zu trinken. Er bat mich vielmals um Entschuldigung, und dann fragte er: ›Habe ich meine Frau betrogen oder nicht?‹ – So, das war die Geschichte.«

»Wahnsinn. Ganz schön arm dran.«

»Wer? Michail? Die junge Frau? Ihr Mann? Oder Michails Ehefrau?«

»Meiner Meinung nach alle. Was meinen Sie, warum hat die Dänin das getan?«

»Vielleicht hatte ihr Mann sie betrogen, und sie hatten deswegen gestritten. Oder sie war wegen etwas anderem auf ihn wütend.«

»Und wollte sich damit rächen.«

»So sieht es aus. Danach hat sie womöglich im Hotelzimmer ihren Mann sofort umarmt und geküsst und somit ihre Ehe gerettet. So seltsam das auch sein mag. Aber wissen Sie, was ich am Tag darauf gemacht habe? Bevor ich zur Baustelle gefahren bin, habe ich in der Lobby auf das dänische Paar gewartet. Nach einer Weile sind sie händchenhaltend aus dem Aufzug gekommen, wirklich ansehnliche Menschen, die sehr glücklich aussahen. Sie begrüßten beide Michail, der neben seinem Auto wartete, Michail öffnete ihnen die Tür, die junge Frau stieg ein, der Mann setzte sich neben sie, umarmte sie zärtlich, und dann fuhren sie los zur Stadtbesichtigung.«

»Und waren alle glücklich und zufrieden«, sagte die Journalistin. »Wie im Märchen.«

»Gut möglich. Wie gesagt, Minsk ist eine Märchenstadt. Aber es gibt da noch zwei andere Möglichkeiten.«

Neugierig sah sie mich an.

»Vielleicht hat Michail die ganze Geschichte erfunden, und das ist alles nie passiert.«

»Und die andere Möglichkeit?«

»Die besteht darin, dass vielleicht ich alles erfunden habe und es weder das dänische Paar gibt noch Michail.«

»Aha.«

»Wie Sie sehen: Alles nur Geschichten. Und wie weit sie wahr sind, können wir nie wissen. Weil die Menschen ständig lügen.«

»Sie auch?«

»Wenn es sein muss, ja, aber ich sehe mich kaum dazu veranlasst.«

»Dann ist Michails Geschichte also wahr?«

»Ja«, sagte ich lachend. »Mir scheint, Sie wären sonst enttäuscht gewesen.«

»Und wie bringen Sie die mit Arzu in Verbindung?«

»Die Menschen sind verrückt. Sie wissen selber nicht, was sie warum tun. Im Gehirn haben sie einen Diktator sitzen, nämlich die Hormone, von denen die Menschen gesteuert werden, ohne es zu merken. Jeder bildet sich ein, einen freien Willen zu haben. Vielleicht betonte Arzu nur deshalb immer, wie sehr sie ihren Mann doch liebte, weil sie sich das einreden wollte. Womöglich hasste sie ihn und ließ sich mit anderen Männern ein, um ihren eigenen Mann dafür zu bestrafen, dass sie ihn überhaupt geheiratet hatte. Wie gesagt, die Menschen sind verrückt.«

Die Journalistin setzte wieder ihre unschuldig nachdenkliche Miene auf. Ihr war anzusehen, dass sie meinen Worten durchaus Beachtung schenkte. Ihre Unterlippe verriet alles. Dann gab sie sich einen Ruck und sagte lächelnd: »Dass ausgerechnet jemand wie Sie die Menschen als verrückt bezeichnet, ist seltsam genug.«

»Seltsam mag es sein, aber recht habe ich doch. Die Wirklichkeit ist immer seltsam.«

Ich sah auf die Uhr, es war nach Mitternacht.

»Hast du das Zimmer in der Pension schon reserviert?«

»Nein, habe ich vergessen. Aber sie ist ja gegenüber. Ich gehe gleich hin.«

»Nach Mitternacht ist dort alles zu.«

Wir sahen zum Fenster hinaus. Das Haus des Krämers war in Dunkel gehüllt.

»Ich könnte dir hier ein Zimmer anbieten, mit einer Bettcouch und einem Bad«, sagte ich. »Wenn du nichts …«

»Nein, nein«, unterbrach sie mich aufgeregt, »kommt gar nicht infrage. Ich gehe da rüber und läute, die werden mich schon hören.«

Sie nahm ihre Sachen an sich und ging hinaus. Ich lehnte mich an die Haustür und sah ihr nach. Sie klingelte beim Krämer, klingelte noch einmal, und noch einmal. In dem Haus aber rührte sich nichts, keiner machte auf. Das Mädchen schlug an die Tür, trat zwei Schritte zurück und sah zum ersten Stock hinauf, aber nichts. Sichtlich geknickt schlich sie zu mir zurück.

»Was ist los mit denen, sind die taub oder was?«

»Jetzt gibt es nur noch zwei Möglichkeiten.«

»Nämlich?«

»Entweder du schläfst in der Hütte von Kerberos oder hier im Haus. Aber keine Angst, das Zimmer, das ich dir bieten könnte, lässt sich fest zusperren.«

Mein Scherz rang ihr kein Lächeln ab. Sie dachte nach, fragte mich noch einmal, ob es nicht irgendwo doch eine andere Pension gebe, und als ich verneinte, willigte sie schließlich ein. »Mir bleibt ja nichts anderes übrig. Ich fürchte nur, Sie zu stören.«

»Nicht ganz zu Unrecht. Außer Mehmet und mir hat hier noch nie jemand geschlafen. Aber du scheinst mir nicht die Art von Mensch zu sein, der einem zur Last fällt.« Jetzt merkte ich erst, dass ich schon eine Weile »du« zu ihr sagte, aber offensichtlich hatte sie nichts dagegen.

Wir gingen in das Zimmer, klappten die Bettcouch aus, und als ich danach mit von Hatice sorgfältig gebügelter Bettwäsche zurückkam, lag das Mädchen mit ausgestreckten Armen nachdenklich da.

»Woran denkst du?«

»An Michail. Ob das wohl stimmt, was er Ihnen erzählt hat? Und wenn ja, warum hat dann die Frau ihrem Mann das angetan?«

»Ich denke, dass Michail die Wahrheit gesagt hat, so aufgelöst wie der Mann war. Und um zu wissen, warum die Dänin das getan hat, müsste man sich wiederum ihre Geschichten anhören, was nun mal nicht geht. Aber selbst dann wäre wieder nicht klar, wo die Geschichte aufhört und die Wirklichkeit anfängt.«

Sie zog ein iPad aus der Tasche und fragte mich nach dem Passwort für das Internet.

»Rate mal. Wer wacht hier wohl darüber, dass kein Fremder ins Internet kommt?«

Ihr Gesicht leuchtete auf. »Kerberos!«

»Genau.«

Dann fragte sie mich nach dem Namen des Hotels in Minsk, um sich vor dem Einschlafen anzusehen, wo die Geschichte sich abgespielt hatte.

»Du bist eine wunderbare Zuhörerin«, sagte ich. »Gute Nacht.«

Als ich zu Bett ging, stellte ich voller Verwunderung fest, dass die Anwesenheit einer fremden Person mich überhaupt nicht störte.

Dass ich dennoch nicht gut schlief, lag nicht an dem Mädchen, sondern an Kerberos, der lange so herzzerreißend heulte und bellte, als wollte er seinem Namen und seinem vielköpfigen Ahnen alle Ehre machen. Irgendetwas machte ihn unruhig, aber was? Es half auch nichts, dass ich ein paarmal das Fenster öffnete und hinunterrief, er solle endlich still sein.

Irgendwann wusste ich mir nicht mehr anders zu helfen und ging in den Garten hinunter, und was sah ich da auf dem Mäuerchen, neben dem Kerberos angebunden war? Da kauerte Arzus weiße Katze, gerade so weit von Kerberos entfernt, dass er sie wegen der Kette nicht erreichen konnte, und fixierte den Hund, der vor lauter Bellen schon fast wahnsinnig war. Mit ihrem grausam kalten Blick erinnerte mich die Katze an irgendjemanden, aber an wen nur? In ihrer stummen, bedrohlichen Anspannung wirkte sie wie eine Frau, die einen Verrat begeht, doch in ihrem grausamen Stolz dazu steht.

Tiere sind noch schlimmer als Menschen, dachte ich. Schau sich nur einer diesen Machtkampf an. Ich ging ins Haus, holte mein Kampfmesser aus dem Schrank, und aus einem Winkel, aus dem die Katze mich nicht sah, schlich ich mich barfuß möglichst nah an sie heran. Hören konnte sie mich ohnehin nicht, bei dem Radau, den Kerberos veranstaltete. Schließlich packte ich das Messer an der Spitze, zielte damit und schleuderte es auf die Katze. Es zischte durch die Luft, doch leider streifte es die Katze nur am Kopf. Vor Schreck machte sie sich sofort in die Dunkelheit davon.

Ich holte mir das Messer zurück und ging wieder ins Haus. Das Mädchen war auch aufgestanden und sah mich verwundert mit einem seltsamen Messer aus dem Garten kommen.

»Was ist denn los?«

»Weil ich nicht schlafen konnte, wollte ich die Katze umbringen, aber ich habe es nicht geschafft.«

»Mit dem Messer? Haben Sie etwa mit dem Messer nach ihr geworfen?«

»Ja. Ich war beim Militär in einer Kommandoeinheit. Ich dachte, ich sei noch gut im Messerwerfen, aber irgendwie muss ich es verlernt haben. Na dann, gute Nacht.«

Von da an war kein Laut mehr zu hören, und ich versank in einen Schlaf, der so weich und leicht war wie das Fell der weißen Katze.

10

Wassertrinkende Minarette, die Begegnung
mit Liebling, die Gefahren der Liebe und
Bekenntnisse am Strand

Als ich am Morgen erwachte, waren keine violetten Kaninchen da, wo die auch immer hin sein mochten. Stattdessen erschien mir etwas, das ich seinerzeit an einem »rosenfingrigen« Morgen in Istanbul gesehen hatte. Ich schlief damals so gut wie gar nicht und trieb mich nächtelang in Kneipen oder auf der Straße herum.

Eines Tages gelangte ich gegen Morgen nach Ortaköy. Die ersten Sonnenstrahlen ließen den fast wie ein Strom dahinfließenden Bosporus rötlich aufleuchten und meine Augen, die von tagelanger Schlaflosigkeit ohnehin schon rot waren, so sehr brennen, als hätte ich Pfeffer hineingestreut. Rings um mich war alles leer. Kein Mensch, kein Schiff, ja seltsamerweise nicht einmal ein Vogel oder eine Katze. Die Welt schien erstarrt zu sein.

Und da sah ich es. Die beiden Minarette der direkt am Ufer des Bosporus gelegenen Moschee von Ortaköy neigten sich auf einmal nach vorn, tauchten nach Art eines Schwanenhalses ihre Spitzen ins Wasser und labten sich daran. Neben der Kuppel der Moschee nahmen die beiden Bögen sich höchst harmonisch aus. Ich fühlte mich an die letzte Szene von *Schwanensee* erinnert, das ich im Bolschoi-Theater gesehen hatte.

Ich sah zum anderen Ufer hinüber, und auch da waren bei allen Moscheen die Minarettspitzen mit dem goldenen Halbmond bis zur Galerie ins Wasser getaucht. Wenn niemand zusah, löschten die Minarette also ihren Durst.

Anmutig richteten sie sich danach wieder auf, schüttelten sich kurz, und standen wieder da wie eh und je. Das feuchte Glänzen ihrer Spitzen verhauchte rasch in der Sonne. Als der Platz vor der Moschee sich zu beleben begann, ahnte niemand, was geschehen war.

Seit jenem Tag sehe ich beim Aufwachen immer wieder jene trinkenden Minarette, wenn auch nicht so oft wie die violetten Kaninchen. Viel seltener erscheint mir ein schwarzes Pferd. Es ist so riesig und stark, dass die Muskeln unter seinem glänzenden Fell sich wie Lebewesen bewegen.

Das sind keineswegs Träume, denn ich träume nie. Es sind Erscheinungen, Visionen, oder wie man sie sonst nennen soll, und sie kommen, sobald ich erwache, noch bevor ich die Augen öffne.

Der Journalistin zu erzählen, dass ich mit trinkenden Minaretten erwacht war, hatte wenig Sinn. Mit meinen Geschichten hatte ich sie schon genug durcheinandergebracht. Andauernd versuchte sie das Wahre vom Unwahren auseinanderzuhalten, als ob das von so großer Bedeutung wäre. Sie hatte sich im Internet angesehen, wo diese »komische Sache«, wie sie das nannte, stattgefunden hatte: das Minsker Hotel mit seiner Drehtür, der schicken Lobby, den livrierten Pagen, die Straße vor dem Hotel. Das habe ihr geholfen, sich Michails Geschichte besser vorzustellen, sagte sie.

Sie war auf einmal ganz anders, so als führte sie etwas im

Schilde, denn warum sollte dieses zwar reizende, aber widerspenstige Mädchen sonst plötzlich so überhöflich zu mir sein? Beim Frühstück ließ sie die Katze aus dem Sack.

»Sagen Sie mal, darf ich Sie um etwas bitten?«

»Selbstverständlich. Du kannst von mir verlangen, was du willst, sogar mein Leben, wenn es sein muss.«

»Bitte spotten Sie nicht so, mir ist es ernst. Ich würde für die Zeitung gerne ein Interview mit Ihnen machen. Sie sind ein überaus interessanter Mensch, und für Leute wie Sie und für Ihre Geschichten haben die Leser etwas übrig. Daher würde ich zum Beispiel das, was Michail widerfahren ist, in das Interview gerne einfließen lassen.«

Ich schleuderte ihr ein so entschlossenes »Nein!« entgegen, dass sie nicht weiter nachhakte. Warum sollte jemand wie ich, der nicht einmal Zeitung las, sein Leben öffentlich ausstellen und sich damit um seine Ruhe bringen? Die Journalistin mochte mich »interessant« finden, aber interessant gefunden zu werden fand nun mal ich nicht interessant.

Sie musste wohl als Baby schon immer dann, wenn sie etwas nicht bekam, die Unterlippe vorgeschoben haben. Wie eine Vorstufe zum Weinen war das, eine eingefleischte Angewohnheit, nun passierte es wieder.

»Na gut. O.k. Aber lassen Sie mich wenigstens ein paar Fragen stellen, nicht für die Zeitung, für mich, denn ich bin irgendwie ganz durcheinander.«

Ohne so recht zu wissen warum, willigte ich ein. Vielleicht, um meine harte Antwort von vorher abzufedern, oder damit die Unterlippe sich nicht noch weiter vorschob, was weiß ich.

Sie sah mich eindringlich an und fragte dann etwas ganz Sonderbares: »Leiden Sie manchmal unter Gedächtnisverlust?«

»Hm, wie soll jemand mit Gedächtnisverlust das wissen? Wie der Name schon sagt, hapert es da mit dem Gedächtnis. Und wer sich an so was erinnern kann, hat sein Gedächtnis eben nicht verloren.«

»Ich meine, kommt es vor, dass Sie sich an bestimmte Stunden eines Tages nicht mehr erinnern? Was Sie da genau getan haben und …«

»Was soll das heißen?«, unterbrach ich sie. »Drück dich etwas deutlicher aus.«

»Na ja«, fuhr sie zögerlich fort, »kann es etwa sein, dass Sie den Moment nicht mehr wissen, in dem Sie Arzus Party verlassen haben?«

»Aha, da ist also wieder die Journalistin am Werk. Gestern Abend hast du mich mit dem Kampfmesser gesehen, und da hast du dir gedacht …«

»Nein nein, gar nichts habe ich mir gedacht, glauben Sie mir. Mir würde nicht einfallen, Sie zu verdächtigen.«

Sie übertrieb so sehr mit ihrer aufgeregten Abwehr, dass sie sich damit erst recht verriet.

»Ich mag durchaus meine Gedächtnislücken haben, doch über sich selbst kann in dieser Hinsicht kein Mensch etwas Genaues sagen, auch du nicht. Mit Bestimmtheit weiß ich aber, dass ich beim Verlassen von Arzus Haus keinen Gedächtnisverlust hatte, denn ich kann mich noch an die kleinsten Details erinnern, an eine Gabel im Gras, die von der Catering-Firma vergessen worden war, an den Vollmond, an das Meeresrauschen … Also ein ganz klares Nein.«

Sie sah enttäuscht aus, wechselte aber sofort das Thema: »Treiben Sie jeden Tag Sport?«

»Nein, aber wie kommst du jetzt darauf? Was hat das mit meinen Geschichten zu tun?«

»Nichts, das fällt mir nur so ein, denn als ich heute Morgen das Bad gesucht habe, bin ich in ein Zimmer geraten, in dem etwas ganz Merkwürdiges stand, eine Mischung aus Sessel, Liege oder Sportgerät. Ich gehe dreimal in der Woche in ein Fitness-Studio, aber so ein Ding habe ich noch nie gesehen. Wirklich komisch.«

»So wie ich also«, erwiderte ich lächelnd. »Das seltsame Sportgerät eines seltsamen Mannes, hast du dir gedacht. Komm mit runter.«

Jetzt waren wir schon so weit, dass ich sie mit dem Liebling bekannt machte, von dem sogar Hatice, die ihn oft genug abstaubte, immer noch meinte, es wäre eine Art komische Bettcouch. Warum tat ich das bloß?

»Bitteschön«, sagte ich, als wir das Zimmer betraten, »der Liebling.«

»Liebling?«

»So heißt er. Da ich das Gerät gebaut habe, habe ich es auch selbst benannt.«

»Das ist also Ihr Ernst, das Ding heißt wirklich Liebling?«

»Ja.«

»Und was ist es?«

So erklärte ich ihr also die »Umarmmaschine«, die gar nicht so kompliziert war, wie sie aussah, und in zahlreichen Ländern zu Therapiezwecken eingesetzt wurde. Meine war tatsächlich selbst gebaut, was aber letztendlich nicht mehr erfordert hatte, als ein paar mit Kissen ausgekleidete Metall- oder Holzplatten durch hydraulische Kolben in Bewegung zu setzen.

»Setz dich drauf, dann siehst du schon, wozu das Ding gut ist.«

»Ich trau mich aber nicht auf etwas, was ich nicht kenne.«

»Du verlangst immer alles von mir, Geschichten, Erklärungen, Antworten, aber wenn ich mal was von dir will, heißt es Nein. Denk an unsere Abmachung. Ich sollte dir auch Fragen stellen dürfen.«

»Aber ich habe kein so interessantes Leben«, sagte sie. »Ich bin zu Hause, in der Zeitung oder im Fitness-Studio. Nicht so wie Sie.«

Mein eigenes Leben war sogar noch schlichter als ihres, dachte ich.

»Wenn du willst, dass ich dir vertraue und dir alles erzähle, musst du mir auch vertrauen«, sagte ich. »Komm, setz dich rauf, es wird dir bestimmt gefallen. Sonst beantworte ich keine einzige Frage mehr, und mit den Geschichten ist auch Schluss.«

»Steigen erst Sie mal drauf, damit ich sehe, wie es ist.«

Darauf musste ich eingehen. So überließ ich mich den Armen des Lieblings und nahm das Gerät in Betrieb. Sogleich wurde ich umarmt, und auf jede Stelle meines Körpers wurde sanfter Druck ausgeübt. Ich stand wieder auf.

»Siehst du, so einfach ist das. Es wird dir bestimmt gefallen.«

Sie ergab sich in ihr Schicksal.

»Was muss ich tun?«

»Streck dich einfach hier aus und überlass den Rest mir. Du wirst es genießen.«

Ängstlich legte sie sich hin, als würde sie zu einem bengalischen Tiger in den Käfig gehen und müsste sich auf ihn setzen. Das Mädchen war ebenso furchtsam wie neugierig, aber die Neugierde behielt doch meist die Oberhand.

Als ich die Arme des Geräts auf sie herabsenkte, zuckte sie. Ständig fragte sie: »Und was passiert jetzt?« Als ich den Mechanismus in Gang setzte und die mit Kissen bewehrten

Arme auf ihren Körper den ersten leichten Druck ausübten, stockte ihr fast der Atem. Sie stieß einen kurzen Schrei aus, und dann war sie still. Sanft wurde ihr schlanker junger Körper umarmt. Sie schloss sogar die Augen und überließ sich ganz diesem Gefühl. Dann machte sie die Augen wieder auf und lächelte. »Das ist ja toll!«

»Es ist ein zugleich sanfter und starker Liebling, nicht wahr?«, sagte ich. »Stark wie ein Mann und zugleich sanft wie eine Frau. Ein Liebhaber, wie er nur schwer zu finden ist.«

»Jetzt verstehe ich«, rief sie aus, und wie wohl jeder Mensch, der umarmt und gedrückt wird, überließ sie sich ganz diesem intensiven Vergnügen. Als ich die Intensität etwas erhöhte, schloss sie die Augen. Nach einer Weile schaltete ich das Gerät ab. Ich sah ihr an, dass sie am liebsten noch länger daraufgeblieben wäre.

»Das ist also Ihr Liebling?«, fragte sie.

Als sie gähnend ihre Arme nach hinten streckte, zeichnete sich ihr Busen noch deutlicher unter der weißen Bluse ab.

»Ich bin nicht der einzige Mensch auf der Welt, der niemanden berühren kann. Bei Autisten etwa ist das ziemlich verbreitet. Aber es ist ein Bedürfnis, zu umarmen und umarmt zu werden, und etwas Wunderbares noch dazu. Der Liebling beruhigt und kuriert, lindert Schmerzen, und er verlangt nichts von einem. Wie ein geliebter Mensch, an den man sich drückt, wenn einem danach ist.«

»Einmal ist der Druck stärker geworden, man kann ihn also regeln?«

»Ja.«

»Und was passiert, wenn man die höchste Stufe einstellt?«

»Was soll schon passieren?«, erwiderte ich lächelnd. »Dann drückt er einen mit noch größerer Liebe an sich, und seine starken Arme brechen einem liebend die Knochen. Vermutlich stirbt man an inneren Blutungen. Wie an einer starken Liebe.«

»An Liebe sterben?«

»Die Liebe ist das gefährlichste, ja tödlichste Gefühl der Welt.«

Wie jeder junge Mensch war sie an Liebe interessiert und hielt sie für den Höhepunkt dessen, was an Glück überhaupt zu erreichen ist.

»Könnten Sie das näher erläutern?«

»Weißt du was, bei dem schönen Wetter könnten wir uns doch an den Strand setzen und dort reden. Ich kenne eine schöne ruhige Bucht, da könnten wir hinfahren.«

Erwartungsgemäß spulte sie eine ganze Reihe von Einwänden ab, sodass ich einiges an Überredungskunst aufbringen musste. Im Grunde wollte sie weder bei mir im Haus bleiben, noch mit mir an den Strand. Zweierlei aber bewog sie dazu, dennoch mitzukommen: ihr journalistischer Eifer und ihre Neugier. Der »Podima-Mord« sollte für sie zur Erfolgsstory werden. Dazu musste sie aber weiterhin meine Schrullen ertragen.

Als wir eine Stunde später in der Bucht vor dem türkisblauen Meer saßen, fiel mir auf, dass sie in dem schwarzen, etwas zu weiten Badeanzug, den wir im Dorf noch schnell für sie gekauft hatten, käseweiß aussah. Sie schien nie in die Sonne zu gehen. Auch jetzt wollte sie nach kurzer Zeit schon in den Schatten der Felsen.

»Erst lese ich dir aus einem Buch eine kurze Passage vor, ja? Hör gut zu.«

Ich zog das Buch aus der Tasche und fing an.

»Die Liebe geht manchmal zu Fuß, und manchmal fliegt

sie. Mit dem einen läuft sie mit, mit dem anderen tritt sie eine tödliche Wanderung an, den dritten verwandelt sie in eine Statue aus Eis, den vierten wirft sie in die Flammen. Den einen verwundet und den anderen tötet sie. Sie ähnelt dem Blitz, der aufflammt und sogleich erlischt. In der Nacht verbirgt sie die Festung, die sie im Morgengrauen einnehmen wird. Denn nichts kann ihrer Macht widerstehen.«

»Ein seltsamer Text«, sagte sie. »Von wem ist er?«

»Von Cervantes. Alles darin stimmt, nichts ist übertrieben, im Gegenteil.«

Dann konnte ich nicht umhin, ihr eine kleine Literaturlektion zu erteilen, aber nicht aus Klugschwätzerei, sondern um ihr das wahre Gesicht der Liebe zu zeigen.

»Weißt du, was aus Liebe schon alles passiert ist? Unzählige Frauen und Männer haben sich aus Liebeskummer umgebracht. Der König von Zypern war so sehr von Eifersucht zerfressen, dass er seine geliebte Ehefrau schließlich erdrosselt hat. Aus Liebe sind manche ins Gefängnis gekommen, andere haben Massaker begangen. Wegen der schönen Helena ist ein großer Krieg ausgebrochen. Es haben sich Leute duelliert, andere sind verrückt geworden, manche haben ihr Vermögen verloren, ihr Ansehen, bis hin zu der Frau, die sich unter der Folter die Zunge abgebissen hat, um den Namen ihres Geliebten nicht zu verraten. Soll ich noch mehr aufzählen?«

»Aber das sind doch, wenn ich richtig verstanden habe, lauter literarische Figuren«, sagte sie. »Erfundenes Zeug also.«

»Umso besser, denn die Literatur ist wirklicher als die Wirklichkeit. Aber gibt es etwa in unserem Leben so etwas nicht? Was ist mit all den Morden und Selbstmorden aus Liebe, mit dem britischen König, der aus Liebe abdankte, mit Puschkin, der bei einem Duell getötet wurde, mit Oscar Wilde, der ins Gefängnis kam?«

»Stimmt schon«, sagte sie, »so gesehen ist Liebe natürlich höchst gefährlich.«

»Sie beraubt einen des eigenen Willens und jeglicher Logik. Keinen klaren Gedanken kann der Mensch mehr fassen. In jemanden verliebt sein bedeutet, mit verbundenen Augen einen Abgrund entlangzugehen. Man weiß nie, was mit einem passieren wird. Und die Sache kann tödlich ausgehen, durch Mord oder Selbstmord.«

»Woher wollen Sie das alles wissen?«

»Darauf erwartest du nicht im Ernst eine Antwort, oder?«, erwiderte ich lächelnd.

»Nein, die kenne ich schon. So wird jemand, wenn er jeden Tag zehn Stunden Bücher liest. Und das seit ewigen Zeiten.«

»Das Wort Liebe mag ich eigentlich gar nicht, es ist verkommen. Von Liebe zu sprechen, klingt viel zu verniedlichend.«

»Was würden Sie dann sagen?«

»Liebeswahn.«

»Liebeswahn?«

»Ja. Im Liebeswahn nämlich begeht man all diese Verrücktheiten.«

Wir schwiegen eine Weile. Das Mädchen kritzelte mit einem Zweig Formen in den Sand.

»Wissen Sie«, sagte sie dann, »Sie lesen keine Zeitung, daher sind Sie wohl auch nicht auf dem Laufenden, aber wenn Sie wüssten, was da jeden Tag drinsteht und wie oft die Wörter Liebe und Verbrechen in einem Artikel nebeneinander stehen. Erst neulich hat ein älterer Mann, weil er sich in die blutjunge Tochter seines Nachbarn verliebt hatte, deren gesamte Familie ausgelöscht, ganze zwölf Personen. So gesehen muss ich Ihnen fast Recht geben.«

»Die Liebe ist das gefährlichste aller menschlichen Gefühle, mit nichts anderem zu vergleichen.«

»Dann ist die ungefährlichste Liebe wohl die mit ihrem Liebling«, sagte sie lachend.

»Siehst du! Komm, gehen wir ins Wasser.«

Sie tauchte nur zögerlich ihre Füße hinein, als fürchtete sie sich vor den heranschwappenden Wellen, die uns jedes Mal kitzelnd den Sand unter den Füßen wegzogen. Sie spritzte lachend herum, flüchtete aber bei jeder etwas höheren Welle gleich an den Strand. Obwohl ich sie mehrfach dazu aufforderte, ging sie nicht weiter ins Wasser hinein, angeblich, weil sie sich die Haare nicht nass machen wollte.

Ganz offensichtlich fürchtete sie sich vor dem Wasser, aber sie hatte wohl die Angewohnheit, sich allem, wovor sie Angst hatte, Schritt für Schritt anzunähern. Kämen wir noch ein paarmal ans Meer, würde sie sich jedes Mal überwinden, immer weiter hineinzugehen.

Danach setzen wir uns in ein Fischlokal am Ufer. Ich bestellte uns Bier und fragte den Keller, was er im Angebot hatte. Er zählte eine Reihe von Schwarzmeerfischen auf, darunter auch Steinbutt. Davon habe er nur Babys, weil es noch früh im Jahr sei. Das Mädchen hatte noch nie Steinbutt gegessen und fragte, wie der schmecke.

»Das ist praktisch Foie gras aus dem Meer«, sagte ich.

Sie merkte zwar, dass das nur ein Scherz war, doch als der Baby-Steinbutt serviert wurde, meckerte sie wieder.

»Da ist ja gar nichts dran, lauter Gräten und Knochen.«

So ein verwöhntes Ding, dachte ich mir. Wahrscheinlich hat sie schon als Kind ihrer Mutter das Leben schwer gemacht.

Auf der Rückfahrt machten wir an einem Kiosk Halt, und ich bestellte der Journalistin einen Hamburger, den sie selig grinsend mit beiden Händen festhielt. Als von der Moschee her der Gebetsruf ertönte, hob sie den Kopf.

»So spät schon? Ich brauche einen Bus oder einen Dolmuş zurück nach Istanbul.«

»Ich kann dich ja mit dem Auto hinbringen, das wäre bequemer, aber ...«

Erwartungsvoll sah sie mich an.

»Aber wenn du heute Abend noch bleibst, erzähle ich dir die größte Liebesgeschichte, von der die Welt je gehört hat.«

»Nein, auf gar keinen Fall. Meine Familie macht sich schon Sorgen, und zur Zeitung muss ich auch. Unmöglich also.«

»Na gut. Dann holen wir deine Sachen von zu Hause, und ich fahre dich nach Istanbul.«

Im Auto schwiegen wir. Als wir bei mir ankamen und ich gerade die Autotür aufmachte, fragte sie zaghaft: »Und wessen Geschichte soll das sein?«

»Die Geschichte meines Bruders.«

»Der Zwilling, von dem Sie mir nichts erzählen wollten? Was ist ihm denn passiert?«

»Oh, so manches. Wegen seines Liebeswahns«, fuhr ich fort, »hat er mehr erlebt, als ein Mensch ertragen kann. Und hat sich davon nicht mehr erholt.«

»Aber gestorben ist er doch nicht daran, oder?«

»Nein. Wie gesagt, treibt er sich in der Weltgeschichte herum. Manchmal schickt er mir per E-Mail Fotos. Zuletzt hat er vom Indischen Ozean geschrieben, dass er bald heimfährt und dann auch bei mir vorbeischauen wird.«

»Er scheint ja geradezu auf der Flucht zu sein? Umgebracht hat er aber niemanden, oder?«

»Du meinst also, zu töten oder getötet zu werden, sei das Schlimmste, was einem widerfahren kann? Mehmet hat sich sehr gewünscht, sterben zu können, das wäre eine Erlösung für ihn gewesen, aber …«

»Aber?«

»Ihm ist etwas anderes zugestoßen, etwas so Schlimmes, dass er nicht einmal Selbstmord begehen konnte.«

Das Mädchen musterte mich, dann ging sie in ihr Zimmer, um ihre Sachen zu holen. Ich wartete an der Tür. Als sie zurückkam, sah sie mich mit einem fragenden Gesichtsausdruck an.

»Müsste ich dazu wirklich bleiben? Sie könnten mir die Geschichte doch unterwegs erzählen?«

»Nein, das ist nicht möglich. Was meinem Bruder geschehen ist, lässt sich nicht so nebenher erzählen. Das wäre eine Missachtung all dessen, was er erlitten hat.«

Sie verzog daraufhin ihre Unterlippe noch mehr, als ich es bisher gesehen hatte. Dann stieg sie ins Auto und knallte die Tür zu.

Kerberos stand aufrecht vor seiner Hütte und sah mich forschend an. »Das geht dich nichts an«, sagte ich zu ihm. Dann fuhren wir los. Die ersten zehn, fünfzehn Minuten schwiegen wir. Dann sagte ich: »Ich habe noch eine interessante Information für dich. Swetlana ist noch nicht ganz raus aus der Sache. Die Ermittlungen gehen weiter, weil jene Feriha im Haus von niemandem gesehen wurde. Es liegen nur die Aussagen der beiden Frauen vor. Swetlana behauptete ja, sie habe Arzu um Erlaubnis gefragt, dass Feriha kommen dürfe, aber das kann niemand bezeugen.«

Darauf setzte das Mädchen eine so ungläubig-naive Miene auf, dass ich an mich halten musste, um nicht loszulachen.

»Nimmt die Sache denn gar kein Ende? Wie haben Sie das erfahren?«

»Von Hatice natürlich. Der entgeht nichts im Dorf.«

Nach einer Weile schlug das Mädchen mit der Hand auf das Armaturenbrett.

»Verdammt noch mal!«

Ich begriff erst nicht, was sie hatte, und bremste vorsichtig.

»Verdammt noch mal! Verdammt noch mal!«

Ich fragte, was denn los sei, aber im Grunde konnte ich es mir schon denken. Im ersten Augenblick hatte ich noch gedacht, sie würde mich auf ein Auto aufmerksam machen wollen oder auf ein Schlagloch, aber dann war mir schnell klar, dass sie jetzt doch nicht wegwollte. Und irgendwie war mir das nun nicht recht, obwohl ich sie darum gebeten hatte.

»Kehren wir um«, sagte sie. »Wenn ich jetzt wegfahre, verpasse ich die Sache mit Swetlana. Könnten wir nicht zu dieser Feriha fahren?«

»Die könnten wir schon finden.«

Ich hatte allerdings keine Lust darauf, denn diese Mordsache begann mich zu langweilen. Dann aber begriff ich, dass das Mädchen gar nicht wegen der Ermittlungen bleiben wollte. Sondern wegen der Geschichte meines Bruders.

»Da ist noch etwas«, sagte ich.

»Was denn?«

»Wer so versessen auf Geschichten ist wie du, kann nicht wegfahren, ohne auf die Geschichte meines Bruders dann ein Leben lang neugierig zu sein.«

»Na, fahren Sie schon zurück, damit Sie sie endlich loswerden«, sagte sie. »Wahrscheinlich ist Ihr Bruder Mehmet der Mörder. Und Sie, Sie sind so was von erbarmungslos, ständig erpressen Sie einen.«

»Kerberos wird sich freuen.«

»Was kümmert es mich, ob das Monster sich freut oder nicht? Ich muss verrückt sein, dass ich mich auf diese Erpressung einlasse und mit Ihnen wieder zurückfahre. Meine Eltern werden sich Sorgen machen. Da habe ich alles Mögliche zu tun, aber nein, ich renne in Podima verrückten Geschichten hinterher. Ich muss einen Riss in der Birne haben.«

Noch von unterwegs rief sie ihre Mutter an, die am Telefon so laut wurde, dass selbst ich sie hören konnte, sich aber schließlich von ihrer Tochter wieder beruhigen ließ.

Daheim öffnete ich eine Flasche Rotwein, schenkte ihr ein Glas ein, und sie lehnte es nicht einmal ab. Dann holte ich meinen Laptop und legte ihn ihr auf den Schoß. Auf dem Bildschirm erschien ein endlos langer tropischer Strand bei Sonnenuntergang, mit hohen Kokospalmen am Ende einer gewundenen Bucht.

»Wo ist das?«, fragte das Mädchen.

»Das hat Mehmet in seiner letzten Mail geschickt. Es ist in der Andamanensee, da wohnt er in einem Bungalow im Wald, geht jeden Tag stundenlang barfuß im Wasser spazieren, isst stark gewürzte Speisen und so viele Garnelen, dass sie ihm schon zum Hals raushängen. Bald bricht er wieder woandershin auf, dann kommt er kurz in Podima vorbei.«

Ich klickte das Foto weg und las Mehmets Mail vor.

»Sieht er Ihnen sehr ähnlich?«, fragte das Mädchen.

»Mehmet ist schlanker und vier Zentimeter größer als ich.«

Ich fand im Laptop ein Foto von Mehmet und zeigte es ihr. Er war darauf sehr schmal im Gesicht, der schwarze Bart hing ihm bis auf die Brust herab und die Haare bis über die Schultern. Die Augen starrten einen furchterregend an.

»Was ist denn da mit ihm los?«

»Das ist das erste Foto von ihm nach den schlimmen Ereignissen. Der Arme.«

»Sie mögen ihn wohl sehr?«

»Ja, schon.«

»Das passt doch aber nicht dazu, dass Sie angeblich keine Gefühle empfinden. Lieben können Sie also doch.«

Sie freute sich, mich bei einem Widerspruch ertappt zu haben.

»Ja, aber Familie ist etwas anderes. Außer Mehmet habe ich niemanden mehr. Dir würde er auch gefallen, ein sehr interessanter Mensch.«

Sie lachte. »Kein Zweifel!« Noch immer starrte sie das Foto an. »Er sieht wirklich aus, als hätte er Furchtbares durchgemacht.«

»So war es auch.«

»Aber ziemlich jung ist er auf dem Bild.«

»Es ist ein altes Foto.«

»Und ein neueres haben sie nicht?«

»Nein. Er lässt sich nicht gern fotografieren. Ich übrigens auch nicht.«

»Und warum nicht?«

»Weiß auch nicht. Fotos haben wahrscheinlich zu viel mit der Vergangenheit zu tun.«

»Wie kann ein so gebildeter Mensch wie Sie so denken?«

»Ich meine ja nicht das Fotografieren an sich, sondern dass Leute Erinnerungen ansammeln und dann immer wieder in ihre Vergangenheit sehen wollen.«

Irritiert hob sie die Augenbrauen. Dann blickte sie wieder auf das Foto, von dem sie sich kaum mehr lösen konnte.

»Er sieht Ihnen ähnlich und doch wieder nicht.«

»Ja. Er sieht aus wie ich und ist doch ganz anders.«

Sie trank einen Schluck Wein, setzte sich in ihrem Sessel zurecht und schaute mich dann herausfordernd an: »Also los, jetzt erzählen Sie schon von ihrem wunderbaren Bruder. Mal sehen, ob es sich lohnt, dass ich noch eine Nacht hierbleibe.«

Mehmet

11

Der Verkehrsunfall, die Studentenzeit und Weißrussland

»Damals gab es zwar noch keine Ultraschalluntersuchungen, aber dass meine Mutter Zwillinge auf die Welt brachte, verwunderte niemanden, denn schon ihre eigene Mutter hatte Zwillinge geboren, und deren Mutter auch. Eine genetische Eigenheit. Die Zwillingsschwester meiner Mutter starb jedoch gleich nach der Geburt.

Mein Bruder Mehmet wog 2700 Gramm und war 51 cm groß, bei mir waren es 2200 Gramm und 49 cm.

Unsere Kindheit über kam mir das Zwillingsdasein überhaupt nicht seltsam vor, ja ich wunderte mich eher, dass die anderen Kinder keine Zwillingsgeschwister hatten. Wie es aber auch bei eineiigen Zwillingen immer wieder vorkommt, waren wir beide uns gar nicht mal so ähnlich und weit davon entfernt, immer das Gleiche zu fühlen. Trotzdem hatten wir sowohl körperlich als auch seelisch unsere Gemeinsamkeiten.

Der Ingenieursberuf stand damals in hohem Ansehen. Familien versuchten ihre Töchter an Ingenieure zu verheiraten, und auch meine Eltern wurden von dieser Mode angesteckt. Schon als wir noch ganz klein waren, träumten sie davon, aus uns Ingenieure zu machen. Das wurden wir schließlich auch, nur dass unsere Eltern es nicht mehr erlebten.

Mein Großvater war pensionierter Finanzbeamter. Zusammen mit Großmutter wohnte er in Ankara in einem zweistöckigen Haus mit einer großen Linde im Garten. In den Ferien fuhren entweder wir zu ihnen oder sie zu uns. Vor einem Opferfest machten wir uns mit dem alten Opel meines Vaters wieder einmal vor Morgengrauen auf den Weg.

Mein Vater fuhr nicht gerne erst tagsüber los, da war ihm zu viel Verkehr. Daher beluden wir das Auto schon immer am Vorabend mit den Koffern und unserem Proviant an Keksen, Haselnüssen, Rosinen und getrockneten Maulbeeren.

Es war noch stockdunkel, als wir losfuhren. Mein Vater war ein vorsichtiger Fahrer. Zwischen Istanbul und Ankara gab es damals noch keine Autobahn, sondern nur eine schmale zweispurige Straße. Mehmet und ich saßen hinten, balgten herum, vertieften uns in die Comic-Hefte, die wir nur an besonderen Tagen lesen durften, und ließen uns hin und wieder von unserer Mutter Süßigkeiten nach hinten reichen.

Als sich die Felder zu unserer Linken und Rechten in der Morgensonne röteten, schlief ich ein. Ich weiß nicht, wie lange ich schlief, aber plötzlich wurde ich von einem fürchterlichen Krach aufgeschreckt. Es war, als ob der Himmel auf uns herabgestürzt wäre. Wir kamen von der Straße ab und schossen auf ein Feld zu. Ich hörte alle um mich herum schreien, und vermutlich schrie ich selbst genauso. Der Krach hörte nicht auf, als würde das Auto entzweigerissen.

Als ich wieder zu Bewusstsein kam, sah ich weißgekleidete Menschen an meinem Bett stehen. Im Arm hatte ich eine Nadel stecken, an der ein Schlauch hing. Ich drehte den Kopf und sah Mehmet mit dem gleichen Schlauch daliegen. »Mehmet«, wollte ich sagen, doch mir kam kein Ton aus der Kehle, dann verlor ich wieder das Bewusstsein.

Als ich wieder zu mir kam, war auch Mehmet wach. Er weinte, und ich wusste nicht recht, warum. Eine Krankenschwester mit weißem Käppchen beugte sich über mich. Ich fragte sie, wo wir seien.

›Im Krankenhaus von Bolu. Ihr habt einen Unfall gehabt, aber es geht euch beiden gut. Ruh dich jetzt aus, Junge, ruh dich gut aus‹, sagte sie und streichelte mir über den Kopf, aber der tat mir furchtbar weh.

Komischerweise kam mir nicht in den Sinn, nach unseren Eltern zu fragen, sondern ich war ganz auf Mehmets Weinen fixiert. Wahrscheinlich hat er große Schmerzen, dachte ich noch, dann muss ich wieder weggedämmert sein.

Beim nächsten Aufwachen sah ich meine Großmutter vor mir, mit dunklen Ringen unter den Augen. Ich meinte schon, ich wäre in Ankara, da fiel mir das Krankenhaus wieder ein. Auch meine Großmutter weinte. Auf einem Stuhl vor dem Fenster saß mein Großvater. ›Wir holen euch ab‹, sagte meine Großmutter. Da erst erkundigte ich mich nach meinen Eltern. Meine Großeltern und die Krankenschwester gaben keine Antwort. Da sagte Mehmet: ›Die sind tot.‹ Ich wusste nicht, was er damit meinte.

In jener Nacht sah ich meinen Vater im Raum stehen. Er hatte einen weißen Kittel an und wirkte größer als sonst. ›Papa‹, rief ich, ›du bist ja gar nicht tot.‹ ›Das kannst du nicht wissen‹, erwiderte er, ›dazu bist du noch zu klein.‹ ›Aber ich sehe dich doch, also kannst du nicht tot sein.‹ ›Du siehst mich zwar, aber ich selbst sehe mich nicht. Vielleicht bin ich für dich nicht tot, sondern nur für mich‹, sagte er. Das war wohl nur ein Traum.

Am nächsten Tag holten unsere Großeltern uns ab, und wir fuhren mit dem Bus nach Istanbul. Unterwegs hatte ich bei jedem Auto, das uns entgegenkam, das Gefühl, es würde gleich mit uns zusammenstoßen, und immer wieder zuckte ich zusammen. Mehmet empfand das nicht. So fuhren wir den ganzen Weg wieder zurück, den wir mit unseren Eltern gekommen waren, doch sie waren nicht mehr bei uns. Mein Großvater, meine Großmutter, Mehmet und ich. Das war schon sehr seltsam.

Mehmet und ich redeten kaum etwas. Er hatte einen Verband um den Kopf und lauter blaue Flecken im Gesicht wie ich. Bei ihm war vor allem von der Stirn bis unter die Augen alles blau, ja fast schwarz.

Dann kam die Beerdigung. Im Moscheehof standen zwei Särge. Leute, die wir kannten oder auch nicht, sahen uns mitleidig an, und ab und zu strich uns einer über den Kopf. Als alles vorbei war, fuhren wir mit dem Bus nach Ankara. Von nun an wohnten wir bei meinen Großeltern. Wir waren zehn Jahre alt.

Aber entschuldige, ich erzähle und erzähle hier, und du hast schon stundenlang nichts mehr gegessen. Du denkst dir wohl, erst will er unbedingt, dass ich bleibe, und dann lässt er mich verhungern. Einen Augenblick, ja, ich gehe schnell zum Krämer, keine Widerrede, für mich hole ich auch was. Sieh dir inzwischen die Fotos im Laptop an, ich habe das ganze Familienalbum eingescannt. Du wirst bestimmt erkennen, wer wer ist, meine Mutter, mein Vater, meine Großeltern, der Rest ist auch Verwandtschaft. Es sind auch Kinderbilder von uns dabei. Schenk dir noch Wein ein, ich bin gleich wieder da. Und Kerberos muss ich füttern, den habe ich auch ganz vergessen.

Na, hast du dir die Fotos angesehen? Gut, dann erzähle ich weiter.

Meine Großeltern taten alles, um uns mit ihrer knappen Pension ein Studium zu ermöglichen. Wir gingen auf ein angesehenes Gymnasium und bekamen danach einen Studienplatz an der Technischen Universität Ankara. Mein Großvater hielt uns beide dazu an, Ingenieure zu werden, denn der Traum meines Vaters sollte Wirklichkeit werden. So schrieb ich mich in Bauwesen ein, und Mehmet wählte Elektrotechnik.

Ein Studienplatz in Elektrotechnik war schwerer zu bekommen, aber Mehmet war ohnehin der Fleißigere von uns beiden. Zur Gymnasialzeit war ihm ein Buch über Nikola Tesla in die Hände geraten, worauf er mir tagelang von dem ›serbischstämmigen Elektrogenie‹ vorschwärmte. Beim Anblick unserer heutigen Lampen meine jeder, deren Erfindung gehe auf Edison zurück, doch sei das ein Irrtum, sagte er. Ein großer Teil nicht nur der Beleuchtung, sondern überhaupt der weltweit verwendeten Energie habe sich durch den Wechselstrom verbreitet, den nun mal Tesla erfunden habe.

Überhaupt hatte Mehmet damals ein sehr leidenschaftliches Wesen, ganz anders als ich mit meiner eher verträumten Art und meiner Neigung, das Leben leichtzunehmen. In Tesla war er regelrecht vernarrt, sodass er wie jener andauernd Versuche anstellte. Unser gemeinsames Zimmer war vollgestopft mit Kupferspulen, kleinen Motoren, Messgeräten und Kabeln. Dass er hin und wieder einen elektrischen Schlag bekam, hielt ihn nicht davon ab, auch mich mit seiner Leidenschaft anstecken zu wollen und mir in einer unverständlichen Terminologie andauernd von seinen Projekten zu erzählen. Ich weiß noch, wie er meiner Großmutter zum Geburtstag ein selbstgebautes elektrisches Heizgerät schenkte, von dem er behauptete, dass es sehr wenig Strom verbrauche, aber sehr leistungsfähig sei. Leistungsfähig war das potthässliche Dinge tatsächlich, doch leider nur einen Tag lang, dann ging es schon kaputt und wurde schließlich in einen Schrank verräumt, denn Mehmet hatte sein Interesse daran verloren und widmete sich nun vielmehr der Aufgabe, in den Lehrbüchern der TU Fehler zu finden. Die wollte er korrigieren und danach selbst ein Lehrbuch herausgeben, um als erster Student, der für seine Fakultät ein Buch schrieb, in die Geschichte einzugehen.

Natürlich bestand unser Leben damals nicht einzig und allein aus Lesen und Studieren. So etwas wie Studentenpartys gab es im damaligen Ankara nicht, höchstens wurde man bei wohlhabenden Familien zum Tee geladen. Um Mädchen zu treffen, konnte man nur zu solchen »Tees« gehen oder mal eines in eine Konditorei einladen. Aber selbst für so billige Vergnügen reichte uns kaum das Geld, sodass wir uns dabei abwechseln mussten. Ging an einem Samstag ich aus, so war am folgenden Samstag Mehmet dran. Dabei mussten wir uns das von unserem Geld für Bücher, für den Bus und die Kantine absparen. Ich darf aber behaupten, dass es uns nicht schwer fiel, Freundinnen zu finden. Wir waren ansehnliche Typen und hatten aufgrund unserer Ausbildung eine glänzende Zukunft vor uns, sodass wir für die Mütter von Mädchen als »begehrte Junggesellen« galten. Wenn Mehmet übrigens mit einem Mädchen ausging, hatte er gerne die Spendierhosen an und musste in der Konditorei manchmal anschreiben lassen. Auch verlangte er immer wieder, mehrfach hintereinander dran zu sein.

In dieser Hinsicht war er, nun, wie soll ich sagen, nicht einfach egoistisch, aber doch recht gedankenlos. So wie er überhaupt sehr begeisterungsfähig war, erging es ihm bei den Mädchen nicht anders. War er in eine verliebt, vergaß er die

Welt um sich herum. Es kam vor, dass wir uns wegen des Geldes oder der Samstage auch mal stritten, und zwar ganz ernsthaft. Einmal wurden wir sogar handgreiflich, sodass unsere Großmutter einschreiten musste.

Ja, ich komme gleich zur bittersten Liebesgeschichte der Welt, ein wenig Geduld noch, aber damit du die Sache auch wirklich begreifst, muss ich dir das alles vorher erzählen.

So ein Mensch also war Mehmet, doch trotz unserer gelegentlichen Zankereien kamen wir recht gut miteinander aus. Als wir studierten, waren die politischen Wirren in der Türkei gerade auf ihrem Höhepunkt, und du wirst ja gehört haben, dass die TU Ankara seit jeher einen sehr protestfreudigen Ruf hat. Es kam in der Uni oft zu Auseinandersetzungen von Studenten untereinander und mit der Polizei. Im Gegensatz zu mir mischte Mehmet sogleich bei linken Gruppierungen mit. Manchmal kam er nachts nicht nach Hause, sondern verfasste mit Kommilitonen in einem Studentenwohnheim Pamphlete oder nahm an politischen Versammlungen teil.

Noch bevor wir fertigstudiert hatten, starb mein Großvater, und wir waren nur noch zu dritt. Meine Großmutter, eine zarte Person, litt unter Kniebeschwerden und hohem Blutdruck, und wenn ihr Herz wieder mal allzu heftig schlug, nahm sie Zuflucht zu ihrem Nerventonikum. Wie es bei alten Paaren oft geschieht, sah sie den Tod ihres Mannes als göttliches Zeichen dafür an, dass auch ihr Ende bevorstand.

Während Mehmet meiner Großmutter nicht sonderlich nahestand, saß ich oft mit ihr zusammen, und wir erzählten uns unsere Sorgen. In einer jener eiskalten Nächte, für die Ankara so berühmt ist, lagen wir schon im Bett und schliefen. Weil Kohle zu teuer war, um in der Nacht durchzuheizen, gingen wir früh zu Bett.

Mehmet war in jener Nacht wieder mal im Studentenwohnheim geblieben. Gegen drei Uhr wurden wir wach, als draußen jemand beharrlich klingelte. Mein erster Gedanke war: Mehmet. Hoffentlich war ihm nichts zugestoßen. Als ich auf den kalten Gang hinausging, war meine Großmutter schon mit einer Jacke über den Schultern auf dem Weg zur Tür. Fragend sahen wir uns an. Ich machte die Tür auf, aber da stand niemand. Nachdem es drei Tage lang ununterbrochen geschneit hatte, erstreckte sich vor dem Haus eine makellose Schneeschicht ohne jegliche Fußstapfen, ja nicht einmal Katzenpfoten hatten sich darin abgedrückt. Was hatte das zu bedeuten? Einer von uns beiden hätte sich verhören können, doch wir hatten das Klingeln beide wahrgenommen.

In jener Nacht sagte meine Großmutter: ›Das war dein Großvater, er ruft mich zu sich. Bald gehe ich also. Genau das will ich auch. Dann sehe ich meine Tochter wieder. Der Tod ist eine Erlösung für mich. Seit Jahren habe ich nur gelebt, weil ihr mir anvertraut wart. Nun habe ich euch großgezogen und kann beruhigt sterben. Ihr seid Männer und nächstes Jahr Ingenieure, dann könnt ihr für euch selbst sorgen. Eine alte kranke Frau kann für euch ohnehin nichts mehr tun.‹ Mit trauriger Miene fuhr sie dann fort: ›Um dich mache ich mir keine Sorgen, aber Mehmet ist so unvernünftig. Der wartet doch nur darauf, sich in das erstbeste Unglück zu stürzen. So ein Abenteurer, der Junge, was wird ihm wohl im Leben noch alles zustoßen? Darum bitte ich dich um eines, Ahmet, pass bitte, so lange du kannst, auf deinen Bruder auf. Ich habe so ein ungutes Gefühl, dass er oft in der Patsche stecken wird.‹

So kam es denn auch. Meine Großmutter mit ihrem siebten Sinn hatte richtig gelegen. Zwei Monate später starb sie, an Organversagen, wie der Arzt das formulierte; wohl ein medizinischer Terminus für einen natürlichen Tod. Mehmet und ich waren dabei, als sie ihren letzten Atemzug tat. Ganz klein lag sie da. Was man so Seele nennt, verschwand allmählich aus ihrem Gesicht wie ein zurückweichendes Meer, doch mit letzter Kraftanstrengung wollte sie mir noch einmal mein Versprechen in Erinnerung rufen. ›Ja‹, sagte ich, ›schon gut, du kannst dich auf mich verlassen.‹ Mehmet wusste natürlich nicht, worum es dabei ging.

Aber dir fallen ja schon die Augen zu. Das Meer, die Sonne, und jetzt auch noch drei Glas Wein, das tut seine Wirkung. Mir wird auch schon der Kopf ein wenig schwer. Gegen den Schlaf ist schlecht anzukämpfen. Meine Großmutter sagte immer, da sitzen einem zehn Araber auf den Augenlidern.

Wir schlossen unser Studium mühelos ab, mal abgesehen davon, dass Mehmet bis zum Schluss an Unibesetzungen und anderen Aktionen teilnahm und ein paarmal verhaftet wurde. Ich leistete danach sofort meinen Wehrdienst ab, um die Sache hinter mir zu haben. Da ich kräftig gebaut war, kam ich nach der Grundausbildung zu einer Kommandotruppe in Burdur, wo ich an allen möglichen Waffen und im Überlebenstraining ausgebildet wurde. Zu Anfang fiel mir das nicht leicht, aber mit der Zeit gewöhnt man sich daran.

Mehmet fing sofort bei einer amerikanischen Firma zu arbeiten an und wollte seine Militärzeit so lange hinausschieben wie nur möglich. Als die Möglichkeit eingeführt wurde, eine Art Kurzwehrdienst abzuleisten, schaffte ich es mit Müh und Not, ihn dazu zu überreden. Danach konnte er zu seiner Firma zurück, während ich mehrfach die Arbeitsstelle wechselte. Irgendwie fanden wir aber nicht so recht unser Glück.

Da erzählte mir eines Tages unserer früherer Kollege Sedat von Russland. Wir wussten bereits, dass dort türkische

Firmen groß im Baugeschäft tätig waren, aber Sedat berichtete, wie leicht dort Arbeit zu finden sei, bei der man bei hohem Gehalt billig leben und eine Menge sparen könne, und als er dann auch noch von der auffallenden Schönheit der russischen Mädchen schwärmte, war ich dabei. Gleich am nächsten Tag meldete ich mich unter Berufung auf Sedat bei dem Großunternehmen ENKA, das in der weiten Sowjetunion so viele Baustellen unterhielt, dass sie erst gar nicht wussten, wo sie mich hinschicken sollten, aber schließlich befanden sie, dass ich am ehesten in Borissow gebraucht werden könnte, in der Nähe von Minsk.

Der Ostblock war damals schon in Auflösung begriffen. Die Rote Armee hatte sich nach schweren Verlusten aus Afghanistan zurückgezogen, und aus der DDR kehrten ganze Bataillons in die Heimat zurück, sodass für Tausende von Offizieren Unterkünfte gebaut werden mussten. In Borissow, wo ohnehin schon eine Garnison stationiert war, sollte für die neuen Soldaten gleichsam eine neue Stadt aus dem Boden gestampft werden. So flog ich eines Tages mit meinem Visum und ein paar Dollar in der Tasche nach Minsk.

Es war Frühling, und alles grünte und blühte. In das propere, ungeheuer romantische Minsk verliebte ich mich sofort. Nach all dem Trubel, dem Lärm und den Menschenmassen in meiner Heimat erschien mir die Stadt wie eine Oase des Friedens. Borissow wiederum war etwa eine Stunde von Minsk entfernt, ein netter kleiner Ort inmitten von Weißbuchenwäldern. Es sprang einem sofort ins Auge, wie viele Soldaten der Roten Armee und wie viele Türken jeglichen Standes dort herumliefen: Ingenieure, Architekten, Handwerker und Arbeiter aus ganz Anatolien. Und jeder machte einen zufriedenen Eindruck.

Arbeiter bekamen dort etwa fünfhundert Dollar pro Monat, von denen sie vierhundert in die Heimat schickten. Mit dem Rest kamen sie sich vor wie Millionäre. Sie wohnten in weiträumigen Baracken, doch einige von ihnen hatten sich bei sowjetischen Offiziersfamilien eingemietet und hielten sich vorwiegend dort auf. Als ich sie fragte, wie das aufzufassen sei, schwiegen sie, als wäre ihnen dem Herrn Ingenieur gegenüber irgendetwas peinlich, und ich hakte nicht weiter nach. Von einem Bekannten wurde ich aber rasch aufgeklärt: Da in der zerfallenden Sowjetunion auch die Offiziere kaum noch bezahlt wurden und man außer auf dem Schwarzmarkt ohnehin kaum mehr etwas bekam, bandelten unsere Millionäre mit den hübschen Töchtern solcher Offiziere an, brachten bei Besuchen reichlich Proviant, Süßigkeiten und Wodka mit und blieben schließlich auch über Nacht bei den Mädchen, mit denen sie eine Art zweiter Ehe eingingen. Die eigentlichen Ehefrauen in Anatolien waren zufrieden, weil das viele Geld eintraf, und für die Männer war es schön, in Borissow nicht allein zu sein. Deshalb ihr verschämtes Lächeln, wenn man auf die Sache zu sprechen kam. Im Scherz sagten sie: Russische Mädchen sind wie Wodka, den kippt man einfach hinunter und braucht nichts dazu; türkische Mädchen dagegen sind wie Rakı, da braucht man Käse dazu und Melonen und, und, und.

Schau einer an, dachte mich mir, wie es hier zugeht. Ich bekam heraus, dass auch manche Ingenieure es so hielten. Einige verliebten sich, und so kam es zu einer ganzen Reihe türkisch-russischer Ehen.

Es war zwar ein ruhiges Leben in Borissow, doch wurde viel gearbeitet. Da die Firmen nur an Aufträge kamen, wenn sie sich verpflichteten, möglichst schnell zu liefern, standen wir von morgens bis spätabends auf der Baustelle. An den Wochenenden erkundeten wir die Umgebung. Manchmal hatten wir die Dolmetscherin Ludmilla dabei, die uns bei unseren Behördengängen behilflich war.

Die hochgewachsene Ludmilla hatte schwarze Haare, aber sehr weiße Haut. Sie hatte in Moskau Fremdsprachen studiert und sprach sehr gut Englisch. Mit ihrem strengen Dutt, ihrer Hornbrille, hinter der die grünen Augen kaum zur Geltung kamen, ihrem aufrechten Gang und ihrer ernsten, jeden auf Distanz haltenden Art nahm man sie nie anders wahr denn als disziplinierte Arbeitskollegin.

An Sonntagen bildete sich manchmal am Waldrand ein kleiner Markt, auf dem vorwiegend Frauen Dinge verkauften, die anscheinend aus ihrem Haushalt stammten. Auf Decken wurden Ikonen feilgeboten, Kerzenständer, Schneekugeln mit Kirchen darin, Matrjoschkas, Spiegel, Spitzendeckchen, Kuckucksuhren, Familienfotos im Silberrahmen, sogar alte Uniformen, Medaillen, Orden … Es waren durchwegs gebrauchte Gegenstände, so wie ja überhaupt halb Russland anscheinend darin wetteiferte, aus dem Hab und Gut des zerfallenden Regimes noch ein paar Rubel herauszuschlagen.

Als ich eines Abends rauchend vor dem bereits erwähnten Hotel stand, schlich sich aus dem Dunkel ein magerer Junge an mich heran und fragte mich in kaum verständlichem Englisch, ob ich eine Uhr kaufen wolle. Mir war sofort klar, dass er die Uhr irgendwo hatte mitgehen lassen, aber dennoch war ich neugierig, was er mir da anzubieten hatte. Erst sah er sich misstrauisch nach allen Seiten um, dann holte er einen seltsamen Gegenstand aus der Tasche, zu groß für eine Uhr, ziemlich schwer und mit Messzeigern darauf. Ich fragte ihn, woher das Ding sei, und er antwortete, es stamme aus einer MiG 25.

Waren die also schon so weit, dass sie ihre Kampfflugzeuge ausweideten ... Der Junge traute sich kaum, zehn Dollar dafür zu verlangen, und ich hätte ihn wohl auf fünf oder gar drei Dollar herunterhandeln können, aber ich gab ihm, was er wollte, und ging dann auf mein Zimmer, um mir das Gerät näher anzuschauen. Für einen Freund von mir in Istanbul, der Kuriosa sammelte, würde es ein schönes Geschenk sein. Der Freund freute sich tatsächlich, doch mir wurde im Nachhinein klar, in was für eine Gefahr ich mich begeben hatte. An den Flughäfen der Sowjetunion wimmelte es von KGB-Agenten und finster dreinblickenden Zollbeamten, und hätte einer sich einfallen lassen, mein Gepäck zu durchsuchen, wäre es um mich geschehen gewesen.

Im Herbst sah die Umgebung von Borissow noch schöner aus. Als die Blätter sich verfärbten, wurden die Seeufer in die herrlichsten Farben getaucht, und die Buchen, diese lichten, braven Kinder der dunklen Wälder des Nordens, glänzten sogar in der Nacht. Es war alles so paradiesisch dort, dass einem in den Sinn kam, sich zu verlieben und selbst Kinder in die Welt zu setzen, und ich war auch recht glücklich, doch ich musste immer wieder an Mehmet denken, von dem ich kaum etwas erfuhr. Was mochte er in meiner Abwesenheit für Unfug anstellen? So sprach ich eines Tages mit unserem Leiter. Gut ausgebildete Elektroingenieure wurden immer gebraucht, und als ich den Lebenslauf meines Bruders vorlegte, hieß es gleich, gut, der soll nur kommen.

Jetzt musste ich nur noch Mehmet selbst zu überzeugen. In einem langen Brief schilderte ich ihm die paradiesischen Zustände, die hier herrschten, die überwältigende Natur, die unglaubliche Schönheit der Mädchen, doch von einschlagender Wirkung sollten nicht all diese Schwärmereien sein, sondern ein kleiner Satz, den ich eher zufällig hingeschrieben hatte, nämlich dass wegen der Umwälzungen in dem zerfallenden Regime dort alles so billig sei, und auch hier wiederum kam es ihm nicht auf das Billige an, sondern darauf, jene Umwälzungen aus der Nähe mitzuerleben. Was immer auch der Grund sein mochte, Hauptsache, er kam, und ich freute mich sehr, doch hätte ich gewusst, was auf uns zukommen würde, wäre mir die Freude im Hals stecken geblieben.«

Erst jetzt merkte ich, dass das Mädchen mit geschlossenen Augen und nach vorn gesunkenem Kopf dasaß.

»Komm, leg dich ins Bett. Morgen kommen wir zu den entscheidenden Stellen meiner Erzählung. Gute Nacht, schlaf gut.«

Sie protestierte nicht, ja hörte mich wohl nicht einmal richtig. Ach, schlafen können wie ein junger Mensch … Taumelnd ging sie ins Erdgeschoss hinunter.

Gute Nacht.

12

Ein zorniges Mädchen, ein fieberkranker
Junge, ein eifersüchtiger Kerberos,
also ein ganz normaler Tag

Am nächsten Morgen brach ein ungeheurer Radau los. Mein
Gott, wie laut dieses zierliche Mädchen werden konnte. Nun
lernte ich sie von einer neuen Seite kennen und erlebte mit,
wie sie war, wenn sie von einer unbezähmbaren Wut gepackt
wurde. Dann schimpfte sie drauflos. Was ich mir überhaupt
einbilde, drangekriegt hätte ich sie, die seltsamste Liebesgeschichte der Welt sei ihr versprochen worden, und deshalb
sollte sie über Nacht bleiben, aber zu hören bekommen habe
sie bloß etwas über meine Familie, meinen Bruder und ein
bisschen Russland drum herum, nicht mal richtig zugehört
habe sie, ob ich ihr vielleicht was ins Glas gemischt hätte,
denn bis zum Morgen habe sie geschlafen wie betäubt – und
so weiter und so fort. Ich lauschte ihr in aller Ruhe, hielt ihr
eine Tasse Kaffee hin und lächelte, was sie erst recht wütend
machte.

Schließlich nahm sie den Kaffee und schob dabei ihre Unterlippe schmollend vor. Kaum hatte sie einen Schluck getrunken, spuckte sie ihn auch schon wieder aus. Wie könne
ich ihr so heißen Kaffee geben, verdammt noch mal, das sei
doch bestimmt wieder Absicht, ob ich sie vielleicht veräppeln

wolle oder was, und was sei überhaupt mit dieser Liebesgeschichte, was zum Teufel sei jetzt damit?

Zum Glück ging unten gerade die Tür auf und Hatice rief: »Ich bin's!«, sodass mir eine neue Salve vorerst erspart blieb.

Ich rief zu Hatice hinunter, es sei ein Gast da, und sie solle doch bitte Frühstück für zwei zubereiten.

»In Ordnung.«

Sie war meine Absonderlichkeiten gewöhnt und wunderte sich daher auch nicht weiter, dass ich einen Übernachtungsgast hatte, auch wenn das noch nie zuvor der Fall gewesen war.

»Du brauchst dich vor Hatice nicht zu fürchten«, sagte ich. »Da sie mich kennt, wird sie schon nichts falsch auffassen.«

»Was sollte sie falsch auffassen?«

»Dass du hier geschlafen hast.«

»Was soll dabei sein?«

»Na ja, ich meine nur, sie wird nicht denken, dass zwischen uns beiden was ist.«

Völlig entgeistert sah sie mich an. »Warum sollte sie so was denken? Ist der Altersunterschied vielleicht nicht deutlich genug?«

»Doch, doch, natürlich. Übrigens habe ich dich nicht irgendwie drangekriegt, sondern ich werde dir wirklich eine große Liebesgeschichte erzählen, nur lässt sich das eben nicht in zwei Sätzen erledigen. Und ins Glas habe ich dir auch nichts gemischt, du bist von selbst eingeschlafen. Ich weiß nur nicht genau, wann. Das mit Russland hast du noch mitgekriegt, oder?«

»Ja«, sagte sie, etwas ruhiger. »Das mit den Türken dort hast du erzählt, die bei den russischen Mädchen übernachtet haben.«

Jetzt duzte sie mich auf einmal auch. Ich fragte mich, ob sie das am Vortag auch schon getan hatte.

»Gut, dann brauchen wir nicht viel aufzuholen. Das mit Ludmilla und mit Mehmets Ankunft in Russland erzähle ich dann heute Abend.«

»Heute Abend?! Auf der Stelle erzählen Sie das, damit wir endlich fertig werden.« Und schon siezte sie mich wieder.

»Soll ich vielleicht erzählen, während Hatice uns das Frühstück serviert? So einfach geht das nicht. Ich offenbare dir ein Familiengeheimnis, das solltest du nicht so leichtnehmen.«

»Hatice bleibt ja nicht ewig hier, dann erzählen Sie eben, sobald sie weg ist.«

Als ich den Kopf schüttelte, sah sie mich an wie jemand, der gerade alle Hoffnung aufgegeben hat. Nicht mehr wütend, viel eher bekümmert.

»Ich habe heute in der Kreisstadt zu tun«, sagte ich in beschwichtigendem Ton, »ich muss auf die Bank und zum Katasteramt, währenddessen kannst du doch Feriha suchen. Vielleicht hilft dir Hatice dabei. Und am Abend treffen wir uns hier wieder.«

»Ich habe ja schon viele Menschen kennengelernt, aber so einen wie Sie noch nie«, sagte sie. »Sie wollen einen ständig überlisten. Aber ich bin heute Abend nicht mehr da. Meine Mutter macht sich schon furchtbare Sorgen, und in der Zeitung fragen sie sich, was ich hier noch treibe. Also ganz und gar unmöglich. Ich will nur diese Feriha finden und mit ihr reden.«

»Nun gut. Mit Gewalt werde ich dich hier nicht festhalten. Geh nur, wann du willst.«

Da brachte Hatice das Tablett mit dem Frühstück. Mandelhörnchen und Kaffee. Das Mädchen rümpfte die Nase. In diesem Irrenhaus kriegt man nicht mal ein anständiges Frühstück, dachte sie wohl, aber dennoch aß sie, ohne zu murren. Von dem Mehlstaub auf dem Gebäck blieb etwas an ihren Lippen hängen, wie ein kleines Wölkchen, aber ich sagte nichts, denn das sah hübsch aus.

Zu Hatice, die inzwischen wieder im Erdgeschoss war, rief ich hinunter, ob sie die Journalistin nicht zu Feriha bringen könne. Darauf ließ Hatice sich nur allzu gern ein, hatte sie doch seit den letzten Tagen schon das Gefühl, sich zu einer wichtigen Person zu entwickeln.

»Natürlich, sie wohnt sowieso nicht weit weg von uns. Jederzeit bringe ich das Fräulein da hin.«

Beiläufig fragte das Mädchen, was ich noch alles erzählt hätte, nachdem sie eingeschlafen sei.

»Ich habe von Ludmilla erzählt, und davon, wie ich Mehmet nach Borissow gebracht habe. Erst später habe ich gemerkt, dass ich damit den Fehler meines Lebens begangen hatte. Die Tragödie begann in Borissow.«

Mit vollem Mund (diese Mandelhörnchen sind ziemlich klebrig) fragte sie ungeduldig: »Mit wem hat die Tragödie begonnen? Mit Ludmilla?«

»Nein. In der Geschichte kommt noch eine Person vor, die ich noch nicht erwähnt habe. Erst als sie in unser Leben getreten war, nahm die Tragödie ihren Lauf.«

»Und wer ist diese Person? Machens Sie's doch nicht so spannend!«

»Es ist das schönste Wesen der gesamten Menschheitsgeschichte. Wie sie heißt, wer sie ist, wie Mehmet sie kennengelernt hat und wie diese Begegnung ihn ins Unglück gestürzt hat, das werde ich alles heute Abend erzählen.«

»Pah«, entgegnete sie und zuckte abschätzig die Schultern.

Während sie ihre Sachen zusammenpackte, murmelte sie vor sich hin: »Heute Abend, dass ich nicht lache. Dann können Sie lange warten. Am liebsten würden Sie mich hier als Geisel halten.«

Zusammen mit Hatice verließ sie das Haus. An der Tür sagte ich zu ihr noch: »Wir hatten uns so schön aneinander gewöhnt. Ich werde dich sehr vermissen.«

»Dann trösten Sie sich doch mit diesem furchtbaren Hund«, erwiderte sie. »Oder mit ihrem Liebling da unten. Reden Sie mit ihm, umarmen Sie ihn. Was geht mich Ihr Leben an?«

Ohne zu antworten, ging ich ins Haus. Sie so wütend zu sehen, fand ich irgendwie anziehend.

Als Hatice das Mädchen zu Feriha gebracht hatte, kam sie zurück.

»Warum will sie mit so vielen Menschen reden?«, fragte sie mich. »Was will sie noch rauskriegen?«

»Etwas über Swetlana, denke ich.«

»Die war's bestimmt, dieses Mistweib.«

Sie hielt erwartungsvoll inne, ob ich ihr wohl widersprechen würde, dann fuhr sie fort: »Sie werden es noch sehen, dass ich recht hatte. Ach, wenn der Richter bloß auf mich hören würde …«

»Wie geht es Ihrem Sohn? Hat er noch Fieber?«

»Weniger, aber jetzt hustet er so schlimm. Aufstehen kann er noch nicht.«

»Waren Sie beim Doktor mit ihm?«

»Das ist immer so teuer.«

Wieder sah sie mich an, als ob Sie etwas Bestimmtes erwartete.

»Ich schaue später bei Ihnen vorbei«, sagte ich.

Als ich in der Kreisstadt alles erledigt hatte, besorgte ich in der Apotheke ein fiebersenkendes Mittel, Schmerztabletten und Hustensaft. Dann fuhr ich nach Podima zurück, direkt zu Hatice. Neben ihrem heruntergekommenen Häuschen war Holz eingelagert, im Garten liefen Hühner herum. Als ich an der verwitterten Holztür klingelte, öffnete sie sofort. Und obwohl ich mein Kommen angekündigt hatte, machte sie ein gewaltiges Aufheben, wie schlimm es bei ihr aussehe. Ich müsse schon entschuldigen, ihr Mann sei im Kaffeehaus, sie müsse kochen, aber sie werde mir gleich einen Tee machen.

Mitten im Zimmer stand ein mit grün kariertem Wachstuch bezogener Tisch, auf dem Hatice gerade Bohnen putzte.

»Bitte machen sich Sie keine Umstände«, sagte ich, »ich möchte lediglich kurz nach Muharrem sehen.«

»Er liegt in seinem Zimmer.«

Ich ging hinein und sah, dass der Junge schlief. Er hatte die Bettdecke abgeworfen, und dennoch war das für seinen ungeschlachten Körper viel zu enge Unterhemd völlig verschwitzt. Auf der breiten Stirn standen ihm Schweißperlen. Unverkennbar hatte er hohes Fieber. Ohne ihn aufzuwecken, ging ich wieder zu Hatice hinüber, gab ihr die Medikamente und erklärte ihr, wie sie einzunehmen waren.

»Das geht doch nicht so weiter«, sagte ich. »Der Junge ist sehr krank, wie soll er denn ohne Doktor und ohne Medizin wieder gesund werden? Wenn die Sachen da nichts helfen, bleibt uns nichts anderes übrig, als ihn ins Krankenhaus zu bringen.«

»Gott möge es Ihnen lohnen.«

Als Lohn versprach ich mir einzig und allein, dass Hatice sich mir noch mehr verbunden fühlte und mir weiterhin den Haushalt besorgte.

Zu Hause band ich Kerberos los und brach mit ihm zu einem langen Strandspaziergang auf. Er schien mir böse zu sein. Als ich ihn fragte, was los sei, wehrte er ab. Schließlich bekam ich heraus, dass er auf das Mädchen eifersüchtig war, weil ich in den letzten Tagen so viel Zeit mir ihr verbracht hatte. Ich wollte ihn versöhnen, und wenn ich ihn hätte berühren können, hätte ich ihm über den Kopf gestreichelt, aber dass das unmöglich war, wusste auch er.

»Na komm schon«, sagte ich, »ist ja vorbei jetzt. Das Mädchen ist weg.«

»Von wegen«, knurrte er. »Das freche Ding kommt bestimmt wieder. Die zieht nur eine Schau ab.«

Am Abend widmete ich mich wieder der Lektüre, die wegen der Ereignisse der letzten Tage zu kurz gekommen war. Ich begann Bücher über junge Mädchen zu lesen. Stundenlang las ich mal hier eine Stelle, mal da einen Absatz. In einer schönen Novelle lässt Tolstoi als Ich-Erzählerin ein junges Mädchen auftreten, das sich in einen Mann verliebt, ihn heiratet und danach nichts als Enttäuschungen mit ihm erlebt. Höchst erstaunlich, wie der weißbärtige alte Tolstoi sich derart gut in ein junges Mädchen hineinversetzen und ihre Gefühle schildern konnte. So beruht vielleicht die Literatur auch weniger auf dem Erzählen an sich, denn auf dem Bemühen zu verstehen.

13
Der ewige Gatte

Diese Kapitelüberschrift ist zugegebenermaßen von einem an Epilepsie verstorbenen Sankt Petersburger Schriftsteller entliehen, doch vermag ich mit meinen bescheidenen Mitteln nicht besser den Seelenzustand von Ali zu beschreiben, der mich an jenem Morgen zuerst anrief und danach gleich vorbeikam. Als »ewigen Gatten« nämlich empfand er sich noch immer, als verantwortlichen, sorgenden, liebevollen Ehemann, obwohl er seine Frau nicht mehr hatte. Er setzte sich mir gegenüber in den Sessel und sah mich kummervoll an.

»Ich habe es nicht mehr ausgehalten«, sagte er. »Vielleicht hätte ich nicht kommen sollen, denn du schätzt so etwas vermutlich nicht, aber es geht einfach nicht anders. Ich muss mit jedem reden, der Arzu gekannt hat, mit ihr gesprochen hat, sich an sie erinnert. Sie kam oft zu dir, ich dagegen nie, musste ja auch nicht sein, aber jetzt, wo sie ... wie soll ich sagen ... nicht mehr ist, da war mir danach, dieses Haus einmal von innen zu sehen.«

Ich suchte nach Worten. Da fuhr er aber schon fort.

»Zeig mir, in welchem Sessel sie gesessen hat. Bestimmt habt ihr zusammen Kaffee getrunken, da würde ich gern die Tasse sehen, die ihre Lippen berührt haben. Ich habe dir gesagt, dass ich nachts nicht mehr schlafen kann, aber wenn ich doch mal wegsacke, ist es besonders schlimm, dann habe ich das Gefühl, dass sie noch lebt und ich ihren Tod geträumt habe und nur aufzuwachen brauche. Und wenn ich dann tatsächlich aufwache, bohrt sich die schreckliche Wahrheit wie ein spitzer Dolch in mein Herz.«

Während er so redete, überlegte ich, was zu tun wäre. Sollte ich mich um tröstende Worte bemühen oder einfach weiter schweigen? Bei seinem letzten Satz fiel mir eine Geschichte aus Stendhals *Italienische Novellen* ein, in der ein Mörder einer Frau ein Messer in die Brust stößt und sie dabei kaltblütig fragt, ob sie die Messerspitze schon im Herzen fühlt. Noch dazu fragt er sie mehrfach, aus echtem Interesse heraus. Wenigstens das ist Arzu erspart geblieben. Würde Ali wohl daraus Trost schöpfen, wenn ich ihm das erzählte, oder würde ich falsch damit liegen? Ich schwieg lieber.

Nach einer Weile merkte ich, dass er mich etwas gefragt hatte, nämlich ob ich Arzu gerne gemocht hatte. Nach kurzem Stottern sagte ich, dass ich das natürlich getan hatte.

»Wenn Sie hierherkam«, fragte er weiter, »worüber habt ihr dann gesprochen?«

»Ach, über nichts Besonderes. Meist redete sie, und ich hörte zu.«

»Was erzählte sie so?«

»Ach, dies und jenes.«

»Hat sie auch über mich geredet?«

»Natürlich.«

»Und was?«

»Sie sagte immer, dass sie dich sehr liebte.«

»Was waren genau ihre Worte?«

»Mein Gott, wie sehr ich diesen Mann liebe. So hat sie es gesagt, immer wieder.«

Bei dem Ausdruck in seinem Gesicht konnte ich nur denken, dass Glück den Menschen dumm aussehen lässt.

»Hat sie dir auch von den Leuten erzählt, mit denen sie sich in Istanbul getroffen hat?«

»Nein.«

»Bitte, Ahmet, du brauchst dich nicht zu scheuen. Ich wusste, dass Arzu sich hin und wieder mit Männern traf, aber ich behielt es lieber für mich.«

»Warum?«

»Natürlich um sie nicht zu verlieren. Sie war schließlich meine Frau und kam immer zu mir zurück. Aber jetzt will ich wissen, mit wem sie dort zusammen war. Ich werde diese Männer aufsuchen.«

»Wozu?«

Obwohl das so gar nicht zu seiner Persönlichkeit passte, kam mir der Gedanke, dass er sich vielleicht rächen wollte.

»Um mich gemeinsam mit ihnen an Arzu zu erinnern. Schließlich haben auch sie Arzu umarmt, haben ihren Duft in sich eingesogen, ihren Schweiß mit dem von Arzu vermischt, und so hat Arzu bei ihnen bestimmt eine Spur hinterlassen. Das verbindet. Wer nicht so intensiv liebt, lässt sich zu Eifersucht hinreißen und will nicht, dass sein Partner am Körper eines anderen Lust empfindet, doch vermischen sich da Liebe und Besitz. Wer einen Menschen als Besitz ansieht, würde ihn lieber sterben sehen, als ihm Glück mit einem anderen zu gönnen. Der Gipfelpunkt wahrer Liebe ist aber etwas ganz anderes, und weißt du auch was?«

»Was ist es?«

»Wenn man Eifersucht völlig vergisst. Und alles und jeden liebt, der den anderen glücklich macht. Da spielt dann Besitz keine Rolle mehr, und übrig bleibt reine Liebe.«

Ich wusste nicht, ob mir das jetzt nur seltsam vorkam, weil ich die Menschen ja nicht verstand, oder weil dieser Mann tatsächlich etwas Seltsames an sich hatte. Da ich mit Gefühlen nichts anfangen konnte, begriff ich Ali jedenfalls nicht.

Er wollte also die Männer finden, die mit Arzu geschlafen hatten, wollte lange mit ihnen reden, sie umarmen und dabei auf Spuren von Arzus Körper stoßen. Wenn dies aber nicht die Wahrheit war und er in Wirklichkeit die Adressen der Männer herausbringen und sie einen nach dem anderen umbringen wollte? Wurde der Liebesschmerz durch Rache gelindert oder ganz im Gegenteil noch gesteigert? Soweit wir bei *Othello* nachlesen können, kam dieser nicht zur Ruhe, nachdem er seine Frau erdrosselt hatte, sondern wurde von Reue geplagt.

War dieser Zustand wirklich so viel Schmerz wert, so viele Verbrechen, so viele Selbstmorde? Liebe war ja etwas Physikalisches und nichts Chemisches. Die Propheten wurden »Liebhaber Gottes« genannt, aber ihre Frauen waren nicht auf Gott, sondern auf andere Frauen eifersüchtig. Prophet zu sein half in Liebesdingen also auch nicht weiter.

Als Ali wieder weg war, schlug ich mein Heft auf, denn als ich ihm so zugehört hatte, waren Gedanken auf mich eingestürmt. Hätte ich diese sofort notiert, könnte ich jetzt Herrliches in mein Heft schreiben.

Während ich über das Gespräch mit Ali nachdachte, fielen mir, wieder Stendhals *Italienische Novellen* ein und dann, was Stendhal über Stil gesagt hatte, nämlich dass der Stil eines Gerichtsschreibers der beste sei. Das schrieb ich in mein Heft und fuhr dann fort:

Schreibt also die Protokollführerin im Gericht besser als jeder andere? Nein, das kann nicht sein, diese Texte liest niemand mit Genuss. Ein Protokollführer schreibt aber nicht seine eigenen Gedanken nieder und nicht einmal die Worte des Angeklagten oder eines Zeugen, sondern das, was ihm vom Staatsanwalt diktiert wurde. Durch die Ausdrucksmängel in solchen Texten wird Stendhal aber keineswegs widerlegt. Ließe man die Protokollführerin schreiben, wie sie wollte, kämen gewiss viel lesbarere Texte heraus. Auf ähnliche Weise wie Stendhal hatte sich auch Montaigne geäußert: »Ach, könnte ich doch reden, wie sie es auf dem Pariser Gemüsemarkt tun!« Aber nicht deshalb habe ich zu dem Heft gegriffen. Es geht mir um Alis Auffassung von Liebe, um seinen Wunsch, die Männer aufzusuchen, die mit Arzu geschlafen hatten. Beim Schreiben wollte ich dieses Thema erörtern, aber noch bevor ich damit anfange, erscheint es mir schon sinnlos. Warum denken die Menschen aber auch andauernd über das Thema Liebe nach? Müssen Gefühle für sie nicht furchtbar beängstigend sein? Nur gut, dass ich solche Sorgen nicht habe.

14
Wieder die Krawatte des Staatsanwalts,
das Simit essende Mädchen und Geschichten

Am folgenden Tag wurde die morgendliche Ruhe im Haus zunächst vom wütend anschlagenden Kerberos und dann von einem eindringlichen Klingeln gestört. Von meiner selbst gewählten mönchischen Zurückgezogenheit war in letzter Zeit nicht mehr viel übrig. Mein Leben glich eher dem eines Politikers.

Als ich die Tür öffnete, hatte ich wieder die Gendarmen vor mir stehen.

»Der Staatsanwalt will Sie noch einmal vernehmen. Wenn Sie bitte mitkommen möchten.«

Ich fragte sie, ob sie wieder eine SMS geschickt hatten, und das hatten sie tatsächlich. Ich musste mich wirklich mal um dieses Telefon kümmern. Hätte ich die Nachricht gesehen, wäre ich von selbst zum Gericht gefahren, nun aber musste ich wieder mit den Gendarmen hin.

Ich zog mich an, ließ aber diesmal die Krawatte weg, um den Staatsanwalt nicht zu verärgern. Auf Rasierwasser verzichtete ich auch.

Draußen sagte ich dem Gendarmen, ich würde lieber mit dem eigenen Auto fahren. Er beriet sich mit seinen Kollegen, dann kamen sie überein, dass einer zu mir ins Auto steigen und wir dem Pick-up hinterherfahren sollten. Während wir auf der schlechten Straße langsam vorankamen, konnte ich die beiden Gendarmen, die sich auf der Ladefläche des Fahrzeugs vor uns gegenübersaßen, ausgiebig beobachten, und auch auf ihren Kollegen neben mir warf ich ab und zu einen Blick. Diese Jungen, die es aus ihren Dörfern zum Wehrdienst hierverschlagen hatte, hatten allesamt den gleichen harten Gesichtsausdruck, als hätte Gott mit einem stumpfen Beil drauflosgeschlagen und ihnen alle die gleiche Stirn, die gleiche Nase und das gleiche vorspringende Kinn verpasst. Genauso auffällig war, dass sie alle einen breiten Nacken und dicke Handgelenke hatten.

Im Gericht gelangten wir durch einen langen Gang, in dem immer wieder Namen aufgerufen wurden, zum Büro des Staatsanwalts, wo wir dann aber eine Dreiviertelstunde warten mussten. Auch wenn man ein solches Gebäude nur als Zeuge betritt, fühlt man sich automatisch irgendwie schuldig, vielleicht wegen der mitleidigen Blicke der anderen.

Als der Staatsanwalt mich empfing, fiel mir gleich auf, dass ihm die Krawatte noch schiefer um den Kragen hing als das letzte Mal. Aber was ging das mich an? Er unterzeichnete fortwährend Akten, wobei ihm wie schon zuvor die Manschetten seines Hemds bis halb über die Hände reichten. Mit einer Geste bedeutete er mir, mich zu setzen. Die dünne, bleiche junge Frau mit den schmutzigblonden Haaren, die am Computer saß, warf mir scheue Blicke zu. Dann tippte sie wieder. Ein öder Ort, dieses Gericht.

Als der Staatsanwalt endlich fertig war, begann er, mir über Swetlana Fragen zu stellen, um »die Ermittlungen zu vertiefen«. Erst wollte er wissen, was mein Eindruck von Swetlana sei, ob mir nicht irgendetwas Verdächtiges an ihr aufgefallen sei. Ich erwiderte, dass ich sie kaum kenne und sie nur ein paarmal bei Ali und Arzu gesehen habe, wo sie mir wie eine vernünftige, ordentliche, gebildete Frau erschienen sei, die ruhig und gelassen ihre Arbeit tue.

»Die Art Gelassenheit, mit der man einen umbringen kann?«

»Da ich noch nie jemanden umgebracht habe, weiß ich auch nicht, ob es dazu eher Gelassenheit oder Wut braucht, daher kann ich Ihre Frage leider nicht beantworten.«

So verärgerte ich den Mann, ohne es zu wollen. Vermutlich war er ohnehin noch verstimmt, weil der Richter mich das letzte Mal nicht verhaftet hatte. Wenn er sich aufregte, strich er sich immer die Haare zurück, jetzt tat er es wieder. Dann fragte er mich nach sämtlichen Details der Mordnacht. Wann ich zu Ali gegangen sei, wen ich dort gesehen und mit wem ich gesprochen hätte, ob ich Swetlana gesehen hätte, ob mir beim Weggehen irgendetwas aufgefallen sei. Ich erzählte ihm alles, so genau ich konnte, etwa auch, wie Arzu mit ihren Freunden herumgescherzt hatte. Damit er sich von jenem Abend eine möglichst genaue Vorstellung machen konnte, verhielt ich mich wie ein gesetzestreuer Bürger, der den Justizbehörden helfen möchte.

Manche Fragen stellte er mir sogar mehrfach, entweder, weil er meine Antworten wieder vergaß, oder weil er ihre Stimmigkeit prüfen wollte. Mir war seine Absicht egal, ich erzählte ihm einfach, was er wissen wollte. Etwa, dass ich mich, um der Party und den vielen Leuten zu entkommen, in Alis Arbeitszimmer gesetzt und mich dort in ein Buch über Alvar Aalto vertieft hatte.

»Über wen, sagten Sie? Wer soll das sein?

»Ein finnischer Architekt.«

»Alto heißt der Mann?«

»Ja, aber man schreibt es mit zwei A.«

»Nun gut, erzählen Sie weiter. Sie haben also das Buch von dem Menschen mit den zwei A gelesen und dann?«

»Dann habe ich gesehen, wie Swetlana aus ihrem Zimmer gegangen und nach einer Weile wieder zurückgekommen ist.«

»Und wo war sie da?«

»Das weiß ich nicht.«

»Haben Sie keine Vermutung?«

»Sie wird wohl auf der Toilette gewesen sein.«

»Woher wollen Sie das wissen?«

»Das ist eine Vermutung.«

»Hm. Und Feriha, haben Sie die gesehen?«

»Nein. Außerdem kenne ich sie gar nicht.«

»Und wenn Sie sie kennen würden?

»Wie bitte?«

»Nun ja. Hat Swetlana ihr Zimmer noch einmal verlassen?«

»Nein, nicht dass ich wüsste.«

»Was heißt das, nicht dass Sie wüssten?«

»Sie kann rausgegangen sein, als ich nicht mehr da war.«

All das kümmerte mich nicht im Geringsten. Ich war das Verhör schon lange satt, durfte mir das aber nicht anmerken lassen. Das Frage- und Antwortspiel und das »Schreiben Sie« dauerten fast eine Stunde lang. Nebenbei diktierte der Staatsanwalt ja auch noch, und als hätte er in meine Ausdrucksfähigkeit keinerlei Vertrauen, änderte er meine Sätze dabei, wie es ihm beliebte. Da sie vom Sinn her gleich blieben, ließ ich ihn gewähren. Mir kam es einzig und allein darauf an, diesen unwirtlichen Ort so schnell wie möglich zu verlassen und in die Stille meines Hauses zurückzukehren, zu meinen Büchern, die sich jeglichen Lärmes zuverlässig enthielten.

Endlich war die Sache zu Ende. Ich nickte dem Staatsanwalt höflich zu und ging hinaus. Swetlana schien ganz schön in der Tinte zu sitzen.

Es war schon nach elf, und mein Magen erinnerte mich daran, dass ich nicht gefrühstückt hatte. Ich ging auf eine Imbissbude zu, vor der ein paar Holztische standen, und da sah ich sie auch schon sitzen, mit ein paar Leuten zusammen. Sie tranken Tee und aßen Simit.

Das Mädchen erzählte gerade lachend etwas, als sie mich erblickte. Erst stutzte sie, dann stand sie auf und streckte mir die Hand entgegen, bemerkte aber sofort ihren Irrtum. Diesmal trug sie keine Jeans, sondern einen eng anliegenden schwarzen Rock und eine ärmellose Bluse mit grauem Blumenmuster. Obwohl recht eindeutig war, was ich hier zu suchen hatte, fragte sie mich dennoch danach.

»Der Staatsanwalt hat mich wieder verhört.«

»Worüber?«

»Über Swetlana.«

»Ja, die Sache ist ans Schwurgericht verwiesen worden. Wer der Haupttäter ist, scheint mittlerweile ziemlich klar zu sein.«

Ich wusste nicht, was ich mit ihr noch reden sollte. Sie zeigte auf die Leute an ihrem Tisch.

»Das sind Kollegen, die den Fall auch verfolgen.«

»Schön.«

»Wollen Sie sich nicht zu uns setzen?«

Neue Leute kennenzulernen und ihre Fragen beantworten zu müssen war mir ein Gräuel.

»Entschuldigen Sie, aber ich möchte lieber nach Hause.«

»Natürlich, Ihre Bücher sind da ganz alleine und vermissen Sie bestimmt.«

»Ja, und ich vermisse sie auch.«

»Und dann ist da noch Kerberos.«

Ich nickte.

»Und nicht zu vergessen der Liebling.«

Sie war anscheinend darauf aus, den Abschied noch hinauszuzögern. Ich aber nickte ihr nur noch einmal grüßend zu und wandte mich ab. Als ich bei meinem Auto ankam, das gleich nebenan in einer Seitenstraße geparkt war, sah ich in der Windschutzscheibe, dass sich neben mir auch das Mädchen widerspiegelte, das hinter mir stand. Ich drehte mich um. Sie hatte einen seltsamen Zug um den Mund. War das nun Scham, Schmerz oder ganz etwas anderes? Ich wusste es nicht zu deuten. Wir schwiegen uns an. Schließlich fragte ich sie, ob sie etwa neugierig darauf sei, was der Staatsanwalt gesagt hatte.

»Nein«, erwiderte sie mit kaum hörbarer Stimme und murmelte dann noch etwas, das ich nicht verstand. Da dämmerte es mir.

»Die Geschichte! Du willst wissen, wie sie weitergeht, was?«

Sie nickte mit der leicht beleidigten Miene, die ich nun schon so gut an ihr kannte.

»Sie haben an einer so spannenden Stelle aufgehört, dass ich mich die ganze Zeit frage, wer dieses schönste Geschöpf der Welt ist und wie es Ihrem Bruder mit ihr ergangen ist. Was soll das heißen, die schönste Frau der Welt? Haben Sie ein Bild von ihr?«

»Wissen Sie was, kommen Sie doch mit, dann erzähle ich weiter. Ich muss nur noch kurz bei Hatice vorbeischauen, wie es ihrem Sohn geht.«

Als hätte sie nur darauf gewartete, lief sie sofort zu ihren Kollegen, redete kurz mit ihnen, nahm ihre Riesentasche und kam zurück. Sie war schon ein sonderbares Wesen: eine geborene Zuhörerin, mit einem ganz eigenen Willen, aber ihre Neugier konnte sie nicht bezähmen.

Als wir bei Hatice ankamen, wollte das Mädchen im Auto warten, aber Hatice, die gerade in den Garten hinausging, erspähte sie sofort und wollte sie auf keinen Fall weglassen, bevor sie nicht wenigstens ein Glas Ayran getrunken hatte. In einer Art, die keinen Widerspruch zuließ, machte sie die Autotür auf, nahm das Mädchen beim Arm und nötigte es ins Haus.

Hatices Mann war ausnahmsweise mal nicht im Kaffeehaus, sondern zu Hause. Er ging keiner bezahlten Arbeit nach, sondern sammelte nur im Wald Brennholz, das er trocknete und stapelte, und er kümmerte sich um die Hühner und den Gemüsegarten. Manchmal verrichtete er auch Gartenarbeiten bei »den Istanbulern« und nahm hin und wieder Muharrem dazu mit. Er machte ständig ein fröhliches Gesicht. Neben ihm hatte er noch einen Sohn und eine Tochter, die beide normal entwickelt waren, aber Muharrem war nun mal anders.

Während wir Hatices Ayran tranken, der nebenbei bemerkt abscheulich schmeckte, erfuhren wir, dass es ihrem Sohn dank der Gebete, mit denen sie mich bedacht hatte, besser ging. Nun, es hatten wohl die Medikamente angeschlagen, und das Fieber war gesunken. Ich ging ins Nebenzimmer und sah mir den Jungen an, der tatsächlich einen besseren Eindruck machte. Er war noch immer krank und schwach und schwitzte sehr, aber zumindest lag er nicht mehr da wie ohnmächtig. Beim Anblick des fremden Mädchens wurde er ganz unruhig und verschämt und wollte aufstehen, doch ich hielt ihn mit einer Geste davon ab. Er war ja auch sonst immer furchtbar schüchtern, nun aber wusste er gar nicht, wohin er blicken sollte.

»Bleib nur liegen«, sagte ich. »Wir gehen schon wieder. Ruh dich aus.«

Beim Hinausgehen merkte ich, dass er mir etwas sagen wollte. Er bewegte die Lippen, brachte aber nur ein Röcheln zustande. Ich fragte ihn, was er wolle, und schließlich verstand ich, dass er sagte: »Wie geht es Kirbas?«

Den Namen Kerberos konnte er sich nicht merken, dabei war der Hund vermutlich sein bester Freund im Leben. Wenn er zum Unterricht kam, wälzte er sich mit Kerberos lange im Garten herum, und wer den beiden zusah, musste um das Leben des Jungen bangen. Sie spielten ein Kampfspiel, bei dem Kerberos den Arm des Jungen schnappte und nicht mehr losließ. Hätte er mit seinen mächtigen Kiefern nur ein wenig mehr zugedrückt, wäre Muharrems Arm zermalmt worden, aber er wusste seine Kraft so zu dosieren, dass der Arm heil blieb, der Junge sich aber doch nicht befreien konnte.

Auf dem Weg zu mir nach Hause kamen wir über einen Hügel, von dem man einen wunderbaren Ausblick auf das Schwarze Meer hatte. Ich hielt oben an, um dem Mädchen zu zeigen, wie das Meer als perfektester Spiegel der Welt die Abendsonne abbildete. Es war kein Wölkchen am Himmel und die Luft so klar, dass man sich einbilden konnte, die gegenüberliegende bulgarische Küste wahrzunehmen.

Von dort oben sah ich mir gerne an, wie das Schwarze Meer, gleich einem Menschen, sich immer wieder in einem anderen Zustand darbot. Mal wütete es und schlug mit seiner ganzen Kraft gegen die Felsen am Strand, ein andermal begnügte es sich damit, am Sand nur ganz zögerlich zu lecken, und ganz selten lag es still und in sich gekehrt da wie ein See. Ich hatte das Schwarze Meer gleich einem Romanhelden kennengelernt, mit all seinem seelischen Aufruhr, seinem Zorn, seinem Liebessehnen, seiner Hoffnung und seiner Verzweiflung. Doch während ich mich auch diesmal wieder in diesen Anblick versenkte, hatte das Mädchen für derlei Romantik anscheinend nichts übrig.

»Warum sieht Muharrem so anormal aus?«, fragte sie.

»Ganz einfach: Weil er anormal ist. Er hat das Herz eines kleinen Kindes und ist vermutlich der sanftmütigste Mensch im ganzen Dorf, aber er steckt nun mal in diesem riesigen Körper.«

»Aber seine Geschwister wirken doch normal.«

»Sind sie ja auch.«

»Und warum er dann nicht?«

»Er ist ein Fall von Inzucht.«

»Und die anderen nicht?«

»Nein. Muharrem ist das Ergebnis einer Vergewaltigung, durch einen Onkel. Geheiratet hat Hatice dann aber den Mann, den du vorhin gesehen hast, und der hat den Jungen dann an Kindes statt angenommen und ihm sogar den Namen seines Vaters gegeben. Diese Geschichte kennt jeder hier im Dorf, aber keiner redet darüber. Jedes Haus hier hat sein Geheimnis, aber die Geheimnisse der Einheimischen und die der Istanbuler vermischen sich nicht. Jeder hat seines für sich.«

»Und woher wissen Sie das alles?«

»Die Antwort darauf kennst du schon. Für mich ist das Leben ein Roman, und jeder Mensch daher eine Romanfigur.«

»Ich muss zugeben, dass Sie recht haben.«

Der Satz fiel ihr hörbar schwer.

»Womit habe ich recht?«

»Mit dem, was Sie über Swetlana gesagt haben. Ihre erfundenen Geschichten werden wahr.«

»Sage ich doch immer, du glaubst mir nur nicht. Wie all diese unzulänglichen Wissenschaftler.«

Zögerlich sagte sie: »Dann sehen Sie mich also auch als Romanfigur?«

»Gibt es da einen Zweifel? Du spielst sogar eine Hauptrolle.«

»Dann erzählen Sie doch mal, was für ein Mensch ich bin. Wie gut kennen Sie mich?«

Meiner Erfahrung nach liebt jeder es, wenn über ihn gesprochen wird, und bei dem Mädchen war es nicht anders.

»Pass auf, so viel gibt es da gar nicht zu erzählen. Du bist eine gesunde junge Frau, dein Gehirn schüttet fortwährend Hormone aus, die dich in diesem Alter stark beeinflussen, was aber ganz normal ist. Du denkst, dass du frei bist und deine Entscheidungen selber triffst, aber eigentlich bist du die Sklavin eines Organs, das in etwa aussieht wie eine kleine Zwiebel.«

Grimmig runzelt sie die Stirn.

»Nein, versteh mich nicht falsch, ich meine die Hypophyse in deinem Gehirn.«

»Aha«, erwiderte sie. »Und was tut also dieses Dingsda, um über mich zu bestimmen?«

»Es will, dass du ein Kind auf die Welt bringst, damit das Menschengeschlecht weiterbesteht. Dazu musst du den geeigneten Mann suchen, mit dem du dich paaren kannst. Du denkst, dass du unbedingt ein Baby willst, aber eigentlich willst es gar nicht du, sondern die Hypophyse.«

»Aber jede Frau will doch ein Kind«, entgegnete sie.

»Ja, schon, aber nur in einem bestimmten Alter. Dann verschwindet dieses Bedürfnis. Nach einer Entbindung gibt die Hypophyse neue Anweisungen, und fordert keinen Sex mehr von dir, sondern dass du ernährst und dich kümmerst. Und das geht so bis zu den Wechseljahren.«

»Und dann?«

»Dann ändert der Diktator seine Befehle wieder und leitet die Frau dazu an, sich nunmehr auszuruhen und ihr eigenes Interesse in den Mittelpunkt zu stellen. Vom Standpunkt der Natur aus ist es von nun ab unerheblich, wie und ob die Frau noch lebt, denn ihre Aufgabe, das Überleben der Art zu sichern, hat sie erfüllt. So, und deshalb bist du gerade auf der Suche nach einem Mann, mit dem du ein Kind machen kannst. Habe ich recht oder nicht?«

Es war ein sehr heißer Tag, und da der uralte Opel keine Klimaanlage hatte, saßen wir darin wie in einem Backofen. Dem Mädchen machte das sichtlich zu schaffen, und immer wieder zog sie umständlich ein Papiertaschentuch aus der Tasche und wischte sich damit die Stirn ab. Ganz offensichtlich war sie verletzt, und wie ein verwundeter Löwe würde sie bestimmt zu einem Prankenhieb ausholen, doch wartete sie dazu einen günstigen Augenblick ab. Wenn sie auch tief im Innersten fühlte, dass ich mit meiner Diagnose richtig lag, kam für sie nicht infrage, einfach klein beizugeben.

»Können wir mal das Thema wechseln?«, fragte sie. »Sind Sie nicht böse auf den Staatsanwalt?«

»Nein, warum sollte ich?«

»Na, er hat Sie verdächtigt und wollte Sie verhaften lassen.«

»Damit hat er nur seine Pflicht getan. Vergiss übrigens nicht, dass auch du mich verdächtigt hast. Und noch dazu ziemlich lautstark.«

»Da wollte ich Sie nur testen«, log sie. »Wie weit man Ihre Nerven strapazieren kann.«

»Da gibt es keine Grenzen. Solange man mir nicht körperlichen Schaden zufügt, kann man mir gar nichts anhaben. Diesen Diktator, der uns lenkt, das Ego, habe ich nämlich überwunden.«

Sie setzte wieder eine überlegene Miene auf. »Entweder Sie lügen, oder Sie machen sich etwas vor. Dabei sind Sie gar kein so gefühlloser Mensch, Sie wollen sich nur nicht preisgeben.«

»Ich weiß aber, dass ich die Wahrheit sage, ob du das nun glaubst oder nicht.«

»Ich und alle anderen Menschen werden also von jenem Diktator gelenkt, nur Sie nicht?«

»Genau.«

»Unglaublich. Einen Menschen mit so viel Selbstvertrauen habe ich noch nie getroffen. Man muss Ihnen diese kalte Fassade doch runterreißen können.«

»Kann man nicht.«

»Kann man doch!«

»Nein.«

»Das muss aber gehen!«

Sie schrie mich jetzt an, in der Hoffnung, dass ich die Nerven verlieren und zurückschreien würde, doch ich antwortete ihr leise, ja beinahe flüsternd. Ich ließ den Motor an, und langsam fuhren wir ins Dorf hinunter.

Da tat das Mädchen auf einmal etwas ganz Unglaubliches. Ich wusste ja, dass sie unerschrocken war, aber so viel Dreistheit hätte ich doch nicht erwartet.

»Sie alter Sack!«, schrie sie mich an. »Sie geiler Bock!«

Ich sah sie nicht einmal an und schwieg. Dass sie leicht verrückt war, wusste ich schon länger.

»Ich weiß, warum du niemand anrührst, weil keiner einen Tattergreis wie dich anfassen würde, ohne Geld dafür zu verlangen!«

Als ich auch das schweigend über mich ergehen ließ, steigerte sie die Dosis und spuckte mir ins Gesicht. Jawohl, mitten auf die Wange. Wieder sagte ich nichts, regte mich nicht auf, lachte nicht einmal, sondern fuhr gemächlich weiter. Sowieso war ich viel mehr mit der Fliege beschäftigt, die an der Windschutzscheibe entlangbrummte. Ich kann Fliegen im Auto nicht ausstehen, da ich immer Angst habe, dass sie sich auf mich setzen.

Den Rest der Fahrt über blieb das Mädchen ruhig sitzen. Zu Hause parkte ich den Opel, doch stiegen wir beide nicht sofort aus. Kerberos stand da und wedelte mit dem Schwanz. Und was fiel dem sonderbaren Mädchen da plötzlich ein? Sie holte mit ihrer Tasche aus, um sie mir auf den Kopf zu schlagen. Im letzten Augenblick hielt sie inne. Das war wohl einfach Teil ihres Experiments. Nun warnte ich sie lieber.

»Tu das ja nicht draußen.«

Da strahlte sie.

»Sehen Sie? Irgendwann ist Ihre Geduld auch mal zu Ende.«

»Nein«, erwiderte ich ruhig. »Solange du meiner Gesundheit nicht ernsthaft schadest, nehme ich auch so etwas hin. Aber wenn Kerberos sieht, dass du mich schlägst, wird er dir zum Feind, und irgendwann wird er sich rächen. Mir kann das gleichgültig sein, doch für dich könnte es sehr ungut ausgehen. Dann gäbe es schon wieder einen Fall Podima, und du kämst auf die Seite eins deiner Zeitung.«

Sie wurde käseweiß, und ihre Unterlippe zitterte. Mit einem scheuen Seitenblick auf Kerberos flüsterte sie: »Meinen Sie, er hat das gesehen?«

»Schwer zu sagen. Vielleicht hat er es gespürt. Er muss nicht alles direkt sehen.«

»Das war ja keine böse Absicht von mir. Ich wollte Sie nur testen. Wenn einer behauptet, er ist blind, kann man ihm was zuwerfen und dann sehen, wie er reagiert. So was wollte ich versuchen. Ich bitte Sie vielmals um Entschuldigung, das war verrückt, was ich gemacht habe.«

»Nein, gar nicht. Man kann mir sowieso nichts Böses antun.«

»Warum haben Sie nicht reagiert? Wo ich Sie sogar fast geschlagen hätte?«

Ich musste schmunzeln.

»Warum lachen Sie?«

»Ach, nur so«, sagte ich, um sie abzulenken. »Mir ist nur was eingefallen. Nichts Wichtiges.«

Aber ich hatte vergessen, wie hartnäckig das Mädchen sein konnte.

»Na gut«, sagte ich schließlich, »du darfst es mir aber nicht übel nehmen.«

»Tu ich nicht.«

»Versprochen?«

»Versprochen.«

»Also, als du so ungehörig zu mir warst, musste ich an Sokrates denken.«

»An Sokrates?«

»Ja. Der wurde mal auf der Straße von jemandem beleidigt und bekam sogar einen Fußtritt, aber er ging ungerührt weiter. Daraufhin wurde er gefragt, warum er denn überhaupt nicht reagiert hatte, und da sagte er: ›Wenn mich ein Esel tritt, soll ich ihn dann anzeigen?‹«

Das Mädchen senkte schuldbewusst den Kopf. Sie wusste

nicht, was sie sagen sollte, und ich genauso wenig. Wäre es mir möglich gewesen, dann hätte ich sie an ihrem dünnen weißen Arm berührt und ihr gesagt, dass ich sie nicht beleidigen wollte, aber so …

Als wir ausstiegen, sah Kerberos uns verwundert an. Da tat das Mädchen auf einmal noch etwas viel Schlimmeres als alles andere zuvor, denn als wollte es sich für seine »Experimente« entschuldigen, nahm es mich plötzlich bei der Hand. Kerberos begann zu bellen wie verrückt und riss an seiner Kette. Das Mädchen erstarrte vor Angst.

Zum ersten Mal seit vielen Jahre berührte mich ein Mensch, und darauf war ich ganz einfach nicht vorbereitet. Mir drehte sich augenblicklich alles im Kopf, das Blut erstarrte mir in den Adern, und mir schien der Boden unter den Füßen wegzurutschen. Auf einmal merkte ich, dass ich aus Leibeskräften schrie. Nicht irgendwelche Worte stieß ich aus, sondern nur einen lang gezogenen Schrei.

Sofort lief der Krämer aus seinem Laden. »Was ist denn los?«, rief er. Aus Angst vor dem wildgewordenen Kerberos traute er sich aber nicht in den Garten. Kerberos musste mich in allerhöchster Gefahr wähnen, denn mit aller Kraft versuchte er sich loszureißen und brachte Laute hervor, wie sie einem Löwen Ehre gemacht hätten. Das Eisen, mit dem seine Kette an die Hundehütte geschmiedet war, hielt diesem Zug irgendwann nicht mehr stand, und wie loskatapultiert schoss Kerberos auf uns zu, stürzte sich auf das Mädchen und warf es um. Jeden Augenblick konnte er ihr den Hals zerbeißen.

Ich schrie: »Loslassen! Lass sie sofort los! Steh auf, steh auf!«

Kerberos begriff wohl, wie ernst es mir war, denn er ließ von dem Mädchen ab, das liegenblieb und zitterte wie ein erbeuteter Vogel im Maul eines Windhunds. Sie wimmerte, und da sie sich einen Arm vors Gesicht hielt, sah sie gar nicht, was um sie herum vorging. Ich befahl Kerberos zu seiner Hütte. Widerwillig gehorchte er, legte sich vor der Hütte nieder, sah aber weiterhin knurrend zu uns herüber. Ich kauerte neben dem Mädchen nieder und versuchte sie mit sanfter Stimme davon zu überzeugen, dass die Gefahr vorbei sei, doch in ihrem Schock begriff sie wohl gar nicht, was ich zu ihr sagte.

Erst wimmerte sie nur, aber sie merkte wohl doch, dass es ganz still war, und mein gutes Zureden tat irgendwann seine Wirkung, und so zog sie den Arm langsam weg und sah sich um. In ihren Augen stand ungeheure Angst. Furchtsam sah sie zu Kerberos' Hütte und richtete sich auf.

»Komm ins Haus. Dir ist nichts passiert, nur erschrocken bist du.«

Das schien sie mir zwar nicht so recht zu glauben, aber sie sah wohl ein, dass es keinen Sinn hatte, noch länger draußen im Garten zu liegen. Die Angst verlieh ihr nun Kraft genug, um ins Haus zu taumeln. Kerberos bellte wieder, ich rief ihn zur Ruhe und machte die Haustür auf. Kaum war das Mädchen drinnen, da flossen ihr auch schon die Tränen herunter wie ein warmer Sommerregen, und mit den Händen vor dem Bauch weinte sie los, ganz laut, wie ein Baby. Ich stand stocksteif neben ihr und wusste nicht, was ich tun sollte. Mir fiel kein einziger tröstender Satz ein. Irgendwann kam ich darauf, ihr zu sagen, sie solle doch ins Bad gehen.

»Warmes Wasser wird dir guttun. Saubere Handtücher sind auch da.«

Vorwurfsvoll sah sie mich an und ging in Richtung ihres Zimmers. Dabei bemerkte ich, dass sie hinkte. Ins Haus hatte ihr noch die Panik geholfen, doch nun bereitet ihr das Auftreten mit dem linken Fuß sichtlich Schmerzen. Aus dem Arzneischrank holte ich schnell Jodtinktur, einen Verband und eine Salbe gegen Schwellungen, das legte ich ihr alles vor die Tür und sagte ihr, sie solle sich den Fuß damit verbinden. Was für ein Tag!

Sie ließ sich nicht mehr blicken. Nach einer angemessenen Zeit brachte ich ihr Tee und ein Sandwich und klopfte an die Tür, aber entweder schlief sie oder wollte nicht öffnen. Ich ließ auch das vor der Tür, wünschte noch eine gute Nacht und ging nach oben. Dort versuchte ich mich in ein Buch zu vertiefen, um das alles zu vergessen, doch das gelang mir natürlich nicht.

Zum ersten Mal seit Jahren hatte mich ein Lebewesen berührt, wenn auch nur ganz leicht, sodass ich kaum gemerkt hatte, was eigentlich vorging. Für mich war das dennoch eine Revolution. Zum Glück war es nichts Inniges gewesen, keine richtige Umarmung. Ich versuchte, das Geschehene zu ignorieren und es erst gar nicht durch den Frontallappen gelangen zu lassen, der im Gehirn als Informationsfilter fungiert. Ohne Erfolg.

Um die Laktatsäure in meinen Muskeln loszuwerden, ging ich ins Untergeschoss und begab mich in die Arme des Lieblings, den ich etwas stärker einstellte als sonst. Die Kolben begannen zu arbeiten und auf jede Stelle meines Körpers ziemlich heftigen Druck auszuüben. Die Arme des Lieblings waren groß und dick genug, um meinen ganzen Körper zu umfassen. Wenn er mich umarmte, spürte ich seine gewaltige Kraft und entspannte mich. Nach einer halben Stunde in seiner Obhut stand ich auf und duschte heiß. Das verschaffte mir eine ruhige Nacht.

Am nächsten Morgen erwartete ich eigentlich die violetten Kaninchen, doch wurde mir ein sehr seltenes Schauspiel zuteil, nämlich der ungeheuer muskulöse schwarze Hengst, der auf einem riesigen Laufband galoppierte, das noch dazu auf der höchsten Stufe eingestellt war, sodass der Hengst es mit einer Lokomotive aufnehmen konnte und man seine rhythmisch schlagenden Hufe kaum sah. Fasziniert starrte ich auf das herrliche Geschöpf mit der schweißglänzenden Kruppe. Vor- und Hinterbeine produzierten in solchem Gleichmaß das bekannte Galoppgeräusch, dass man sich auf Erden nichts Harmonischeres vorstellen konnte. Es war wie Musik, nur noch perfekter. Wie eine Aufführung von Ravels *Boléro* in ungeheurer Beschleunigung. Und währenddessen entströmte den Nüstern des schwarzen Hengstes der Rauch der Hölle.

15
Die Zähne von Kerberos,
eine Tollwutimpfung etc.

Am Morgen klopfte ich bei dem Mädchen an der Tür. Sie komme gleich, sagte sie. Ich dachte mir, dass ihr ein richtiges türkisches Frühstück über den Schock ein wenig hinweghelfen würde, und machte mich zum Krämer auf, um Schafskäse, Oliven, Konfitüre und dergleichen zu kaufen.

»Wie geht es ihr?«, fragte mich der Krämer gleich.

»Gut.«

»Das arme Ding. Sterben hätte sie können vor lauter Schreck.«

Als ich nicht reagierte, sagte er: »Selbst mir ist fast das Herz stehengeblieben. Dieser Kirbas ist ein unheimliches Geschöpf. Alles andere als ein Hund. Wissen Sie, was ihn so aufgeregt hat?«

»Nein.«

»Aber was könnte es sein?«

»Na, er ist ein Tier, wie soll man das wissen? Aber keine Sorge, jetzt ist alles in Ordnung.«

»Fester anbinden müssten Sie ihn«, mahnte er. »Aber was soll dem schon widerstehen, das Vieh ist wie ein Drache.«

Als ich zu Hause gerade das Frühstück herrichtete, kam das Mädchen in die Küche gehumpelt. Sie schien sich etwas gefangen zu haben und hatte auch wieder Farbe im Gesicht. Ihr Fuß war locker verbunden.

»Ein wenig verstaucht wahrscheinlich«, sagte ich. »Das ist schnell vorbei.«

Gleich setzte sie wieder diesen wütenden Blick auf, den ich nun schon an ihr kannte. »Von wegen verstaucht!«

Sie nahm den Verband ab und hielt mir den Fuß hin. Über dem Knöchel war eine violette Bisswunde. Hatte ihr dieser Kerberos doch mir nichts dir nichts seine Zähne reingeschlagen.

»Warum hast du nicht schon gestern was gesagt, dann hätten wir eine Wundsalbe aufgetragen.«

»Wir? Sie meinen wohl ich? Mit Ihren hochempfindlichen Händen hätten Sie eine dreckige Wunde ja wohl nicht berührt, oder? Und was war das überhaupt für ein Geschrei? Ich wollte mich doch lediglich dafür bedanken, dass Sie mir meine Frechheiten verziehen haben ...«

»Entschuldige bitte. Aber glaub mir, ich habe nicht mal gemerkt, dass ich geschrien habe. Ich wusste selbst nicht, was mit mir los war.«

»Auf meine Beleidigungen haben Sie überhaupt nicht reagiert, aber dass ich Sie einmal kurz berührt habe, ist mich teuer zu stehen gekommen. Tot hätte ich sein können. Und jetzt muss ich zum Arzt und eine Spritze gegen Tollwut bekommen.«

»Mach dir deswegen keine Sorgen, Kerberos ist gegen Tollwut geimpft.«

»Das ist mir zu riskant. Dieses ... dieses Vieh ist kein normales Wesen.«

»Ich werde einen Arzt rufen, aber wenn er den Impfausweis sieht, wird er mir Recht geben.«

»Na rufen Sie ihn schon an.« Wimmernd fuhr sie dann fort: »Wie soll ich in dem Zustand nach Hause fahren? Und was soll ich denen erzählen?«

»Das, was passiert ist. Ist doch nichts weiter dabei.«

»Sie haben sie wirklich nicht mehr alle. Ich soll also meinen Vater anrufen und sagen, du, Papa, weil ich in Podima ein Monstrum von Mann berührt habe, ist sein Monstrum von Hund über mich hergefallen und hat mich in den Fuß gebissen. Ich bin noch mal davongekommen, und jetzt bleibe ich erst mal in dem Haus von dem Mann. Da packt mein Vater sein Jagdgewehr und ist auf der Stelle da, und dann können Sie wählen zwischen hier und hier.«

Sie zeigte dabei auf ihre Stirn und auf die rechte Schläfe.

»Lieber die Schläfe«, sagte ich, »dann wird wenigstens der Frontallappen nicht beschädigt.«

»Der was?«

»Der Frontallappen … Aber das erkläre ich dir später. Erst mal möchte ich dich daran erinnern, dass dein Vater es hier mit einem Kommandosoldaten zu tun kriegt. Und dass da auch noch Kerberos ist.«

»Mir ist es völlig ernst. Wie soll ich meiner Familie das erklären? Ich muss ihr eine Lüge auftischen.«

»Was hast du denn gestern Abend gesagt?«

»Dass der Fall sich noch hinzieht. Wegen Ihnen bin ich zur Lügnerin geworden.«

Sie zog ihr Handy heraus und rief zu Hause an. Anscheinend war diesmal ihr heldenhafter Vater am Apparat, und sein Töchterchen, das ganz schön lautstark werden konnte, piepste auf einmal mit einer Kleinmädchenstimme. Ja, mit zwei Freundinnen sei sie da, mit Filiz und Büsra, und weil das Wetter so schön sei, hätten sie sich in einer kleinen Pension eingemietet, und ob sie da nicht ein paar Tage bleiben und sich entspannen könnten? Der Pensionswirt sei der Krämer von Podima, ein netter älterer Herr, der wohne mit seiner Familie im selben Haus. Nein, nein, es sei alles in Ordnung, absolut kein Grund zur Sorge. Sie könne sich hier ausruhen und ganz nebenbei auch noch die Untersuchung des Falls verfolgen. Mama gehe es gut, ja? Klar werde sie sich oft melden, ja, ja, genug Geld habe sie auch, alles bestens.

Kaum hatte sie zum Abschluss noch ein langgezogenes »Tschü-üs« ins Telefon geflötet, da wurden ihre Stimme und ihr Gesichtsausdruck wieder hart wie zuvor. Als sie ihre Wunde gezeigt hatte, hatte sie ausgesehen, als könnte sie kein Wässerchen trüben. Nun sagte sie zwar nichts, aber vom ganzen Mienenspiel her wirkte sie wie ein kleines Mädchen, das einen erfolgreich an der Nase herumgeführt hat.

Kurz nach dem Frühstück traf der Arzt ein. Er untersuchte den Knöchel des Mädchens, sah sich Kerberos' Impfpass an und sagte dann, es bestehe keinerlei Gefahr. Schlimmer als der Biss sei die Verstauchung, denn um eine solche handelte es sich tatsächlich. Das Mädchen solle ein paar Tage lang mit dem Fuß nicht auftreten und sich ausruhen.

»Das Vieh sieht aber aus, als ob es Tollwut hätte«, sagte das Mädchen, worauf der alte Doktor schmunzeln musste.

»Aussehen tut er schon so, aber er hat sie nicht.«

In leichtem Klageton, aber doch froh, etwas plaudern zu können, fuhr er dann fort, es gäbe Menschen, denen er eine Tollwut weit mehr zutraue als Kerberos. Deswegen habe er sich ja in eine solche Idylle zurückgezogen, aber nun habe die Gewalt sogar hier Einzug gehalten. Wie könne man so eine entzückende Frau wie Arzu umbringen? Diese Swetlana solle der Teufel holen.

Als er so gar nicht mehr aufhören wollte, erinnerte ich ihn sanft daran, dass es ungehörig von uns wäre, ihn von seinen Patienten abzuhalten, und versprach ihm, die verschriebenen Medikamente sofort zu besorgen.

Bevor ich aus dem Haus ging, führte ich das Mädchen ins Liebeszimmer und kümmerte mich darum, dass sie es dort bequem hatte. Ich schob ihr einen Polsterschemel unter den Fuß, brachte ihr Tee und legte ihr auf das Tischchen ein paar Bücher, die ich sorgfältig ausgewählt hatte.

»Was ist das?«, fragte sie.

Von einem Dankeschön keine Rede, das Wort kannte sie wohl nicht. Was man für sie tat, nahm sie huldvoll hin, als wäre es das Natürlichste von der Welt.

»Das kannst du dir anschauen, während ich weg bin. Damit du dich nicht langweilst. Es geht um das, worüber wir am Strand gesprochen haben, die Gefahren der Liebe und so. Hier, *Anna Karenina*, Selbstmord aus Liebe. *Madame Bovary*, ebenfalls Selbstmord aus Liebe. *Die Leiden des jungen Werther*, wieder das Gleiche. *Othello*, Mord aus Liebe. *Leyla und Mecnun* von Fuzuli, da geht auch einer aus Liebe zugrunde. Auch wenn du in den anderen Büchern blätterst, findest du nichts als Massaker, Selbstmorde und Verbrechen aller Art. Ich sage es dir ja, die Liebe ist das gefährlichste Gefühl der Welt, sie führt die Menschen ins Verderben.«

Als ich in der Kreisstadt aus der Apotheke kam, dachte ich mir, das Mädchen könnte etwas frische Kleidung brauchen. Ich ging in ein Geschäft, doch unter den vielen Sachen fiel mir die Wahl schwer. Schließlich nahm ich aufs Geratewohl eine Short und ein T-Shirt in der kleinsten Größe. Dabei hatte ich das Gefühl, Kindersachen zu kaufen, aber die jungen Mädchen, die ich sah, hatten ja alle so wenig an.

Beim Zahlen fragte ich, ob es irgendwo Krücken zu kaufen gäbe, doch die Verkäuferin verneinte. Daraufhin schnitt ich zu Hause im Garten einen langen Ast ab und schnitzte ihn zu einem Stock zurecht. Ich gab ihn dem Mädchen und sagte: »Der ist nicht nur zum Gehen da, sondern du kannst ihn mir auch auf den Kopf hauen, wenn du mir böse bist, als Experiment.«

Sie lachte nicht. Da zog ich die Kleidungsstücke aus der Tüte.

»Hier, die kannst du vielleicht brauchen, die sind wenigstens sauber.«

Es stellte sich aber heraus, dass sie in Kleidungsfragen ebenso wählerisch war wie beim Essen. Sie sah sich die Sachen nicht mal an, nahm lediglich den Stock und die Medikamente und humpelte, wortlos und ohne mich eines Blickes zu würdigen, in ihr Zimmer hinunter. Bis zum Abend tauchte sie nicht mehr auf.

Ich fütterte Kerberos und unternahm dann einen langen Spaziergang mit ihm. Das Biest sah mich dabei immer wieder von der Seite fragend an, ob ich ihm wohl böse wäre.

Am Abend hörte ich, wie unten die Tür aufging. Sofort ging ich hinunter.

»Weißt du, was ich mir gedacht habe?«, sagte ich. »Mit dem Fuß kannst du nicht gut in die Küche hoch, am besten, du bleibst hier, und ich bringe dir ein Sandwich. Der Arzt hat auch gesagt, du sollst den Fuß schonen.«

Diesmal sah sie mich dankbar an. Als ich mit dem Sandwich und einem Glas Tee zurückkam, lag sie halb ausgestreckt auf dem Bett, und ich legte ihr das Tablett auf den Schoß.

»Gute Nacht. Morgen früh sehe ich wieder nach dir.«

»Nein, geh nicht weg.« Wieder duzte sie mich. »Du hast

versprochen, mir die Geschichte weiterzuerzählen. Deswegen stecke ich überhaupt in dem Schlamassel. Das gefährlichste Gefühl der Welt ist gar nicht die Liebe.«

»Sondern?«

»Die Neugier.«

Ich schmunzelte. Also schob ich den kleinen Sessel in Richtung Bett und setzte mich. Und begann zu erzählen.

16
Sich in ein außerirdisches Wesen verlieben

»Der Leiter der Baustelle war der erfahrene und allseits geachtete Architekt Dinç, der sich um alles Verwaltungstechnische kümmerte. Wer immer ein Problem hatte, wandte sich damit an ihn, und so fragte ich bei ihm auch in Sachen Mehmet an und erzählte ihm, dass ich von meinem Bruder bisher noch nie getrennt gewesen und er ein hervorragender Elektroingenieur sei, der uns nützen könne. ›Na gut, dann soll er kommen‹, erwiderte Dinç.

Ich holte Mehmet vom Minsker Flughafen ab. Als ich am Terminal seine hoch aufragende Gestalt und sein schönes dunkles Gesicht erblickte, war ich unendlich froh. Wir hätten uns niemals trennen dürfen. Er gab seine Gefühle nicht preis und spöttelte sogar ein wenig, doch kannte ich ihn gut genug, um zu wissen, wie sehr auch er sich freute.

Wir fuhren in die Unterkunft in Borissow, und ich stellte ihn den Kollegen vor. Ohne Hemmungen machte er sich an die Arbeit. Abends tranken wir Russian Standard und redeten über Politik. Und noch in der gleichen Woche passierte es dann.«

»Was?«, fragte das Mädchen und starrte mich neugierig an.

»Geduld, dazu komme ich ja. Ich hatte doch den Markt erwähnt? Oder hast du da schon geschlafen?«

Sie sah mich fragend an, und ich erzählte nochmals von dem Markt, den Mehmet eines Sonntags besuchen wollte.

»Unter den feilgebotenen Objekten fand er sogar Lenin-Bilder sowie Sterne und Ehrenmedaillen der Roten Armee. Er kaufte ein paar Souvenirs und schlenderte dann weiter herum, bis er auf einmal jenes Mädchen sah.

Als er vor ihr stand, erstarrte er und konnte die Augen nicht mehr von ihr wenden. Später sagte er zu mir: ›So etwas habe ich noch nicht erlebt. Als wäre die Welt um mich herum plötzlich wie weggewischt oder als hätte mich jemand in eine andere Welt gebeamt. Das Gesicht, das ich vor mir hatte, war von einem göttlichen Licht erleuchtet. Das war nicht einfach Schönheit, es war irgendwie viel mehr, und es gibt wohl in keiner Sprache einen Begriff dafür. Als hätte vom Himmel ein Lichtbündel auf Borissow gestrahlt. Ihr Gesicht wurde nicht von der Sonne erhellt, sondern von einer inneren Lichtquelle.‹

Ihm schlug das Herz wie wild, und weder konnte er sich bewegen, noch brachte er einen Ton hervor.

Als das Mädchen ihn auf Russisch ansprach und auf die Decke vor sich mit ihrer Ware deutete, zog Mehmet alles Geld aus der Tasche, das er bei sich hatte, ob nun Rubel oder Dollar, und hielt es ihr hin. Das Mädchen suchte sich aus seiner Handfläche etwas heraus, und dabei berührten sie sich zum ersten Mal. Mehmet hätte beinahe losgeweint. Jetzt darfst du aber von Mehmet keine falsche Vorstellung gewinnen, denn im Grunde war das gar nicht seine Art, doch das Mädchen hatte ihn einfach um den Verstand gebracht.

Sie sagte wieder etwas auf Russisch und zeigte auf das Geld und auf das, was sie zu verkaufen hatte. Da suchte Mehmet sich blindlings irgendetwas aus (wie sich später herausstellte, eine grün- und rosafarbene Porzellanfigur: der Hirte und sein Schaf) und ging wie betrunken davon. Das Mädchen rief ihm sogar noch etwas nach, aber er drehte sich nicht mehr um.

Vielmehr eilte er ins Büro, das eigentlich geschlossen war, doch bekam er vom Pförtner die Telefonnummer von Ludmilla, die er sofort anrief und zur Baustelle bat. Ja ja, er wisse schon, dass Sonntag sei und er überhaupt kein Recht habe, ihr den Ruhetag zu verderben, aber es gehe um Leben und Tod. Er bat und flehte so lange, bis Ludmilla sich überreden ließ. Als sie auf der Baustelle sah, in welchem Zustand Mehmet sich befand und was er von ihr wollte, lachte sie auf.

›Wegen eines Mädchens vom Markt hast du mich kommen lassen?‹, fragte sie.

›Nein‹, erwiderte Mehmet, ›sie ist nicht irgendeine Marktverkäuferin, sie ist ein Wunder. Du wirst es begreifen, wenn du sie siehst. Sie ist nicht von dieser Welt.‹

›So schön ist sie?‹, fragte Ludmilla.

›Nein‹, sagte Mehmet, ›schöne Mädchen gibt es viele, aber sie ist ein Wesen, das mit den Begriffen schön oder hässlich gar nicht zu greifen ist. Sie ist unbeschreiblich. Tu mir also bitte den Gefallen und komm mit, damit wir mit diesem Wunder sprechen können.‹

Nun war Ludmilla wohl auch neugierig auf dieses ›Wesen‹, jedenfalls willigte sie ein, mit Mehmet auf jenen Markt zu gehen. Inzwischen wurde es schon Abend. Es waren kaum noch Verkäufer da, und selbst die hatten ihre Sachen schon zusammengepackt. Dort, wo das Mädchen gewesen war, gähnte ein leerer Fleck, der Mehmet mitten ins Herz stach. Wieder flehte er Ludmilla an, diesmal, damit sie sich bei den noch verbliebenen Frauen erkundigte, wer jenes Mädchen sei. Ludmilla fragte mehrere Frauen, zeigte auf den verwaisten Platz, beschrieb das Mädchen, aber niemand kannte sie. Sie musste zum ersten Mal gekommen sein.

Irgendwann stießen sie endlich auf eine Frau, die den Namen des Mädchens wusste: Olga. Es sei die Tochter eines Offiziers, aber mehr wisse sie auch nicht. Wie du dir denken kannst, drängte Mehmet nun darauf, dass Ludmilla mit ihm zu den Offizierswohnungen mitging. Er bot ihr eine Menge Geld dafür an, und das mochte wohl ausschlaggebend gewesen sein, denn wie schon gesagt, herrschte in Russland ziemliche Armut. Kaum noch jemand bezog ein anständiges Gehalt, und jeder versuchte, irgendwie zu überleben. Ludmilla hatte sich durch ihre Englischkenntnisse in unsere Firma retten können, doch ihre Verwandten und Freunde mochten in wer weiß welchen Notlagen sein. Geld war somit ein Zauberwort im damaligen Russland.

Ich hatte an jenem Tag nichts zu tun und las daher bis zum Abend. Dann machte ich einen Spaziergang und genoss den herrlichen Herbstduft, bei dem mir ganz leicht ums Herz wurde. Auch an den Herbstfarben der Blätter konnte ich mich gar nicht sattsehen. Schließlich kam mir die Idee, zu Mehmet zu gehen, um mit ihm zu Abend zu essen und Russian Standard zu trinken.

Da sah ich auf einmal mitten im Park Mehmet und Ludmilla auf mich zukommen. Erst dachte ich, der Kerl hätte sich so schnell dieses hübsche Mädchen geschnappt, dabei sah das gar nicht nach einem Abendspaziergang zweier Verliebter aus.

Als Mehmet mir eröffnete, er müsse unbedingt zu den Offiziersunterkünften und da jemanden suchen, wurde meine Neugier erst recht geweckt. Wenn ich wolle, könne ich ja mitkommen, sagte er, alles Weitere werde er mir unterwegs erklären.

Ludmilla zwinkerte mir zu und sagte: ›Liebe auf den ersten Blick! Es hat ihn schlimm erwischt. Wir werden von Wohnung zu Wohnung gehen und nach einer Olga fragen.‹

Ich wollte bei Mehmet nachhaken, doch angesichts seiner Miene erschien es mir ratsamer zu schweigen.

Wir kamen in ein verlottertes Viertel mit lauter schmutziggelben Wohnblocks. Auf der Straße war kein Mensch zu sehen. Ludmilla fragte, wie wir nun vorgehen sollten, denn ihrer Meinung nach war es vernünftiger, umzukehren und einen bürokratischen Weg zu gehen. In irgendeinem Register werde das Mädchen schon zu finden sein. Der disziplinlose Südländer Mehmet ließ sich aber auf so etwas nicht ein.

Er ging auf das erstbeste Gebäude zu und drückte auf eine Klingel. Als sich nichts rührte, klingelte er nochmals. Da gab eine Frauenstimme Antwort, und Ludmilla blieb nichts anderes übrig, als auf Russisch etwas zu sagen, von dem wir nur das Wort Olga verstanden. Was die Frau denn geantwortet habe, fragte Mehmet ungeduldig. ›Dass es in dem Viertel viele Olgas gibt‹, erwiderte Ludmilla. ›Wie sollen wir sie finden, ohne ihren Nachnamen zu kennen?‹

Es war ein großes Viertel, und wir konnten nicht sämtliche Offizierswohnungen abklappern und nach einer Olga fragen. Auf Mehmets Drängen hin klingelten wir noch bei ein paar Wohnungen, aber ohne Erfolg.

Unverrichteter Dinge kehrten wir in unsere eigene Unterkunft zurück. Mehmet war zugleich aufgeregt und niedergeschlagen. Ich erlebte ihn das erste Mal so. An jenem Abend trank er zu viel, aber auch an den folgenden Tagen, die ganze Woche über, sodass er seine Arbeit schleifen ließ und ich mit Dinç reden musste. ›Geduld‹, sagte der, ›das sind jugendliche Verrücktheiten. Der fängt sich schon wieder.‹

Die Woche ging nur mühsam herum, und als endlich Sonntag war, machten wir uns mit Ludmilla wieder zu dem Waldrand auf. Wir kamen so früh dort an, dass noch keine einzige Frau ihre Waren ausgebreitet hatte. Im Lauf der folgenden ein, zwei Stunden trudelten sie allmählich ein, junge Frauen, alte Frauen mit geblümtem Kopftuch, dicke und dünne, mit großen Leinentaschen, aus denen sie ihre Habseligkeiten herausholten, die mit wer weiß wie vielen Erinnerungen an glückliche oder bittere Tage verbunden waren. Viele Fotoalben waren darunter: grimmig dreinblickende Großväter mit Fellmütze, wissend lächelnde Großmütter, Hochzeitsfotos, Militärfotos, daneben Glasnippes, Lampen, Taschenuhren, bestickte Kissen, Medaillen, Dosen mit Bildern des Malers Schischkin darauf, lauter Gegenstände die melancholisch von einem Familienleben zeugten und nun sorgfältig auf den Decken ausgelegt wurden und auf Käufer warteten. Doch wer außer uns von der Baufirma sollte sich für das alles interessieren?

Während Ludmilla und ich uns umschauten, starrte Mehmet unverwandt in die Richtung, aus der das Mädchen aller Wahrscheinlichkeit nach kommen musste. Sie kam und kam aber nicht. Stunde um Stunde verging, es wurde Mittag, und sie war immer noch nicht da.

Da begann Mehmet mit Ludmillas Hilfe, die Frauen nach Olga zu fragen, eine nach der anderen. Wer war das Mädchen, das letzte Woche hier, vor dem Brombeerstrauch, seine Waren feilgeboten hatte? War da irgendjemand, der sie kannte, sie gesehen hatte? ›Biete ihnen Geld an‹, sagte Mehmet und drückte Ludmilla ein Bündel Scheine in die Hand. Die lebenserfahrenen, müden Frauen, die bis dahin noch nicht viel verkauft hatten, beäugten die Szene neugierig.

Nachdem Ludmilla von ein paar Frauen mit einem ›Niet‹ abgespeist worden war, beschloss sie, es lieber gleich mit einem Ausruf zu versuchen. Sie baute sich in der Mitte auf, und mit der Haltung eines Parteikommissars, der eine Bekanntmachung vorliest, redete sie auf die Frauen ein.

Kurz darauf kam ein junges Mädchen auf uns zu, sah Ludmilla aus ihren blauen Augen an und sagte etwas zu ihr. Ludmilla drehte sich zu uns um und rief freudig aus: ›Wir haben sie! Das da ist die Schwester von Olga Pawlowna.‹

Mehmet hätte am liebsten beide umarmt und abgeküsst. ›Kommt, gehen wir gleich los‹, sagte er. Er wollte zuerst in unsere Unterkunft. Wir mussten mit, Widerspruch war zwecklos.

Zu viert gingen wir zur Baustelle und fuhren dann mit einem Firmenwagen in die Unterkunft. ›Komm mit‹, sagte er zu mir, und kurz darauf wurde mir auch klar, warum, denn was immer wir beide an Essens- und Alkoholvorräten hatten, wurde in Taschen gestopft und mitgenommen: Russian Standard, Chivas Regal, Schokolade, Importkäse, alles kam ins Auto.

Dann fuhren wir in das Viertel. Es war schon gegen Abend. Wir klingelten an der Tür, die Olgas Schwester Oxana uns zeigte. Und es öffnete uns jemand, den man tatsächlich nicht anders bezeichnen konnte denn als ›Wesen‹. Ja, glaub mir nur, ich habe sie mit eigenen Augen gesehen. So jemanden wie sie konnte man sich nicht vorstellen, kein Maler hatte je so etwas gezeichnet, und niemand von so einer Frau auch nur geträumt.

Ein äußerst seltsames Wesen also. ›Wesen‹ sage ich deshalb, weil sie von dem, was man gemeinhin ›Mensch‹ nennt, so verschieden war. In dem schummrigen Hausganglicht leuchtete sie wie eine soeben vom Olymp herabgestiegene Göttin.

Die runde Leuchtstofflampe, unter der sie stand, verlieh ihr gleichsam einen Heiligenschein. Mir kam es so vor, als hätte sie sogar in völligem Dunkel von selbst gestrahlt. Auch Ludmilla, die selbst eine schöne Frau war, starrte sie ungläubig an, was ja schon einiges besagt.«

Als die Journalistin sich auf einmal aufrecht hinsetzte, löste ich mich aus der Trance, in die ich durch mein Erzählen verfallen war, und kehrte in die Wirklichkeit des Zimmers zurück. Anscheinend war das Mädchen nun besonders aufmerksam. Ihre Augen glänzten.

»Wie war sie denn?«

»Außerordentlich.«

»Nämlich?«

»Tja …«

»Ich meine, war sie groß, hatte sie blaue Augen wie ihre Schwester, hatte sie kurze oder lange Haare, beschreiben Sie sie doch. Warum waren Sie alle so beeindruckt?«

»Darauf kann ich eben keine Antwort geben, denn ich weiß es selber nicht. Ja, sie war groß, blond und hatte dunkelblaue Augen, aber das hat nichts weiter zu bedeuten, denn solche Frauen gibt es in Russland zu Tausenden. Das hatte nichts mit Farbe oder mit Maßen zu tun, sondern war ganz etwas anderes. Ich weiß nicht, warum, aber wenn man ihr ins Gesicht sah, wollte man weinen.«

»Weinen? Weint man denn, wenn man etwas Schönes sieht?«

»Anscheinend ja. Ob es nun Schönheit ist oder irgendetwas anderes, weiß ich nicht zu sagen, aber angesichts solcher Fülle wird einem schwer ums Herz, man erträgt es nicht mehr. Als ich sie ansah, fielen mir Verse von Mevlana ein: ›Nenne ich diese Liebe göttlich, so fürchte ich mich / Nenne ich sie menschlich, so schäme ich mich.‹«

Wenn die Journalistin die Stirn runzelte, sah sie noch hübscher aus, was sie aber wohl selbst nicht merkte. Sie hatte wirklich ein besonderes Gesicht. Vermutlich war ihr von klein auf gesagt worden, was für ein hübsches Ding sie sei, und dass ich auf Olgas Schönheit so herumritt, setzte ihr zu. Sie begriff es einfach nicht. Aber das war ja gerade der Punkt. Olgas Schönheit war keine Frauenschönheit, ja sie war nicht einmal von dieser Welt. Das sollte sich bald schon erweisen und noch dazu auf schmerzlichste Art.

»So wie Sie von dieser Russin erzählen, könnte man meinen, nicht ihr Bruder war in sie verliebt, sondern Sie selbst.«

»Da irrst du dich. Ich versuche lediglich, das Geschehen aus der Sicht meines Bruders wiederzugeben. Und ich möchte auch, dass du das wahre Ausmaß dieser Begegnung begreifst und sie nicht nur als Beziehungsgeschichte interpretierst.«

»Wieso?«, fragte das Mädchen. »Wie alt war denn diese Olga?«

»Zweiundzwanzig.«

»Na also. Das passt doch zu ihrer Hypophyse-Zwiebel-Theorie. War Olga etwa nicht den gleichen biologischen Gesetzen unterworfen? Wurden da nicht auch diese Dingshormone ausgeschüttet?«

Ich sah sie eine Weile mit ernster Miene an.

»Das wird dir jetzt nicht passen«, sagte ich, »aber dem war nicht so. Ich war mir so sicher, einen Engel vor mir zu haben, dass ich an so etwas nicht einmal dachte.«

Als wollte sie das nicht hören, drehte sie sich zur Seite und stützte ihr Kinn auf. Sie schien müde zu werden.

»Na gut, dann erzählen Sie mal weiter.«

»Du bist auch sehr schön«, sagte ich. »Glaub mir, du bist ein schönes Mädchen, ein sehr schönes sogar.«

Unwillig schüttelte sie den Kopf. »Nein, ich bin nicht schön.« Dann fügte sie leise hinzu: »Aber ich mache mich schön.«

Ich wusste nicht, ob sie damit nun ihr leichtes Make-up oder ihren Gesichtsausdruck meinte, und ich fragte auch nicht nach. Vielleicht war sie einfach verärgert, weil ich ihr von der Schönheit Olgas vorgeschwärmt hatte, wer weiß. Ich erzählte weiter.

»Oxana redete mit ihrer Schwester, dann betraten wir die Wohnung, eine elende Behausung. An einem mit Wachstuch bespannten kleinen Tisch saß ein klapperdürrer, ausgezehrter Mann, dem ein Arm und ein Bein fehlten. Er hatte eine Flasche billigen Wodka vor sich stehen. Wir begrüßten ihn mit einem unbeholfenen ›Dobri wetscher‹, dann stellten wir alles auf den Tisch, was wir aus der Unterkunft mitgebracht hatten. Der Mann, der eine alte Uniformjacke über den Schultern hängen hatte, lud uns zum Mittrinken ein. Er war völlig heruntergekommen und schien sich im Leben über gar nichts mehr zu wundern. Mehmet, Ludmilla und ich setzten uns an den Tisch. Wir Männer tranken von dem mitgebrachten Wodka, Ludmilla mischte sich Whiskey und Cola zu einem abscheulichen Gebräu zusammen und dolmetschte für uns. Der Mann war ein aus dem Afghanistankrieg heimgekehrter Oberst. Seinen Arm und sein Bein hatte er in jener Hölle verloren.«

Bei diesen letzten Worten sah ich, dass der Kopf des Mädchens immer weiter herabsank wie eine reif gewordene Ähre, die das eigene Gewicht nicht mehr tragen kann. Kaum berührte der Kopf das Kissen, entglitt das Mädchen auch schon in die dunklen Wasser jugendlichen Schlafes. Die Medikamente hatten wohl das ihrige getan.

Ich blieb noch eine Weile sitzen und sah ihr beim Schlafen zu. Wie ein Baby hatte sie beide Arme über den Kopf gelegt. Man merkte kaum, dass sie atmete. Ich weiß nicht, warum ich ihr so lange zusah. Im Gegensatz zu Kawabata mit seinen »schlafenden Schönen« war ich nicht besonders daran interessiert, jungen Mädchen beim Schlafen zuzusehen, aber ich blieb doch eine Weile so sitzen. Dann stand ich leise auf, ging hinaus und schloss die Tür.

17
Mona Lisa, eine vergessliche Kuh und Alltagsgeschehen

An jenem Morgen bot sich mir beim Aufwachen ein Anblick, wie ich ihn noch nie gesehen hatte. Ich hatte einen modernen Ausstellungsraum vor mir, an dessen Wänden lauter geschickt beleuchtete Bilder gleichen Formats hingen. Das Seltsame war nur, dass die Bilder samt und sonders die *Mona Lisa* darstellten.

Als ich sie näher betrachtete, fiel mir schnell etwas auf. Es war durchaus immer die *Mona Lisa*, die Haare, das Lächeln, die aufeinandergelegten Hände, die Kleidung, die ganze Haltung, auch die Landschaft im Hintergrund, alles war gleich, doch vom Gesichtsausdruck her wurde man bei jedem Bild an eine andere Frau erinnert. Auf dem ersten Bild war noch die herkömmliche *Mona Lisa* von da Vinci mit ihrem geheimnisvollen Lächeln und ihrer Ausstrahlung, doch auf dem Bild gleich daneben hatte man das Gefühl, Hillary Clinton vor sich zu sehen. Daneben dann Mutter Teresa, dann Indira Gandhi, Türkan Şoray, Marilyn Monroe, Arzu, Tansu Çiller, Hatice, Ludmilla, meine Mutter, Margaret Thatcher, und so ging es in einem fort.

Ich blieb vor jedem Gemälde stehen und sah es mir lange an, und obwohl immer das Gleiche abgebildet war, hätte man darunter die verschiedensten Titel schreiben können: »innerer Friede«, »Ehrgeiz«, »Zuwendung«, »Unschuld«, »Bosheit«, »Schüchternheit«, »Verlockung«, »Selbstmordneigung«, »Hass«, »Zauber«, »Machthunger«, »Gutwilligkeit« … Ich brauchte an dem Morgen lange zum Aufstehen, da ich mich von der Ausstellung nicht losreißen konnte. Jede einzelne *Mona Lisa* hatte ihre eigene Anziehungskraft.

Mit der Zeit fiel mir auf, dass zwei Frauen nicht darunter waren: zum einen die Journalistin und zum anderen Olga. Vielleicht fehlten sie, weil sie zu komplex waren, um auf eine Bildunterschrift reduziert zu werden.

Schließlich schloss Hatice die Tür auf, und ich rief hinunter, sie solle doch dem Mädchen ein Frühstück bringen. Keine zehn Minuten später kam sie aufgeregt zu mir hoch. Sie sei so erschrocken, als sie das Mädchen in dem Zustand gesehen habe, mein Gott, das arme Ding, so zart und dünn, und dann dieser riesige Kirbas, was sei nur in den gefahren, mit ihrem Muharrem spiele er doch immer so kameradschaftlich, und das arme Mädchen habe er so übel zugerichtet.

Ich gab keinerlei Erklärung ab und sah ihr auch nicht ins Gesicht, denn die Hatice, die ich soeben in der Ausstellung erblickt hatte, verhieß nichts Gutes. In ihrem Bild hatte ich etwas irgendwie Verdorbenes ausgemacht, etwas Unheilvolles, Hinterhältiges. Sie selbst wirkte allerdings gar nicht so, mit ihrem angespannten Gesicht, ihren für Leute, die sich viel an der frischen Luft aufhalten, typischen Apfelwangen, der glänzenden Haut und natürlich auch ihrem Übergewicht, das den vielen Teigwaren und vor allem den griechischen Pasteten geschuldet war, die sie so gern machte.

Diese Pasteten fallen mir deshalb ein, weil sie an dem Tag wieder welche mitgebracht hatte, obwohl sie doch genau wusste, dass ich im Haus keinen Essensgeruch ertrug. Dem Mädchen hätten sie hervorragend geschmeckt, betonte sie, und Muharrem habe fast das ganze Blech voll hinuntergeschlungen, sodass sie ihn ermahnen musste, dem Herrn Ingenieur davon etwas zu lassen. Ob man die Pasteten aufwärmen müsse, fragte ich, aber nein, man könne sie auch kalt essen. Darauf ließ ich mir zum Kaffee eine bringen, und zugegebenermaßen war sie vorzüglich.

Ich hatte an dem Tag vor, an meinem Essay weiterzuschreiben, und sah deshalb auch gar nicht bei dem Mädchen vorbei, das mich mit seinen unaufhörlichen Fragen nur aufgehalten hätte.

Im Mordzimmer setzte ich mich an den Tisch und schlug den Teil meines Heftes auf, in dem ich mir nicht nur kleinere Notizen machte, sondern an längeren Texten schrieb. Wegen der Ereignisse der letzten Zeit hatte ich meinen Essay über Nietzsches These vom »aktiven Vergessen« vernachlässigt, laut der das Tier sich vom Menschen grundsätzlich darin unterscheidet, dass es keine Geschichtlichkeit kennt und damit keinen Unterschied zwischen dem Gestern und dem Heute. Ein Geschichtsbewusstsein sei nur dem Menschen eigen und ein Grund dafür, die Tiere zu beneiden. Dass der Mensch in seiner Vergangenheit herumwühle, bereite ihm Schmerzen. Um glücklich zu sein, müsse es ihm gelingen zu vergessen.

»Also: es ist möglich, fast ohne Erinnerung zu leben, ja glücklich zu leben, wie das Tier zeigt; es ist aber ganz und gar unmöglich, ohne Vergessen überhaupt zu leben«, hieß es bei Nietzsche. »Oder, um mich noch einfacher über mein Thema zu erklären: es gibt einen Grad von Schlaflosigkeit, von Wiederkäuen, von historischem Sinne, bei dem das Lebendige zu

Schaden kommt und zuletzt zugrunde geht, sei es nun ein Mensch oder ein Volk oder eine Kultur.«

Bemerkenswert ist daher, was Nietzsche über den von ihm bewunderten Grafen Mirabeau sagte, »welcher kein Gedächtnis für Insulte und Niederträchtigkeiten hatte, die man ihm beging, und der nur deshalb nicht vergeben konnte, weil er – vergaß.«

Der passiven Art des Vergessens von Tieren, die sich an etwas ganz einfach nicht erinnern, stellt er Mirabeaus aktives Vergessen gegenüber, das im Dienste des Lebens die Vergangenheit auf schöpferische Weise neu gestaltet und Schaden wieder gutmacht.

Ich wollte mich in diesem Zusammenhang von den westlichen Philosophen weg in Richtung Osten begeben, etwa zu dem persischen Dichter Saadi aus Schiraz, der den Menschen als »einen Tropfen Blut und tausend Sorgen« beschrieben hatte. In diesen Worten lag die ganze Tragödie des Menschen, dieses armen Wesens, das nicht vergessen kann und damit zu lebenslangem Sorgen und Leiden verurteilt ist.

Etwa sechshundert Jahre vor Nietzsche hatte es bei Mevlana schon geheißen:

Vergiss die Vergangenheit,
Stell sie beiseite,
Schlag eine neue Seite auf,
Befrei dein Ich vom Gestern,
Sei ein Kind des Heute.
Und mit all der Weisheit und dem Lächeln der Jugend,
Verlass nur ja nicht diesen Augenblick,
Diesen unendlich sich erstreckenden Tag.

Am Ende meines Essays kam ich zu dem Schluss, dass Nietzsche nichts geschrieben hatte, was die islamischen Mystiker nicht schon Jahrhunderte vor ihm gedacht hätten. Und erst recht brauchte ich mir nicht einzubilden, ich hätte dazu nun irgendetwas Originelles beigetragen. Am besten, ich vergaß auch diesen Essay. Wieder einmal verloren meine Gedanken an Wert, noch während ich sie niederschrieb. Ein kleiner Trost blieb mir dennoch. Da wir Ingenieure einen Bau nicht als lauter Einzelteile auffassen, sondern als ein großes Ganzes, das sich mit all seinen tragenden Säulen und seinen Statikberechnungen aus einem Gesamtplan heraus ergibt, erfüllte mein wertloser Essay mit dem Titel »Die Tugend des Vergessens« wenigstens eine Funktion, denn neben der Entwicklung neuer Gedanken war es auch wichtig, zwischen bestehenden Elementen einen Zusammenhang herzustellen. Auch wenn niemand davon erfuhr.

Ich war so in meine Beschäftigung versunken, dass ich darüber die Zeit und auch das Mädchen vergaß; aber ging es mir nicht gerade ums Vergessen? Als ich zu ihm hinunterging, war es bereits Abend. Sie lag auf dem Bett und drehte, als ich eintrat, den Kopf demonstrativ zur Seite.

»Entschuldige, ich habe an einem Essay gearbeitet, darüber ist die Zeit vergangen. Wie geht es deinem Fuß, etwas besser? Hat die Medizin geholfen?«

Das Mädchen ließ mich noch ein wenig zappeln und sagte dann in vorwurfsvollem Ton: »Na, hoffentlich hat das stundenlange Geschreibe was genützt. Wieder mal Literatur, was?«

»Nein, es ging um eine vergessliche Kuh.«

»Geht's Ihnen noch gut? Ich habe mir zwar vorgenommen, mich nicht immer wieder über Sie zu wundern, aber

Sie haben's mal wieder geschafft. Was soll das mit der vergesslichen Kuh?«

»Stell dir eine Kuh vor. Sie weiß nicht, was gestern, was heute ist, springt herum, frisst, ruht, verdaut, und am Tag darauf macht sie wieder das Gleiche, lebt ganz und gar im Augenblick. Sie ist weder schwermütig noch überdrüssig, kennt weder Sorge noch Langeweile. Und wenn du sie fragst: ›Warum redest du mir nicht von deinem Glück und siehst mich nur an?‹, dann sagt sie: ›Das kommt daher, dass ich immer gleich vergesse, was ich sagen wollte.‹«

Das Mädchen schob die Unterlippe vor. »Soll das jetzt Philosophie sein?«

»Ja.«

»Und von wem stammt sie?«

»Von Nietzsche.«

»O je«, seufzte sie, »und was soll das bedeuten? Warum lesen Sie diesen Kerl?«

»Weil er verrückt war.«

»Das sind Sie auch.«

Ich lachte nur.

»Und warum sind Sie auf das Verrücktsein so aus?«

»Weil die Verrückten am meisten Verstand haben. Aber ich glaube, du hast die Geschichte nicht ganz verstanden. Kerberos erinnert sich gar nicht mehr daran, dass er über dich hergefallen ist, und liegt zufrieden in seiner Hütte, während du vielleicht dein Leben lang zusammenfährst, sobald du einen Hund siehst. Wenn du hingegen vergessen könntest …«

»Das Vieh muss eingeschläfert werden, unbedingt. Sonst beißt es wieder jemanden.«

Da merkte ich, dass sie über meine Worte gar nicht nachdenken wollte, und wechselte lieber das Thema.

»Und was hast du heute getan?«

Was solle sie schon getan haben, aus lauter Langeweile habe sie sich mit dieser Anna beschäftigt, die sich völlig überflüssigerweise vor einen Zug geworfen hatte, und mit jener Emma, die sich genauso unnötig vergiftet hatte. Die seien doch beide krank, das könne man gar nicht anders sagen. Dieser Wronski und auch dieser Rodolphe und dieser Léon, die seien es doch alle nicht wert, dass man sich wegen ihnen umbringe, so ein Unsinn. Sie habe beide Romane nicht glaubwürdig gefunden; altmodisches, vergammeltes Zeug sei das.

Ich konnte mich nur wundern, wie sie an einem Tag gleich zwei Romane gelesen hatte, und sagte ihr das auch.

»Na ja, gelesen …«, erwiderte sie.

»An einem Tag schafft man nicht mal einen davon.«

»Wer soll denn so viele Seiten lesen können? Ich habe mir die Inhaltsangaben angeschaut.«

Dabei zeigte sie auf das iPad auf ihrem Schoß. Da begriff ich, dass ich es mit einer Generation zu tun hatte, die sich über Leben, Liebe, Tod, Philosophie und Literatur in maximal hundertvierzig Zeichen ausdrückte. Die Kluft zwischen uns beiden war nur schwer zu überbrücken.

Verschmitzt lächelnd sagte sie dann, sie habe in ihrem iPad noch etwas gefunden.

»Was?«

Sie drückte mir das Gerät in die Hand.

»Sehen Sie selbst.«

Auf dem Bildschirm war eine Zusammenfassung der *Märchen aus Tausendundeiner Nacht* zu sehen. Beim Weiterscrollen erschienen hübsche Bilder, die an orientalische Miniaturen erinnerten.

»Ich hätte nicht gedacht, mal eine männliche Scheherazade kennenzulernen. Jetzt erzähl schon weiter von dieser Olga.«

Dieses junge Volk war doch gerissen. Das Wissen, dass sie aus ihrer Online-Welt bezogen, mochte oberflächlich sein, doch entging ihnen nichts. Unsere alte Gelehrsamkeit aber zerstreute sich in der Luft wie die Asche der Bibliothek von Alexandria.

»Und wenn die Geschichte zu Ende ist, bringst du mich dann um?«

»Mal sehen«, erwiderte sie. »Kommt darauf an, was die Geschichte wert ist. Wenn du wie Scheherazade interessante Dinge erzählst, werde ich dir wie der Sultan das Leben schenken. Gestern Abend haben dein Bruder und Ludmilla mit Olgas Vater Wodka getrunken. Los, erzähl da weiter.«

18

Das Hotel in Minsk, ein tanzendes Klavier und ein Problem

»Als Pawel, also der Vater der beiden Mädchen, vom Afghanistan-Krieg erzählte, ging immer wieder ein Zittern durch seinen Körper. Er schien nicht nur einen Arm und ein Bein, sondern noch etwas Wichtigeres verloren zu haben, und die Angst hatte sich für immer in seinem Herzen eingenistet. Das Wort Mudschaheddin wagte er kaum auszusprechen.

Nach seiner Entlassung aus dem Militärkrankenhaus war er zurück in seine Wohnung in der Garnison gekommen und vegetierte seither mit seinen beiden Töchtern dahin. Seine Frau war vor Jahren schon verstorben.

Pawel klagte über das furchtbare Schicksal Russlands. Im Ersten Weltkrieg habe es drei Millionen Tote gegeben, der Bürgerkrieg nach der Revolution habe ebenfalls Millionen Menschen das Leben gekostet, im Zweiten Weltkrieg seien sogar zwanzig Millionen umgekommen, und seit dem Afghanistan-Krieg und Glasnost und Perestroika seien die Russen auch wieder nichts als Hungerleider. Ein russischer Mann, der um 1900 geboren sei, habe sein Leben lang keine Freude gehabt, und auch seine Frau habe in Armut und Angst leben müssen.

Der Mann erwartete nichts mehr vom Leben. Er hustete sich die Lunge aus dem Leib und krümmte sich dabei vor Schmerzen. Aufrecht gehalten wurde er nur noch vom Wodka und den billigen Zigaretten, die er sich fortwährend drehte. Auf dem Tisch standen Bilder von Lenin und Stalin. Am stolzesten war er auf die Schlacht von Stalingrad und auf seine beiden Töchter.

Ohnehin lebte er nur noch für die beiden und sorgte sich Tag und Nacht, was aus ihnen werden sollte. Dass Mehmet und Olga sich anfreundeten, war ihm daher nicht unrecht, er freute sich sogar, dass mit Mehmet ein (seiner Meinung nach) reicher Ingenieur in ihr Leben getreten war. Das sagte er zum Teil direkt, zum Teil waren es Kommentare Ludmillas. Mir kam sogar der Verdacht, er würde mich mit Oxana verkuppeln wollen, aber die war noch ein sehr junges Mädchen und ich zum Glück keiner, der sich auf so etwas gestürzt hätte.

Der Abend verlief recht freundschaftlich. Auf dem Heimweg war Mehmet vor Freude kaum mehr zu bändigen. Er umarmte und küsste Ludmilla und mich und dankte uns in einem fort.«

»Dann konntest du also damals noch Menschen berühren«, warf das Mädchen ein, »sonst wärst du ja durchgedreht, als Mehmet dich küsste.«

Ich nickte nur und ging nicht weiter darauf ein.

»Am folgenden Tag fuhr Mehmet mit einem Firmenwagen nach Minsk und kaufte so viel Essen und Alkohol ein, dass er damit ein Lokal hätte aufmachen können. Wir aßen wieder bei Pawel und seinen Töchtern zu Abend und saßen diesmal alle bei Tisch. *Anna Karenina* fängt ja mit dem Satz an: ›Alle glücklichen Familien ähneln einander‹, ich weiß nicht, ob du den Satz gelesen hast, aber so eine glückliche Familie waren wir geworden. Tagsüber schufteten wir wie die Wilden, um so schnell wie möglich fertig zu werden, und abends saßen wir fröhlich bei Wodka und Kaviar zusammen.

Ein russisches Sprichwort lautet: ›Weißes Brot, schwarzer Kaviar.‹ Ludmilla sagte es immer wieder. Und wenn die Russen nach dem Essen schon einiges intus hatten, wurde oft das Lied ›Otschi tschornyje‹ gesungen, ›Schwarze Augen‹.

Olga indessen ließ sich von dem Singen und der Fröhlichkeit nie anstecken. Sie war stets in ihrer eigenen Welt, und man kam sich vor, als hätte man einen Geist gerufen und spürte nun dessen Gegenwart. Mehmet wandte keine Sekunde lang die Augen von ihr. Um Mitternacht mussten wir jeweils in unsere Unterkunft zurück, doch am folgenden Abend saßen wir wieder zusammen wie eine Familie. Das einzige Problem war, dass die Leute kein Wort Englisch sprachen und wir kein Wort Russisch. Für die banalsten Gespräche waren wir auf Ludmilla angewiesen. Kannst du dir vorstellen, wie umständlich das war? Ludmilla dolmetschte zwar rasch und sehr gut, aber sich nie direkt unterhalten zu können setzt einem doch zu. Besonders arm dran waren natürlich Mehmet und Olga, die sich nur immer ansehen konnten.«

»Hat sich die Beziehung zwischen den beiden nicht weiterentwickelt in der Zeit?«

»Doch, dazu komme ich gerade. Mehmet schlug vor, dass wir das Wochenende gemeinsam in Minsk verbringen sollten. Alle waren begeistert. Oxana sollte bei ihrem Vater bleiben und wir vier zusammen losfahren. Gesagt, getan. Bis zum Abend spazierten wir in den hübschen Parks von Minsk umher, gingen zum Gefallenendenkmal, das von allen Neuverheirateten aufgesucht wurde, und am Abend aßen wir in dem schönen Hotel, von dem ich dir schon erzählt habe, und tranken danach noch etwas in der Bar.«

»In der Bar, in der du Michail getroffen hast?«

»Genau. Dort spielte ein junger Pianist, ein wahrer Komiker, der Lieder in mehreren Sprachen sang. Er hatte eine Nummer drauf, die ich noch nie woanders gesehen hatte, und zwar hatte er in einen Fuß seines Klaviers eine Feder eingebaut, sodass er an besonders lebhaften Stellen mit dem Knie ein Ende des Instruments anheben konnte, das dann gewissermaßen tanzte, was ganz besonders Olga gefiel, die danach, als der Pianist ›Via con me‹ von Paolo Conte spielte, regelrecht dahinschmolz. Zum ersten Mal sahen wir sie glücklich.

Während der Pianist mit italienischem Akzent sein ›It's wonderful, it's wonderful‹ sang und das Klavier tanzen ließ, zwinkerte er uns zu. Wir tranken und tranken, und irgendwann sagte Mehmet auf Türkisch zu mir: ›Pass auf, du reservierst uns jetzt drei Zimmer, aber diskret. Wir bleiben heute Nacht hier.‹

›Gut‹, sagte ich. Ein wenig später stand ich auf und ging zur Rezeption. Als ich mit den drei Schlüsseln zurückkam, spielte der Pianist zum x-ten Mal ›Via con me‹, weil er von Mehmet mit Trinkgeld überschüttet wurde. Ich gab Mehmet zu verstehen, dass alles geregelt war, und er wiederum bedeutete mir, ich solle es den anderen sagen. Ich wartete einen günstigen Augenblick dafür ab, bis nämlich Mehmet und Olga zu einer romantischen slawischen Weise Wange an Wange zu tanzen begannen.«

»Und Sie haben nicht getanzt? Mit Ludmilla?«

»Nein. Wir blieben schweigend sitzen und tranken weiter.«

»Und warum?«

»Weiß auch nicht. War eben so. Als Mehmet und Olga zurückkamen, sagte ich, wir hätten so viel getrunken, da sei es unvernünftig, Auto zu fahren. Sollten wir nicht lieber im Hotel übernachten und erst am nächsten Morgen zurückkehren? Alle waren einverstanden. ›Ich habe uns auch schon Zimmer reserviert‹, sagte ich, dann fuhren wir mit dem Aufzug in den dritten Stock hinauf. Wie in jedem russischen Hotel saß dort eine dicke Etagenfrau, die wir fröhlich grüßten, während sie missbilligend zusah, wie wir uns vor Lachen und Alkohol kaum auf den Beinen halten konnten.

Ich zog die Schlüssel heraus. ›Das ist deiner‹, sagte ich, und gab einen Ludmilla, ›das ist meiner, und der ist für dich.‹ Als ich den letzten Olga hinhielt, dachte sie wohl zunächst, das Zimmer wäre für sie allein, aber ich fügte noch hinzu: ›Und für Mehmet.‹ Als Ludmilla das übersetzte, trat ein kurzes Schweigen ein, dann aber lachte Olga und nahm den Schlüssel an sich. Ich denke, sie war keinen Alkohol gewöhnt und wusste in ihrem Zustand nicht mehr so recht, was sie tat.

Wir zogen uns alle zurück. Ich war so betrunken, dass ich mir nur noch das Gesicht mir kaltem Wasser erfrischte und mich dann angezogen aufs Bett fallen ließ. Ich muss sofort weg gewesen sein. Aber irgendwann klingelte im Zimmer das Telefon.«

»Wie kommt es, dass zwischen Ludmilla und Ihnen nichts passiert ist? Das ist doch nicht normal in so einer Situation.«

»Wenn du sie gekannt hättest, würdest du es schon als normal empfinden. Sie war eine sehr kühle Frau, und obwohl wir miteinander tranken und uns amüsierten, blieb sie immer irgendwie auf Distanz. Ihre herrlichen schwarzen Haare, die so sehr mit ihrem blassen Teint kontrastierten, steckte sie immer zu einem strengen Dutt hoch, und ihre schönen Augen versteckte sie hinter einer Hornbrille. Da sie sich überhaupt nicht fraulich gab, kam man als Mann gar nicht auf irgendwelche Gedanken. Das ging nicht nur mir so, sondern auch den anderen auf der Baustelle. Sie wurde nur als Kollegin gesehen.

Als jedenfalls irgendwann das Telefon klingelte, war Mehmet dran und fragte nach der Zimmernummer von Ludmilla. ›Es ist was passiert‹, sagte er nur, wollte mir aber nicht verraten, was. Als ich ihm die Nummer sagte, legte er sofort auf. Nun war ich natürlich neugierig und öffnete meine Zimmertür einen Spaltbreit. Bald sah ich, wie Ludmilla im Morgenmantel aus ihrem Zimmer kam. Sie wusste auch nichts Genaueres. ›Wir werden es ja gleich erfahren‹, sagte sie nur. Als sie in Mehmets Zimmer verschwand, lauschte ich dort an der Tür. Ich hörte zwar Olgas Stimme, bekam aber nicht heraus, ob sie etwa weinte oder nur etwas erklärte. Mir drehte sich der Kopf von dem vielen Alkohol, und so ging ich in mein Bett zurück und schlief sofort ein.«

Meiner Zuhörerin fielen auch schon wieder die Augen zu. Sie kämpfte zwar dagegen an, doch die Wirkung der Medikamente war stärker.

»Was war denn los?«, fragte sie schläfrig. »Die Geschichte wird ja immer sonderbarer.«

»Am nächsten Morgen saßen wir am Frühstückstisch zusammen, als wäre nichts geschehen. Dann fuhren wir nach Borissow zurück. Ich saß am Steuer und Ludmilla neben mir. Liebend gerne hätte ich Mehmet gefragt, was in der Nacht passiert war, doch vor den Mädchen konnte ich das nicht gut, auch auf Türkisch nicht, denn sie hätten gemerkt, worum es ging. Ohnehin musste ich mich auf die Straße konzentrieren, denn es herrschte starker Nebel, von dem der Buchenwald zu unserer Rechten und Linken zauberhaft umfangen war.

Jetzt bist du aber schon sehr müde. Komm, leg dich schlafen, ich erzähle morgen weiter.«

Ihr war der Kopf aufs Kinn gesackt, und sie schreckte hoch. »Nein, ich will noch nicht schlafen.«

Kaum hatte sie das gesagt, rutschte ihr der Kopf schon auf das Kissen, ihr Atem wurde langsamer, und ihr Gesicht nahm einen friedlichen Ausdruck an. Wieder blieb ich eine Weile bei ihr sitzen und sah ihr beim Schlafen zu.

19

Wo es wieder um Mord und Selbstmord
aus Liebe geht

Am nächsten Morgen machte das Mädchen einen recht auf-
geweckten Eindruck. Als setzte sie einen unvollständig ge-
bliebenen Satz fort, sagte sie, sie habe ihre Meinung geändert.
Auf meine verständnislose Miene hin reichte sie mir ihr iPad
und sagte: »Was Anna und Emma angeht. So altmodische Geschichten sind das gar nicht. Schauen Sie sich das an.«

Auf dem Bildschirm war eine Zeitungsmeldung. In der
Stadt Derince in der Nähe von Istanbul hätten sich am Vortag
ein junger Mann und eine junge Frau mit aneinander gebun-
denen Handgelenken gemeinsam ins Meer gestürzt. Trotz der
Rettungsversuche von Passanten seien sie ertrunken. Bei der
Feststellung ihrer Personalien habe sich herausgestellt, dass
beide anderweitig verheiratet gewesen seien und jeweils Kinder gehabt hätten.

»Schon eine erstaunliche Selbstmordart«, sagte ich. »Damit
haben sie verhindert, dass nur einer ertrinkt und der andere
überlebt.«

»Es ist ja nicht nur die eine Meldung. Hier habe ich ein
paar Schlagzeilen zusammengestellt, alle aus dem letzten Monat.«

Ich las:

Istanbul: Verbotene Liebe endet mit schrecklichem Mord
Unerwiderte Liebe: Mann tötet in Bağcılar vier Menschen
İzmir: Verschmähter Liebhaber schießt mit Pumpgun um sich
Mörder war Freund des Opfers
Abgewiesene Liebe: Junger Mann erschießt erst Mädchen, dann
sich selbst
Mersin, Antalya und Düzce: In drei Städten Selbstmord aus
Liebe
Abgewiesene Liebe: Polizist erschießt sich mit Dienstwaffe

»Du hattest also völlig recht«, sagte das Mädchen, »in Meldungen über Liebe sind Mord und Selbstmord gang und gäbe, und dabei hält jeder die Liebe für was Tolles. Mir war das noch nie aufgefallen.«

»Und das waren jetzt lauter Fälle aus dem letzten Monat, und alle aus der Türkei. Jetzt rechne das mal auf die Welt und auf die Geschichte der Menschheit hoch, wie viele Millionen von Menschen sind da wohl an Liebesverrücktheiten zugrunde gegangen.«

»Stimmt. So gesehen.«

Sie war diesmal zum Frühstück nach oben gekommen. Zwar ging sie noch am Stock, doch um einiges behender.

»Keine Ausflüchte heute, die Geschichte wird fertigerzählt. Und nicht erst am Abend, da sacke ich immer weg.«

»Nun gut. Was war das Letzte, an das du dich erinnern kannst?«

»Dass mit Olga irgendwas los war. Was war es?«

»Das konnte ich Mehmet erst fragen, als ich auf der Baustelle mit ihm allein war.«

20

Die Liebe mit Hilfe eines Dolmetschers
und das gelb glitzernde Ding in der Hütte
von Kerberos

»Mehmet selbst hatte nicht begriffen, was eigentlich los war. Als er mit Olga allein gewesen ist, hat sich zunächst das ereignet, was du dir denken kannst. Sie haben sich umarmt, sich geküsst, doch als es dann ernst wurde, nämlich, na ja, wie soll ich sagen ... an jenem Punkt also, da ist das Mädchen in Panik geraten und hat sich von Mehmet losgerissen. Sie hat ganz verstört auf Russisch vor sich hingeredet und sich schließlich auf den Teppich gesetzt und geweint. Wie eine Art Anfall.

Als die vom hilflosen Mehmet herbeigerufene Ludmilla kam, fragte sie Olga, was denn passiert sei. Stell dir bloß vor, in einem der intimsten Momente auf einen Dolmetscher angewiesen zu sein!

Erst hat Ludmilla lange auf Olga eingeredet, bis diese sich einigermaßen beruhigt und sich die Tränen abgewischt hat. Dann hat sie zu Mehmet gesagt: ›Sie hat nur ein bisschen Angst, daher sind ihr die Nerven durchgegangen, aber sonst ist nichts.‹ Dann ist Ludmilla gegangen.«

An dieser Stelle verstummte ich, und das Mädchen sah mich fragend an. Ich redete aber nicht weiter, sodass eine merkwürdige Spannung entstand, der schließlich die Neugier des Mädchens ein Ende bereitete.

»Ja und ...«

»Was und?«

»Was hat Mehmet erzählt, was dann passiert ist?«

»Die beiden haben die Nacht über geschwisterlich umschlungen nebeneinander gelegen. Mehmet war dennoch sehr glücklich und sagte mir, er habe die schönste Nacht seines Lebens verbracht. Bis in den Morgen hinein habe er den Duft des schlafenden Mädchens eingesogen und ihre seidenen Haare auf seinem Gesicht gespürt. Selbst als er später auf der Baustelle arbeitete, fühlte ich, dass er vor Glück zitterte.

Nie zuvor hatte ich Mehmet so gesehen wie in jenen Tagen. Er schien abgenommen zu haben, nahm nichts richtig wahr, und da er sich nicht auf die Arbeit konzentrieren konnte, unterliefen ihm mehrere gravierende Fehler. Unserem Projektleiter Dinç entging das natürlich nicht. Eines Tages sprach er mich darauf an. Mehmet müsse ermahnt werden, denn so könne das nicht weitergehen. Der Abzug der russischen Truppen aus der DDR stand unmittelbar bevor, sodass wir auf der Baustelle gegen die Zeit kämpften und Mehmets Schnitzer nicht einfach übergangen werden konnten.

Der hochgewachsene blonde Dinç war ein gutaussehender bosnischstämmiger Türke, der auf seine väterliche Art viel Verständnis für uns aufbrachte. Als ich ihm die Lage erklärte, sah er versonnen vor sich hin und meinte dann, das sei beileibe keine banale Angelegenheit. ›Das ist nicht einfach Liebe bei dem Kerl, das ist Liebeswahn. Hoffentlich geht alles gut, sonst ist der Junge verloren.‹

Nichts anderes sagte mir Mehmet selbst. Er hatte vor, Olga auf der Stelle nach Istanbul mitzunehmen und sie dort zu heiraten. ›Wenn das schiefgeht, bin ich ein toter Mann‹, erklärte er. Die beiden kamen sich immer näher, konnten den Blick nicht voneinander wenden, ja sahen sich an wie verzaubert.

Mehmet übernachtete immer öfter bei Olga, und manchmal schlief auch sie in unserer Unterkunft.«

»Wenn sie also die Nächte miteinander verbracht haben, dann …«

»Ich weiß es nicht. Vielleicht.«

»Und das alles, ohne miteinander reden zu können?«

»Genau, ohne reden. Mehmet lernte zwar wie ein Verrückter Russisch und schlug ständig im Wörterbuch nach, doch in der kurzen Zeit kam er natürlich nicht weit. Noch nicht mal das kyrillische Alphabet beherrschte er.«

»Dann musste Ludmilla auch ihre Liebesschwüre übersetzen?«

»Das denn doch nicht. Ein paar Sätze bekam er schon zusammen, aber es reichte eben nicht für ein echtes Gespräch. Daher konnten die beiden auch nicht ohne Ludmilla leben. Das heißt, manchmal hatte ich schon das Gefühl, sie verstünden sich besser, wenn Ludmilla nicht dabei war, aber ganz ohne sie ging es eben doch nicht. Bei einem gemeinsamen Essen in einem Restaurant oder in der Unterkunft brachten Mehmet und Olga alleine kaum ein Gespräch in Gang, und so führten sie mit Ludmilla zusammen ein Leben zu dritt. Ludmilla wurde von Mehmet dafür bezahlt und das nicht schlecht; die Hälfte seines Ingenieurgehalts ging dafür drauf.«

»Liebe mithilfe einer Dolmetscherin«, rief das Mädchen lachend aus. »Das ist ja komisch. Zwei lieben sich, und er sagt, du bist mein Ein und Alles, und sie muss warten, bis die Dolmetscherin übersetzt hat, und dann sagt sie, ich kann auch ohne dich nicht leben, und wieder muss übersetzt werden.«

»Nicht komisch, sondern tragisch.«

Beim Anblick meiner ernsten Miene stutzte sie.

»Aber ... Die werden sich doch nicht wegen diesem Sprachproblem getrennt haben?«

»Ach, wenn es bloß das wäre. Du kannst dir unmöglich vorstellen, wie tragisch die Sache ausgegangen ist. Der arme Mehmet ahnte überhaupt nichts. Und ich auch nicht.«

»Dann erzählen Sie doch endlich, was passiert ist, das ist ja nicht mehr auszuhalten.«

Und so erzählte ich, bis zum Abend.

»Ich versuchte Mehmet zu warnen, doch der war in seinem Wahn völlig unzugänglich und sah einen nur noch mit irren Blicken an. Er hielt es keine Stunde, ja keine Minute mehr ohne Olga aus. Nach Arbeitsschluss rannte er sofort zu ihr, stets mit Ludmilla im Gefolge.

Obwohl Tochter eines Offiziers der Roten Armee, war Olga tiefgläubige orthodoxe Christin, vermutlich durch den Einfluss ihrer Mutter. Sie hatte manchmal etwas Trunkenes im Blick, das einen vermuten ließ, sie wäre nicht ganz von dieser Welt. Mehmet hatte Angst, seine Ehepläne könnten daran scheitern, dass sie verschiedenen Religionen angehörten, und in seiner Paranoia bildete er sich ein, dass Olga und Ludmilla sich manchmal heimlich darüber unterhielten. Um dieses potenzielle Hindernis auszuschalten, beschloss er, selbst orthodoxer Christ zu werden, musste aber schnell erfahren, dass das gar nicht so einfach war. Es bedurfte dazu einer langen Unterweisung und mehrerer Prüfungen, und wie sollte er das bewältigen, wo er doch nicht einmal Russisch lesen konnte? Dann aber erfuhr er von dem Konzept des ›Herzenschristen‹, der man auch als Angehöriger einer anderen Religion werden könne, und daran klammerte er sich. Olga gegenüber bezeichnete er sich von da an immer wieder als ›Herzenschrist‹, der später mal ein richtiger Christ sein werde.

Pawels Gesundheitszustand verschlechterte sich indessen zusehends. Er röchelte, als hätte sein letztes Stündlein geschlagen. Gleich nach dem Aufstehen griff er zu Wodka und Zigaretten und trank und rauchte sich durch den Tag, ohne etwas zu essen. In der Nacht litt er unter Albträumen und stieß Schreie aus. Auch Olga kam mir irgendwie komisch vor, und jenes heilige Licht, das sie von innen her strahlen ließ, schien manchmal zu verlöschen, überdunkelt von tiefer Hoffnungslosigkeit. Wenn es kurz darauf urplötzlich wieder aufleuchtete, musste ich an das Schwarze Meer denken, an dem Sonne und Wolken sich in rascher Folge abwechseln. Wir wussten nicht, was sie hatte, und auch Ludmilla war überfragt. Manchmal schien Olga tatsächlich nur noch aus Seele zu bestehen, losgelöst von ihrem Körper. Wie ein Hologramm kam sie mir dann vor oder wie eine Marienerscheinung.

Ludmilla tat währenddessen ihre Arbeit auf die stets gleiche distanzierte, ja beinahe gefühllose Art. Nur sie hielt uns alle zusammen, Pawel, Oxana, Olga, Mehmet und mich. Wir waren auf sie angewiesen, ganz und gar von ihr abhängig. Eines Tages, beim Abendessen, sagte sie in beiläufigem Ton, ohne auch nur das Besteck wegzulegen: ›Pawel hat vielleicht nur noch ein paar Tage zu leben.‹ Dann aß sie ungerührt weiter. Mehmet glaubte zunächst, er habe sich verhört. ›Er wird sterben? Warum sagst du das gerade jetzt?‹

›Weil ihr euch entscheiden müsst‹, entgegnete Ludmilla. ›Wenn Pawel tot ist, müssen Olga und Oxana aus der Wohnung raus. Ihr müsst überlegen, wo sie dann hinsollen.‹

Von jenem Abend an war Mehmet nicht mehr zu halten. Er wollte Olga so schnell wie möglich nach Istanbul bringen, doch waren da einige Hindernisse. Vor allem konnte Olga Pawel und Oxana nicht alleine lassen. Außerdem war Mehmet noch vertraglich gebunden, daran musste ich ihn immer wieder erinnern.

Manchmal sahen wir Olga und Ludmilla angeregt miteinander reden. Es hörte sich an, als wollte Ludmilla Olga von etwas überzeugen. Mit unseren paar Brocken Russisch versuchten wir zu begreifen, was vor sich ging, aber recht viel mehr als *paschalsta*, *sto*, *gawari* und *dawai* verstanden wir ja nicht. Wir konnten gerade mal ›*dwa tschai paschalsta*‹ sagen und damit zwei Tee bestellen.

Unterdessen kam es zu einem Putschversuch, politische Morde wurden verübt, das Parlament beschossen. Das Sowjetreich brach zusammen. Mehmet kümmerte das alles nicht.

Eines Morgens stand Pawel nicht mehr aus dem Bett auf. Kein Husten war mehr zu hören. Er war still in den Tod hinübergeglitten. Im Grunde war es eine Erlösung, sowohl für ihn selbst als auch für seine Töchter. Wir nahmen an einer traurigen Beerdigung teil, bei der ein Ehrensalut geschossen wurde.

Damit Mehmet Olga und Oxana nach Istanbul mitnehmen konnte, mussten die beiden sich einen Pass ausstellen lassen. Aus seinem Arbeitsvertrag würde Mehmet schon herauskommen, indem er notfalls Dinç auf Knien anflehen würde. Der würde ihn schon verstehen.

Doch trotz des nahenden Zerfalls sah sich die Sowjetunion noch immer im Kalten Krieg, sodass ein Pass gar nicht so leicht zu bekommen war. Vielleicht konnte die türkische Botschaft in Moskau uns weiterhelfen.

Da kam Mehmet auf eine Idee. Er wollte Olga, die seit dem Tod ihres Vaters immer blasser wurde, in den Kurort Sotschi am Schwarzen Meer mitnehmen, um sie dort ein Wochenende lang über ihren Kummer hinwegzutrösten und ihr schließlich einen offiziellen Heiratsantrag zu machen. Dazu hatte er in Minsk bereits einen Brillantring gekauft, den er in der Tasche mit sich herumtrug.

Ich sollte auch mitkommen, doch stand mir nicht der Sinn danach. Auf der Baustelle gab es so unendlich viel zu tun, dass ein Urlaub für mich nicht infrage kam, zumal ich durch meinen Eifer auch ein wenig Mehmets Nachlässigkeiten ausgleichen wollte.

An einem Freitag fuhren Mehmet, Ludmilla, Olga und Oxana zum Flughafen. In Moskau sollten sie umsteigen und nach Sotschi weiterfliegen und am Montag wieder zurückkehren, doch dazu kam es nicht. Jene Reise machte nicht nur ihrer Liebe den Garaus, sondern auch Mehmet selbst.«

Hier verstummte ich, denn ich war an der heikelsten Stelle meines Berichtes angelangt. Neugierig richtete das Mädchen sich auf.

»Was ist passiert? Erzählen Sie!«

»Ich denke, ich mache erst morgen weiter, ich bin sehr müde.«

Davon wollte sie nichts hören. Durchs Fenster fiel das Abendrot auf ihr Gesicht, was ihr besonders gut stand.

»Nun gut, aber erst muss ich mit Kerberos ein wenig raus. Auf dem Heimweg kaufe ich uns was zum Essen. Ich muss jetzt ein wenig verschnaufen.«

Das konnte sie mir nicht abschlagen. Draußen sah ich Kerberos an etwas herumkauen. Als er mich erblickte, sprang er gleich hoch. Es behagte ihm nicht, so lange angekettet zu sein. Ich machte ihn los und ließ ihn erst mal herumlaufen, bis er sich ausgetobt hatte. Da fiel mein Blick auf das gelbe Ding, an dem er zuvor geknabbert hatte. Es war etwas Glänzendes. Ich hob es auf und besah es mir und konnte mir beim besten Willen nicht erklären, wie es hierhergekommen war. So wickelte ich es in ein Taschentuch ein, um es im Haus genauer zu untersuchen.

Dann ging ich mit Kerberos eine halbe Stunde lang am Strand spazieren. Blau und still lag das Meer in der Dämmerung vor mir. Ich fragte mich, warum ich die Geschichte meines Bruders, die ansonsten niemand kannte, ausgerechnet diesem Mädchen erzählte. Was ging es sie an, wer Mehmet war und was er mitgemacht hatte? Ich fand keine Antwort darauf. Aber nachdem ich nun mal angefangen hatte, musste ich die Sache auch zu Ende bringen. Dem Mädchen war kein Vorwurf zu machen, denn neugierig gemacht hatte sie kein anderer als ich, nur dass ich eben nicht wusste, warum.

Als ich auf dem Rückweg Sandwiches kaufte, fragte der Krämer: »Ist das Mädchen noch immer bei Ihnen?«

»Ja. Sie kann noch nicht richtig auftreten. Sie bleibt wohl hier, bis es ihr besser geht. Ein, zwei Tage noch, denke ich.«

»Sie hätte auch bei uns wohnen können«, sagte er mit vorwurfsvollem Unterton, »aber bei Ihnen hat sie es wohl bequemer.«

Ich überging seine Andeutung lieber.

»Sie wollte ja bei Ihnen wohnen, aber Sie waren nicht da. Sie hat Ihre Nachtklingel betätigt, doch es hat keiner aufgemacht.«

»Ach, da waren wir in Yassıca, bei der Hochzeit meines Schwagers und sind über Nacht geblieben. Das muss der Tag gewesen sein. Es war übrigens eine Riesenhochzeit.«

Genauer wollte ich es gar nicht wissen, und so fragte ich, ob er in der Mordsache etwas Neues erfahren hätte.

»Da ist anscheinend alles klar. Die Bulgarin soll vors Schwurgericht kommen. Aber die arme Arzu wird dadurch auch nicht wieder lebendig.«

Das war mir genug Geschwätz. Ich ging nach Hause. Wir aßen unsere Sandwiches, und ich trank dazu einen billigen, aber durchaus ordentlichen Rotwein aus der Gegend. Das Mädchen lehnte dankend ab, sie werde von den Medikamenten schon schläfrig genug, und an diesem Abend sei sie fest entschlossen nicht einzuschlafen, bevor sie die Geschichte zu Ende gehört hätte. Und nun solle ich endlich weitererzählen.

21
Das seltsame Geschehen auf dem Flughafen Scheremetjewo und das Verschwinden Mehmets

»Auf dem Moskauer Flughafen Scheremetjewo waren die Zollbeamten für ihre Härte bekannt. Es wimmelte dort von KGB-Agenten. Ein- und Ausreise war in der Sowjetunion weiß Gott kein Kinderspiel.

Mehmet und die drei Mädchen sollten in die Maschine nach Sotschi umsteigen. Erst ging Ludmilla durch die Passkontrolle, dann Oxana, schließlich Olga Pawlowna. Als Mehmet an der Reihe war und seinen Pass vorzeigte, sahen die Beamten sich diesen ganz besonders genau an und verglichen das Foto immer wieder mit Mehmet. Die drei Mädchen warteten jenseits der Kontrollzone, aber die Sache zog sich länger hin. Die Beamten blätterten in Unterlagen und riefen schließlich jemanden an. Unmittelbar danach trafen zwei Zivilbeamte ein und führten Mehmet unter den verblüfften Blicken der Mädchen ab.

Ludmilla versicherte mir hinterher, es habe sich bestimmt um KGB-Agenten gehandelt. Mehmet habe protestiert, sich mehrfach zu ihnen umgedreht. Aus Angst, sie könnten selbst verhaftet werden, habe Ludmilla die beiden Mädchen zum Weitergehen aufgefordert. Notgedrungen waren sie nach Sotschi geflogen, hatten eine Nacht in dem dort gebuchten Hotel verbracht und waren am folgenden Tag zurückgekehrt.

Ich holte sie in Minsk vom Flughafen ab. Ludmilla hatte mir von Sotschi aus nach stundenlangem Warten auf eine Telefonverbindung mitgeteilt, was geschehen war. Von Mehmet keine Spur. Ich benachrichtigte sofort Dinç, der wiederum den Chef der Firma anrief, aber auch dieser konnte weder über seine Bekannten in Moskau noch über die dortige türkische Botschaft irgendetwas ausrichten.

Olga war am Boden zerstört und weinte viel. Um nichts unversucht zu lassen, beschloss ich, nach Moskau in die Botschaft zu fahren. Als ich dort ankam, hieß es, der Botschafter sei bereits in seiner Residenz. Mit Müh und Not gelang es mir, den Pförtner dazu bewegen, mir deren Adresse mitzuteilen, sodass der Fahrer, den mir unser Moskauer Büro zur Verfügung gestellt hatte, mich dort hinbringen konnte.

Es war ein stattliches Gebäude aus der Zarenzeit. Über eine herrliche Holztreppe gingen wir in den zweiten Stock hinauf. Der Botschafter hatte zwar Gäste, doch als er mich in meinem aufgelösten Zustand sah, nahm er sich sofort meiner an. Sein Anruf beim sowjetischen Innenministerium erbrachte jedoch kein Ergebnis. Als der Botschafter mich wieder verabschiedete, versicherte er mir, er werde sich um das ›Schicksal des Herrn Ingenieurs‹ kümmern; ich solle mir nur keine Sorgen machen.

Auf der Fahrt zum Flughafen klärte mich der Fahrer über die Geschichte des Residenzgebäudes auf. Zur Zarenzeit habe ein reicher Zuckerhändler es für seine Geliebte errichten lassen, dieser jedoch während der Bauzeit nichts davon gesagt, um sie zu überraschen. Als das Gebäude vollendet gewesen sei, habe der Mann der Frau mit einem Seidentuch die Augen verbunden und sie ins Obergeschoss hinaufgeführt. Die Geliebte musste ihm wohl aus irgendeinem Grund böse gewesen sein, denn als er ihr das Tuch abnahm, habe sie das Gesicht verzogen und nur gesagt: ›Gott, wie hässlich.‹ Da habe der Zuckerhändler, der jahrelang auf diesen Augenblick gewartet hatte, die Beherrschung verloren. ›Du undankbares Weib!‹, habe er ausgerufen und der Frau eine Ohrfeige versetzt. Unter deren Wucht sei die Frau die Treppe hinuntergefallen und dort gestorben.

Also wieder ein Verbrechen aus Liebe! Ich halte es für ausgeschlossen, dass der Frau das Haus wirklich nicht gefallen hatte. Sie hatte dem Mann nur irgendwie wehtun wollen, aber erwischt hatte es sie selbst.

Schon gut, schon gut, ich schweife nicht weiter ab, aber die Geschichte der Residenz passt eben zu unserem Thema. Nicht gleich böse sein.

Alles Nachfragen am Flughafen brachte auch nichts. Mehmet war und blieb spurlos verschwunden.

Monate vergingen. Die Bauten in Borissow wurden planmäßig fertiggestellt und im Beisein von hochrangigen Vertretern aus beiden Ländern feierlich übergeben. Wir trugen natürlich den anwesenden türkischen und sowjetischen Ministern wieder unser Anliegen vor, aber ohne Erfolg.

Schlagartig brach der Winter herein. Borissow und die Wälder in der Umgebung wurden in ein Weiß gehüllt, das erst im nächsten Frühjahr weichen sollte. Die Baustelle wurde geschlossen, und mir blieb nichts anderes übrig, als mit den Kollegen zurück in die Türkei zu gehen.

Beim Abschied merkte ich erst so richtig, wie sehr Olga sich verändert hatte. Sie war geradezu ein anderer Mensch geworden und schien mich kaum wahrzunehmen, wenn sie mit mir sprach. Ich erfuhr von ihr, dass Ludmilla sich in Moskau eine neue Arbeit suchen wollte. So gingen wir alle auseinander.«

»Das gibt's doch nicht«, versetzte das Mädchen. »Das gibt's doch ganz einfach nicht. Olga ist dort geblieben?«

»Ich hatte Olga und Oxana angeboten, sie nach Istanbul mitzunehmen, doch sie ließen sich nicht darauf ein und wollten lieber bei Verwandten unterkommen. Nach vielem Zureden nahmen sie wenigstens etwas Geld von mir an. Dann verabschiedeten wir uns. Ich habe Olga nie wiedergesehen.«

»Nein!«, rief das Mädchen aus. Eine Weile dachte sie nach, dann sah sie mich auf einmal misstrauisch an.

»Sie haben das alles erfunden, oder?«

»Nein. Schön wär's.«

»Irgendwie traue ich der Sache nicht. Sie lesen andauernd, und was Sie mir da erzählen, könnte aus einem dieser verrückten russischen Romane stammen.«

»O nein, es ist alles vollkommen wahr. Aber den Rest erzähle ich dir erst morgen, für heute ist es genug, ich bin müde.«

Sie protestierte und behauptete, sie könne nie und nimmer einschlafen, ohne zu erfahren, was Mehmet widerfahren war, aber ich blieb stur, und schließlich humpelte sie in ihr Zimmer.

Als ich alleine war, holte ich den Gegenstand aus der Tasche, an dem Kerberos herumgekaut hatte. Ja, ich hatte mich nicht getäuscht, das schlammverschmierte Ding war eine goldene Halskette, mit einem vogelförmigen Anhänger. Wie war die Kette bloß in die Hundehütte gekommen?

Ich war völlig verspannt, und so ging ich hinunter und ließ mich eine halbe Stunde lang vom Liebling massieren. Er umfasste meine Arme und Beine, drückte mich an seine Brust, beruhigte und entspannte mich. Danach ging ich ins Bett und schlief sofort ein.

Irgendwann wurde ich wach, es musste schon nach Mitternacht gewesen sein. Es hörte sich so an, als würde jemand die Haustür aufsperren. Sollte etwa das Mädchen hinausgegangen sein? Unmöglich, in der Dunkelheit würde sie sich niemals zu Kerberos hinauswagen. Hatice konnte es um diese Zeit auch nicht sein. Jemand mit Schlüssel, der von Kerberos nicht angebellt wurde: Da kam nur noch einer infrage. Und dieser eine kam nun auch schon die Treppe hoch. Ich stand auf und öffnete ihm die Tür.

»Hallo Mehmet.«

22

Die Andamanensee, der Priester Porfirio
und der frauenlose Berg

Seine schlanke Gestalt glitt ins Zimmer. Die Augen schienen noch tiefer in den Höhlen zu liegen, und sein Bart war länger geworden.

»Wo hast du so lange gesteckt?«, fragte ich.

»Stimmt, diesmal war ich lange weg. Aber ich habe dich immer auf dem Laufenden gehalten. Ich weiß ja, wie sehr du dir sonst Sorgen machst. Sogar Fotos habe ich dir geschickt.«

»Ja, schon, danke. Aber die Zeit verfließt schnell.«

Bitter lächelnd erwiderte er: »O ja, das tut sie. Mir kommt die Zeit vor wie ein Fluss, in dem ich dahintreibe, und nie weiß ich, ob ich mehr Wasser vor oder hinter mir habe. Es ist nur ein ewiges Fließen.«

»Nun ja, ewig … Unser Leben ist begrenzt.«

»Auch das ist relativ«, entgegnete er. »Bei manchen Schmetterlingsarten entspricht wegen der schnellen Zellteilung ein Tag einem Menschenleben von achtzig Jahren. Wer hat also ein längeres Leben, ein Mensch, der mit siebzig stirbt, oder ein Schmetterling, der es bis zur fünfundzwanzigsten Stunde schafft?«

»Da reden wir über die Zeit, als gäbe es nichts Wichtigeres zu besprechen. Begnügen wir uns lieber mit der Erkenntnis, dass Vergangenheit und Zukunft nichts weiter sind als hartnäckige Illusionen.«

Mehmet wusste natürlich, dass ich niemanden berührte, und deshalb gab es zwischen uns keine Umarmungen und nicht einmal ein Händeschütteln. Er setzte sich in den Sessel am Fenster. Als ich das Licht anmachen wollte, wehrte er ab.

»Lass nur, ist mir lieber so.«

Ich setzte mich aufs Bett. Im Schein der Gartenlampe war seine linke Gesichtshälfte hell, während die rechte im Schatten blieb.

Er erzählte mir von den Similan-Inseln in der Andamanensee vor Thailand, von wo er mir die letzten Fotos geschickt hatte. In einem tropischen Wald mit Bäumen, die Dutzende von Metern parallel zum Boden wuchsen, hatte er unter Affen und Elefanten gelebt und war in den Buchten zwischen Barrakudas, Schildkröten und Clownfischen herumgeschwommen. Wenn tagsüber Boote mit Touristen kamen, hatte er sich in den Wald verzogen, doch abends war er wieder ganz alleine gewesen.

»Und wovon hast du dich ernährt?«, fragte ich.

»Ach, zu essen gibt es dort genug. Kokosnüsse, tropische Früchte, alle möglichen Fische. Verhungern kann man da nicht.«

»Und was hast du nachts gemacht?«

»Das ist jetzt ein Nationalpark, deshalb gibt es keine größeren Gebäude, aber ein paar Bungalows stehen herum, in denen habe ich übernachtet. Und auf einer Insel habe ich ein kleines Zelt gefunden, eine Art größeren Schlafsack, das war auch ganz praktisch.«

»Na schön, aber warum bist du da überhaupt hin, ans andere Ende der Welt?«

»Das weißt du doch ganz genau«, erwiderte er. »Weil da keine Menschen sind.«

Natürlich wusste ich es.

Ich bot ihm Kaffee an, doch er lehnte ab. Er werde nur kurz bleiben, draußen warte sein Taxi. Er habe mich nur mal wieder sehen wollen.

»Davor warst du auch an einem merkwürdigen Ort«, sagte ich, »in einem Kloster oder so.«

»Ja, auf dem Berg Athos. Zuerst im Kloster Xenofontos am Meeresufer und danach im Kloster Simonos Petras auf einem Felsen, zu dem man vier Stunden hinaufklettern muss.«

»Und warum bist du ausgerechnet in ein Kloster?«

»Auch da kennst du schon die Antwort«, sagte er. »Weil da keine Frauen sind.«

Frauen sei der Zutritt dort seit vielen Jahren verboten, und es werde sogar darauf geachtet, dass nicht einmal weibliche Tiere auf die Insel kämen, zum Beispiel keine Hühner, sondern nur Hähne.

»Und da ist wirklich keine einzige Frau?«, fragte ich.

»Wirklich nicht.«

Es sei tatsächlich sehr seltsam, in solch einer Welt zu leben. Nach einer Weile vergesse man geradezu, dass es so etwas wie weibliche Wesen überhaupt gibt.

Mit den Mönchen dort habe er sich angefreundet. Jene asketischen Menschen hätten ihn »kalos anthropos« genannt, also einen guten Menschen. Ganz besonders gut habe er sich mit einem Mönch namens Porfirio verstanden. Mit diesem habe er sich oft bis in den Morgen hinein unterhalten und ihm auch erzählt, was ihm widerfahren war.

»Aber das erzählst du doch sonst niemanden«, sagte ich erstaunt.

Da fiel mir ein, dass ich selbst gerade Mehmets Geschichte erzählte. Wüsste er davon, wäre er mir wohl sehr böse, denn von seinen Geheimnissen und jenem seltsamen Geschehen damals sollte niemand erfahren. Selbst mir hatte er das Ganze nur einmal erzählt und es dann nie wieder erwähnt. Und jetzt kam er daher und verkündete, er habe alles jenem Mönch berichtet. Schon seltsam.

Nun, Mehmet erzählte mir, wie es dort zuging. Die Tore des Klosters wurden morgens um fünf Uhr geöffnet und abends um fünf wieder verriegelt. Danach konnte niemand mehr hinein oder heraus. Die Mönche aßen zweimal am Tag, einmal morgens um acht und einmal abends um fünf. Während dieser Mahlzeiten wurde nicht gesprochen, und man durfte sich auch nicht gegenseitig ansehen. Jeder saß mit gesenktem Kopf da und wartete darauf, dass der Abt das Zeichen zum Beginn gab. Danach aßen alle so schnell wie möglich. Ein Mönch las dazu aus alten Texten widerwärtige Geschichten vor, damit die Mönche nur ja nicht am Essen Gefallen fanden. Nach dem Essen gingen alle in die Kirche, um Gott dafür um Vergebung zu bitten, dass sie ein körperliches Bedürfnis befriedigt hatten.

»Und dieser Porfirio lebte auch so?«, fragte ich. »Und ihr habt zusammen gegessen?«

»Bist du eifersüchtig auf ihn?«, entgegnete er lachend. »Nein, Porfirio war keiner von denen, denn er hat nicht gegessen. Weder gegessen noch gebetet.«

»Wie soll das gehen?«

»Na, es ging eben.«

»Aber so kann ein Mensch doch nicht leben?«

»Er hat ja auch nicht gelebt.«

»Nicht gelebt?«

Darauf erklärte er mir, in jenen Klöstern sei es Brauch, einen toten Mönch nach drei Jahren wieder auszugraben und seine Knochen mit Wein zu waschen. Die Knochen wurden dadurch weiß, was als Zeichen dafür galt, dass der Betreffende ohne Sünde gewesen war. Danach wurden die Knochen in einem »Osteofilakon«, also einem Knochendepot gelagert und der Schädel auf ein Regal gelegt. Hunderte von Schädeln seien dort aneinandergereiht, und Gästen wurden sie namentlich vorgestellt: Das ist Mönch Dimitri, das Mönch Petro, das hier Mönch Evangelos. Mehmet habe jeweils geantwortet: Angenehm, freut mich.

»Und warum hast du dir diesen Porfirio ausgesucht?«

»Weiß auch nicht. Der sah mir am vertrauenswürdigsten aus. Irgendwie nett und gutmütig.«

»Dann hast du also nächtelang deine Geschichte einem Regal voller Totenschädel erzählt?«

»Ja. Was ist schon dabei? Das waren lauter grundgute Menschen, die mir nichts zuleide getan haben. Aber lassen wir das, erzähl lieber von dir.«

»Na ja, mir geht's gut, wie du siehst. Nichts Neues. Ich lebe hier wie gehabt mit Kerberos.«

»Habe ihn schon gesehen, den Kerl. Er ist noch größer geworden, und noch hässlicher.«

»Hat er dich gleich erkannt?«

»Ja, er ist sofort aufgestanden und hat mit dem Schwanz gewedelt. Aber warum flüsterst du so? Ist jemand im Haus?«

»Ja.«

»Ach ja? Schau einer an. Wer ist es?«

»Eine junge Journalistin aus Istanbul. Hier im Ort ist ein Mord passiert, an einer halbwegs bekannten Frau, deswegen sind viele Journalisten hier. Sie will alles Mögliche aus mir herausquetschen. Kerberos hat sie angefallen, dabei hat sie sich den Fuß verstaucht, und bis der wieder in Ordnung ist, bleibt sie hier.«

Im schwachen Lichtschein glitzerten Mehmets Augen neugierig.

»Und du bist sicher, dass das alles ist?«, fragte er. »Du hast kein Interesse an der Frau? Und lässt sie hier nur wohnen, weil es nicht anders geht?«

»Ja, ich denke schon. Was anderes ist mir gar nicht in den Sinn gekommen, allein schon wegen des Altersunterschieds.«

»So wie ich dich kenne, lässt du dich in deiner Einsamkeit nur sehr ungern stören. Keiner soll sich in dein Leben einmischen.«

Als ich ihn um eine Antwort verlegen ansah, sagte er: »Jetzt erweckst du aber nicht den Eindruck, als ob diese Frau dich stören würde. Ich glaube, du machst dir was vor, und in Wirklichkeit tust du alles, damit sie so lange wie möglich hierbleibt.«

»Was zum Beispiel?«

»Ihr interessante Geschichten erzählen.«

Ich erstarrte. Wie konnte Mehmet wissen, dass ich dem Mädchen Geschichten erzählte? Mir fiel es wirklich schwer, ihm irgendetwas zu verheimlichen.

»Vielleicht erzählst du ihr ja sogar meine Geschichte«, zischte er.

Mir schlug das Herz bis zum Hals.

»Ich weiß, wie gerne du erzählst«, fuhr Mehmet fort. »Du möchtest der Frau den Kopf verdrehen. Bewundern soll sie dich. Ständig überrascht werden, damit sie dich interessanter findet als alles andere auf der Welt.« Zornig funkelte er mich an.

»Ich kenne dich, Ahmet, das weißt du nur zu gut. Also los, sag schon, hast du es ihr erzählt oder nicht?«

Ich hatte Mehmet noch nie belogen und wollte es auch jetzt nicht tun.

»Ja«, sagte ich mit gesenktem Kopf, »ich erzähle ihr die Geschichte. Jeden Tag einen Teil davon.«

»Wusste ich's doch«, rief er aus. »Du willst sie mit meiner Geschichte an dich fesseln. Du empfindest etwas für diese Frau. Und mich benützt du dafür auch noch.«

Dass ich die Geschichte erzählte, schien ihm weniger auszumachen als seine Unterstellung, ich hätte Gefühle für das Mädchen.

»Nein, Mehmet«, sagte ich. »Du weißt, dass ich dich niemals anlügen würde. Ich empfinde für das Mädchen nichts. Aber dass ich gerne so eine Art Spiel mir ihr treibe, das mag schon sein. Schließlich kommt sie aus einer anderen Welt, aus der Welt der jungen Menschen. Sie hat so etwas Frisches, Unverbrauchtes an sich. Hin und wieder streiten wir uns auch, aber ich kann nicht verhehlen, dass ich recht angenehme Tage mir ihr verbringe.«

So schnell ließ Mehmet sich nicht überzeugen.

»Und ob du in sie verliebt bist, Ahmet! Sieh es ein, dann geht es dir gleich besser. Die schlimmste Lüge ist, sich selbst zu belügen.«

»Wenn man weiß, dass man als Verliebter mit geschlossenen Augen einen Abgrund entlanggeht, wie soll man sich da noch verlieben?«

Als er darauf nichts erwiderte, ging ich zum Gegenangriff über. So entstand ein recht eigenes Gespräch.

»Ist dein Herz noch nicht zur Ruhe gekommen? Zerfressen dich deine Gedanken? Denkst du immer noch an sie?«

»Der Zürgelbaum in deinem Garten ist ganz schön groß geworden.«

»Wann wirst du dich endlich von dieser Qual befreien?«

»Hat Kerberos sich eigentlich schon mal gepaart?«

»Du flüchtest von einem Ende der Welt ans andere. Aber überall ist es gleich.«

»Liest du noch immer so viel?«

»Die Antwort, die du suchst, ist weder in der Andamanensee noch auf dem Berg Athos, sondern in dir.«

»Obwohl du immer zu Hause hockst, hast du nicht zugenommen. Treibst du Sport?«

»Du weißt, dass es heißt: Wer über alle Meere fährt, findet nur ein anderes Klima, aber keinen anderen Verstand. Anstatt andauernd herumzuziehen, solltest du von deinem Tiger herabsteigen. Du kennst doch die Geschichte von dem Mann, der auf einen Tiger steigt und sich dann nicht mehr heruntertraut, weil er Angst hat, gefressen zu werden. Man kann aber nicht sein Leben lang auf einem Tiger sitzen bleiben. Es wird Zeit, dass du heruntersteigst und dich allem stellst, vor allem deiner Vergangenheit.«

»Hast du nicht immer davon schwadroniert, dass man aktiv vergessen soll? Dass man leben kann, auch wenn man alles vergisst, aber nicht, wenn man sich an alles erinnert? Und dass das Vergessen dem Menschen die größte Wohltat ist?«

»Ja schon, aber …«

»Aber was?«

»Lassen wir das lieber.«

»Wer etwas weiß, kann nicht so tun, als ob er es nicht wüsste.«

Darauf fiel mir nichts mehr ein.

Mehmet sah mich triumphierend an. Seit unserer Kindheit

hatte ich jede körperliche Auseinandersetzung gewonnen und er jede geistige. Bis ich angefangen hatte, niemanden mehr zu berühren.

In dem fahlen seitlichen Lichtschein wirkte Mehmets Gesicht wie das eines Außerirdischen. Das geradezu irre Glänzen seiner Augen stand in starkem Kontrast zu seinem bleichen Teint. Als er seinen Sieg so richtig ausgekostet hatte, fuhr er fort.

»Warst du mal am Grab von Papa und Mama?«

»Nein«, sagte ich kleinlaut.

»Und warum nicht?«

»Weil ich dort sowieso bin.«

Ich wusste selbst nicht, warum ich so etwas sagte, es war mir einfach herausgerutscht. Vielleicht, weil ich mich schuldig fühlte, es meinen toten Eltern gegenüber an Respekt fehlen zu lassen, oder … na ja, aus irgendeinem anderen Grund. Mehmet entgegnete nichts, als hätte er mich verstanden.

»Du, neulich habe ich eine Mail bekommen«, sagte ich darauf, »von Dinç, du weißt schon, dem Bauleiter in Borissow …« Weiter kam ich nicht, denn abrupt stand Mehmet auf und ging zur Tür hinaus. Ich lief ihm nach und versuchte ihn auf der Treppe einzuholen. »Entschuldige«, rief ich, »geh bitte nicht. Es ist mir nur so eingefallen, ich hätte es nicht sagen sollen, ich weiß, tut mir leid. Ich schwör dir, ich sag kein Wort mehr von Borissow, aber bitte, bitte geh nicht, du bist doch gerade erst gekommen.«

Er hörte nicht auf mich, sah sich nicht einmal um und rauschte zur Haustür hinaus. Da stand Kerberos schwanzwedelnd und hoffte, gestreichelt zu werden, aber auch er wurde ignoriert. Erst am Gartentor drehte Mehmet sich ruckartig um und rief: »Hör auf, in dein Heft solchen Unsinn zu schreiben!«, dann stieg er in das wartende Taxi und fuhr davon. Ratlos blickte ich ihm nach. Ich kam mir vor, als wäre ich eine Romanfigur und würde mir selbst zuschauen. Ach wäre es doch bloß so, dachte ich, dann könnte ich in dem Buch zurückblättern. Wann hatte ich Mehmet eigentlich von dem Heft erzählt, in dem ich meine Gedanken aufschrieb? Wieso wusste er davon?

Da hörte ich eine Stimme und kam wieder zu mir. Das Mädchen stand neben mir.

»Was tun Sie mitten in der Nacht an der Haustür?«

Ich drehte mich zu ihr um, ohne eine Antwort zu geben.

»Ich habe Stimmen gehört«, sagte sie. »Sie haben ›Mehmet‹ gerufen. Was ist los?«

»Mehmet war da, aber leider habe ich ihn vergrault. Ich habe was Falsches gesagt, daraufhin ist er sofort gegangen. Vielleicht auf Nimmerwiedersehen.«

»Der kommt schon wieder. Zwilling sein ist bestimmt nicht leicht.«

Sie sah völlig verschlafen drein. Ich merkte, dass ihre Bluse falsch zugeknöpft war. Auch hatte sie keinerlei Falten. Also schlief sie nur in Unterwäsche.

23

Die seltsamen Tiere auf der Wiese,
das scheue Lämmchen und der Staatsanwalt

Ich hatte erwartet, beim Erwachen am nächsten Morgen als
Erstes an Mehmet zu denken, doch bot sich mir ein ganz anderer Anblick. Ich stehe an einem Wegesrand und blicke auf
eine weite grüne Wiese, hinter der sich das Meer erstreckt. Auf
der Wiese tummeln sich Aberhunderte von Tieren, wie man
sie selten so zusammen sieht. Gescheckte Kühe, Kälber, Och-
sen, zottige Widder, Lämmer, wilde Ziegen, herumhüpfende
Zicklein, etliche Schweine, ein Pferd, Hunderte von Hüh-
nern, Hähne, Enten, Gänse, auch Wildtiere wie Hasen, Rehe,
Rebhühner, Wachteln und Fasane, auch ein, zwei Esel. Und
in dem Meer hinter der Wiese schwimmen dicht an der Was-
seroberfläche Meeräschen, Rotbrassen, Seebarsche, Sardellen,
Meerbarben, Tintenfische, Kraken …

Ich gehe auf die Tiere zu, doch sobald sie mich sehen, er-
starren sie. Es heißt, Tiere hätten keinen Gesichtsausdruck;
diese hier aber tragen eine ziemlich ernste Miene. Vorwurfsvoll sehen sie drein, manche richtiggehend wütend. Direkt
vor mir steht ein flauschiges, weißes Lämmchen, zu dem
beuge ich mich hinunter und will ihm was Nettes sagen, damit es meine freundschaftliche Absicht erkennt. Das Lämmchen aber hüpft blökend davon und flüchtet sich zu seiner

Mutter. Und unter den Tieren hebt ein allgemeines Murren und Knurren und Scharren an.

»Was habt ihr denn?«, rufe ich ihnen zu. »Ich habe euch doch nichts getan. Ich bin euer Freund. Warum läuft das Lämmchen weg von mir?«

Da erwidert die Mutter des Lämmchens: »Weil du es gegessen hast.«

»Wie bitte? Gegessen soll ich es haben?«

»Und ob. Seine Rippchen hast du gegessen, seine Keulen, und sogar seine Leber und seine Nieren hast du dir schmecken lassen.«

Da beginne ich zu begreifen, was der Grund für diese Feindseligkeit ist. Zur Bestätigung wird mir, was eine Kuh schließlich sagt.

»Wir sind all die Tiere, von denen du bis heute gegessen hast. Zwar nicht immer alles, aber zumindest einen Teil von uns.«

»Das Pferd da soll ich auch gegessen haben?«

»Ja«, erwidert das Pferd schnaubend. »Als du in Russland gearbeitet hast, warst du mit Kollegen in Kirgisistan, da haben sie euch Fleisch von Wildpferden serviert, weißt du noch?«

»Ich kann mich vage erinnern.«

»Der kirgisischen Tradition zufolge hat man dir und deinen Kollegen zuerst meine Ohren vorgelegt.«

»Ja, stimmt, jetzt weiß ich es wieder. Die waren knorpelig und schwer zu essen, aber weil jeder am Tisch mich beobachtete, musste ich sie wohl oder übel hinunterschlucken.«

»Tja, das waren eben meine Ohren«, sagt das Pferd beleidigt.

»Bist du sicher? Ihr seid Tausende hier. Ich kann euch doch nicht alle gegessen haben.«

Ein erfahrener alter Büffel sagt: »Doch, das tut er, der Mensch. Ein jeder von euch isst in seinem Leben zwei- bis dreitausend Tiere.«

Verschämt sehe ich zu Boden.

»Ich bitte euch alle vielmals um Entschuldigung.«

»Davon haben wir nichts«, sagte das Pferd.

»Ihr könntet zur Strafe mich aufessen«, biete ich an.

»Das ist ja gerade der Punkt«, sagt der Büffel. »Selbst wenn wir wollten, könnten wir dich nicht essen, denn wir sind allesamt Pflanzenfresser. Ihr Menschen esst nämlich keine Fleischfresser wie etwa Wölfe oder Schakale.«

Ich entschuldige mich noch einmal bei allen, dann mache ich die Augen auf und bin wieder in meinem Schlafzimmer.

Es war früh am Morgen, und das Mädchen schlief noch. Als ich ausgehfertig war, schrieb ich ihr einen Zettel; ich müsse in die Stadt, um etwas zu erledigen.

So fuhr ich in der Morgensonne in die Kreisstadt und ging dort geradewegs in das Justizgebäude, das mit seinem rosafarbenen Anstrich jeglicher Seriosität entbehrte. Im Sekretariat erklärte ich, wegen einer den Podima-Mord betreffenden hochwichtigen Angelegenheit müsse ich unbedingt den Staatsanwalt sprechen.

Ich dachte mir schon, dass der Mann mich in so einem Fall empfangen musste, und so war es denn auch. Der Amtsdiener öffnete behutsam die Tür zum Büro des Staatsanwalts, und als ich eintrat, fiel mir gleich wieder das Bild auf, auf dem Atatürk dreinsah, als wollte er sagen »Das Vaterland ist betrübt, und ich bin es auch«.

Mit strenger Miene blickte der Staatsanwalt mich an.

»Was wollen Sie?«

Nicht einmal einen Sitzplatz bot er mir an, also blieb ich stehen.

»Herr Staatsanwalt, mir ist zum Podima-Mord ein wichtiges Detail eingefallen, aber ich möchte meiner Sache sicher sein.«

Unwillig lehnte der Staatsanwalt sich zurück. »Was für ein Detail? Und wie wollen Sie sich sicher sein?«

Gerade deswegen sei ich ja gekommen, sagte ich. Wenn es möglich sei, würde ich mir gern die Tatort-Fotos ansehen. Dann würde ich Gewissheit haben und der Staatsanwalt von meinem Wissen auch profitieren können.

Der Staatsanwalt erwiderte nichts und sah zum Fenster, durch das Sonnenstrahlen hereinschwebten. Also sah auch ich dorthin. Wir schwiegen beide so lange, dass es für die Situation, in der wir uns befanden, ziemlich auffällig war. Der Staatsanwalt vermochte sich anscheinend nicht zu entscheiden. Zwei Männer schwiegen sich an, einer im Sitzen, einer im Stehen, und die Stille in dem Büro war schließlich mit Händen zu greifen.

Beide schraken wir zusammen, als in dem Raum auf einmal der Refrain eines aserbeidschanischen Lieds erscholl. Zu schwülstiger Begleitung klagte eine Frauenstimme »Du bist nicht gekommen, du bist nicht gekommen, du bist nicht geko-ho-ho-mmen …«

Der Staatsanwalt griff in seine Jackett-Tasche und holte sein Handy heraus. Einen Augenblick ertönte die Musik noch lauter, dann verstummte sie abrupt. Auf dem Gesicht des Staatsanwalts machte sich ein Lächeln breit, sein dünner Schnurrbart spreizte sich. Anscheinend hatte ein Freund ihn angerufen, und so musste ich mir über mehrere Minuten lang sein Gesäusel anhören. Ja ja, gut gehe es ihm, der Frau und den Kindern auch, na ja, man schlage sich so durch, und ja, er freue sich schon sehr auf den Besuch am Wochenende, man werde wohl nach Podima oder nach Çilingoz fahren, zum Fischessen.

Nachdem er aufgelegt hatte, fiel sein Blick wieder auf mich, auf diesen überflüssigen Menschen, der immer noch wartend vor ihm stand. Vermutlich unter dem Eindruck des angenehmen Gesprächs betätigte er mit dem Fuß eine Klingel, worauf der Amtsdiener eintrat. Diesem trug er auf, die Akte Arzu Kahraman zu holen.

Als der Amtsdiener damit zurückkam, sagte der Staatsanwalt: »Hier, bitteschön. Weiß ja nicht, was dabei herauskommen soll.«

Ich trat an den Tisch heran, klappte die Akte auf und stieß sogleich auf einen Umschlag mit den Fotos. Ich sah sie mir näher an. Arzu lag gekrümmt auf der Treppe, aus dem hochgerutschten glänzenden Kleid standen merkwürdig verrenkt die Beine heraus, der Kopf war so seltsam verdreht, als wäre Arzus Genick gebrochen, und auf dem weißen Marmorboden war Blut.

Einen Augenblick fragte ich mich, ob ich von dem Detail, bei dem ich mir nicht sicher gewesen war, auch dem Staatsanwalt berichten sollte. Ich kann mich gut an den Moment erinnern.

»Na«, sagte der Staatsanwalt ungeduldig, »haben Sie es jetzt? Gibt es was zu sagen? Ich muss weg, ich habe eine Sitzung.«

»Nein, ich muss mich getäuscht haben. Tut mir leid.«

Er sah mich verdrossen an.

»Also dann bitte, ja, wir haben zu tun«, sagte er und wies mir die Tür.

Ich ging hinaus, und als ich im Gang war, sah ich auch ihn herauskommen und eiligen Schrittes davongehen. Bestimmt war er wütend auf mich, aber das war mir egal, er durfte so wütend sein, wie er nur wollte.

Draußen kaufte ich an dem Kiosk, vor dem ich das Mädchen mit ihren Kollegen getroffen hatte, zwei Käsetoasts und zwei Hamburger. Die würden zwar kalt sein, bis ich zu Hause war, aber vielleicht war das Mädchen mir dann nicht ganz so böse, dass ich sie alleine gelassen hatte.

Der Rückweg kam mir viel kürzer vor, denn mir ging im Kopf herum, was ich auf den Bildern gesehen hatte. Nämlich jene goldene Halskette.

Ich weiß noch, wie das Mädchen mich beschimpfte, als ich zu Hause ankam. Sie war auf mich genauso wütend wie der Staatsanwalt. Was ich mir einbilde, so einfach abzuhauen, ohne ihr Bescheid zu sagen, wegen irgendeiner angeblich hochwichtigen Angelegenheit. Interessanterweise siezte sie mich während ihrer Schimpfkanonade.

Ich musste daran denken, in was für seltsamen Etappen die menschlichen Beziehungen sich doch entwickelten. Wie kam es, dass das Mädchen, das vor ein paar Tagen noch so scheu an meiner Tür geklingelt hatte, sich nun herausnahm, mich so anzuschreien? Was ließ die anfängliche Distanz so sehr dahinschrumpfen? War es das Gespräch, die gemeinsam verbrachte Zeit, das nähere Kennenlernen? So wie der Übergang vom Sie zum Du war mir schleierhaft, wie und wann so etwas vor sich ging.

Ich hielt ihr die Tüte mit den Toasts und den Hamburgern hin und sagte: »Ich möchte dich um etwas bitten, und zwar, dass du auf deinem Spezialgebiet für mich etwas suchst, was zur Aufklärung des Mordes beitragen könnte.«

»Und was soll das sein, mein Spezialgebiet?«

»Das Internet.«

»Und ich hatte schon gehofft, Sie würden den Journalismus meinen. Zu früh gefreut.«

»Den meine ich schon auch, aber jetzt brauchen wir vor allem dieses Gerät da.«

»Was für ein Gerät?«

»Dein iPad.«

Ihre Neugier hatte ich nun geweckt, aber das war kein Kunststück. Ich erklärte ihr, worum es mir ging, und bat sie, auf die Facebook-Seiten von Arzus Gästen zu gehen und dort nachzusehen, ob sie über den Abend Bilder ins Internet gestellt hatten. Auf diese Weise konnten wir nämlich an ein Beweisstück gelangen.

»Aber das meiste wird Fremden nicht zugänglich sein«, entgegnete sie.

»Davon verstehe ich nichts, aber du wirst schon zurechtkommen.«

Ich nannte ihr die Namen. Mit ungeheurer Behändigkeit fuhren ihre zarten Finger über die Oberfläche.

Ruckzuck hatte sie das erste Bild gefunden, eine ganz deutliche Aufnahme, auf der Arzu mit vier Freundinnen so sehr in die Kamera strahlte, als würde sie noch bis zum Ende der Welt leben. Sie hatte ein Champagnerglas in der Hand und umarmte den schmalgesichtigen Mann neben sich. Und an ihrem Hals glänzte ganz zweifelsfrei das Detail, nach dem ich suchte. Durch das kleine Vogel-Medaillon, das an der Goldkette hing, ließ sich jeglicher Irrtum ausschließen. Die Kette, die ich nun in meiner Tasche trug, schmückte auf diesem Foto Arzus schlanken Hals, doch auf den von der Gendarmerie gemachten Aufnahmen fehlte sie.

Wie um Himmels willen war die Kette von jenem Hals in die Hütte von Kerberos gelangt?

Da musste ich zum ersten Mal darüber nachdenken, was das Mädchen gesagt hatte, nachdem es mich mit dem Kampfmesser gesehen hatte. Sollte ich tatsächlich einen Filmriss gehabt haben? Der Gegenstand in meiner Jackett-Tasche besagte, dass so eine Möglichkeit zumindest bestand, doch mein Verstand sträubte sich ganz und gar dagegen. Ich konnte mich glasklar und sekundengenau daran erinnern, wie ich damals aus Arzus Haus gegangen war. Jedes Detail hatte sich mir deutlich ins Gedächtnis gebrannt: der Autokonvoi, der sich zur Hauptstraße hinaufschlängelte, die angenehme Kühle, die ich auf dem Heimweg empfand, das Loch, in das ich auf einmal unachtsam trat, und Kerberos' wildes Zappeln an der Kette.

»Sie sind ja so still«, sagte das Mädchen. »Woran denken Sie?«

Es wäre sonderbar gewesen, gar keine Erklärung abzugeben. Ich deutete auf Arzus Hals und sagte: »Da, an diese Kette. Während der Party war sie noch dran, aber auf den Tatort-Fotos ist sie nicht zu sehen.«

»Das heißt also, dass der Mörder die Kette nach der Tat an sich genommen hat.«

»So sieht es aus.«

Dass ich die Kette in der Tasche hatte, sagte ich nicht. Ich weiß auch nicht, warum.

»Darf ich das in der Zeitung schreiben?«, fragte sie eifrig. »Zusammen mit den Fotos wäre das toll.«

Sollte der Staatsanwalt das lesen, würde er sehr wütend auf mich sein, dass ich ihm diese Information vorenthalten hatte, aber das kümmerte mich nicht. Sogar wenn er mich verhaften würde, wäre mir das egal. Weder über das Heute noch über das Morgen machte ich mir irgendwelche Gedanken. In Bezug auf alles, was kommen mochte, war ich von tiefer Gleichgültigkeit erfüllt. Ja, so ließe sich mein Zustand zusammenfassen: Freiheit durch Gleichgültigkeit.

»Schreib, was du willst«, sagte ich.

Später erzählte das Mädchen, in meiner Abwesenheit sei Hatice gekommen, und die beiden hätten miteinander Mokka getrunken und geplaudert. Eine richtig nette Frau sei das, sagte sie, mit der sie viel gelacht habe. Und über Arzu habe sie auch so einiges erfahren.

Hatice sei mit ihrem Leben so weit zufrieden, nur habe sie eben das Problem mit Muharrem. Um den mache sie sich wahnsinnige Sorgen. In Podima habe er keine Perspektive, aber ob es nicht in der Zeitung irgendetwas für ihn zu tun gäbe, irgendeine Botentätigkeit? Es zerreiße ihr immer das Herz, wenn sie dem armen Jungen ins Gesicht sehe. Niemandem wünsche sie eine solche Sorge. Während die Kinder anderer Leute wild umherrennen würden, blicke ihr armer Junge nur trübsinnig vor sich hin, denn sie ließen ihn ja nie mitspielen. Wie ein Vogel mit gebrochenen Flügeln sei er. Richtig zur Schule gehen habe er ja auch nicht dürfen, der Direktor habe ihn in eine Sonderschule geschickt. Gott sei Dank habe der Herr Ingenieur sich seiner erbarmt und bringe ihm hin und wieder ein wenig Englisch bei.

Das war aber nicht Gott zu verdanken, sondern Hatices haushälterischen Künsten, was ich dem Mädchen aber lieber nicht verriet.

Unweigerlich musste ich an jenem Abend wieder die Position des orientalischen Erzählers einnehmen. Zuerst wollte das Mädchen aber wissen, was Mehmet gesagt hatte, und ich fasste es ihr zusammen und schilderte, wie Mehmet bei der bloßen Erwähnung des Wortes Borissow aufgesprungen und davongestürzt war.

»Jeder Mensch weiß, dass sein Körper verfaulen wird, und er fürchtet sich davor«, sagte ich. »Bei manchen Menschen verfault aber die Seele noch vor dem Körper; warum hat davor niemand Angst?«

»Wen meinen Sie damit?«

»Vor allem meinen Bruder und mich. Aber glaub mir, bei den meisten Menschen ist es so, dass erst die Seele verfault.«

Das Mädchen interessierte sich jedoch vor allem für Mehmets Reaktion auf das Wort Borissow.

»Er wagt es also immer noch nicht, an jene Tage zurückzudenken. Der Arme. Was war das nur für eine Liebe? Gibt es gar keine Möglichkeit mehr, dass die beiden zusammenfinden?«

»Nein«, sagte ich, und begann zu erzählen.

24
Die feindselige Wand und
der amerikanische Journalist

Mehmet erzählte:

Zuerst kam mir alles wie eine simple Kontrolle vor. Ich nahm das nicht so ernst, denn sowieso würde sich alles als Irrtum herausstellen. Die würden in irgendwelchen Akten nachschauen, sich dann bei mir entschuldigen und mich freilassen. Dann würde ich rasch durch die Passkontrolle und zu Olga kommen. Mein Kummer war nur, dass Olga sich wahrscheinlich große Sorgen machte. Ich hatte meinen Firmenausweis bei mir, meine Arbeitserlaubnis und noch andere Dokumente, und wenn sie das erst mal sehen würden, wäre gleich klar, dass der junge Schalterbeamte sich einen Schnitzer geleistet hatte.

Zwei vierschrötige Zivilbeamte führten mich durch Flughafengänge und schlossen mich dann in ein Zimmer ein. Darin konnte ich noch so viel protestieren und schreien, aber niemand reagierte. Da begriff ich, dass sich die Sache doch ein wenig hinziehen würde. Ich würde womöglich stundenlang eingesperrt bleiben und mein Flugzeug verpassen.

Nun wurde ich sehr ungehalten. Ohne mich darum zu scheren, ob ich in dem Raum abgehört oder gefilmt wurde – es war wohl davon auszugehen –, schrie ich, trommelte an Tür und Wände, aber absolut nichts tat sich. Erst am folgenden Morgen wurde die Tür wieder geöffnet. Die ganze Nacht über fragte ich mich, ob Olga und die anderen beiden wohl nach Sotschi weitergeflogen waren. Oder hatte man ihnen etwa auch was angetan? Der Gedanke machte mich verrückt. Falls Olga etwas zugestoßen war, würde ich die Schuldigen finden und sie umbringen.

In jener Nacht war ich noch voller Auflehnung, konnte noch Wut empfinden, doch im Lauf der Zeit sollten sie mich so kleinkriegen, dass ich mich nach solchen Gefühlen geradezu sehnen würde.

Am Morgen ging die Tür auf und ein etwa sechzigjähriger höherer Offizier trat ein, gefolgt von den Zivilbeamten, die mich hergebracht hatten. Ich stand auf, nickte dem Mann grüßend zu, fragte ihn, ob er Englisch spreche und erzählte sofort, dass ich Ingenieur sei, in Borissow arbeite, alle nötigen Papiere bei mir trüge, und dass man kein Recht habe, mich wegen irgendeines Irrtums eine ganze Nacht lang hier festzuhalten.

Der Offizier hörte sich meine Erklärungen mit zusammengekniffenen Augen an, sagte überhaupt nichts, und weißt du, was er dann plötzlich tat? Er versetzte mir mit seiner riesigen Pranke eine Ohrfeige! Du kannst dir gar nicht vorstellen, wie fest der Mann zuschlug, mit einer Wucht, die sich nur mit unbezähmbarem Hass erklären lässt. Mir wurde schwarz vor Augen, und ich stürzte zu Boden. Als ich mich wieder aufzurichten versuchte, merkte ich, dass ich aus der Nase blutete. Die Zivilbeamten griffen mir unter die Arme und stellten mich wieder aufrecht hin. Der Offizier war bereits fort.

Ich spürte, wie mir Handschellen angelegt wurden, man verband mir die Augen, und wie einen Blinden führten mich die beiden Männer irgendwohin. Ständig stolperte ich und stieß mich an. Am liebsten hätte ich mich übergeben, und vielleicht tat ich das. Ich war so wirr im Kopf, dass ich mich auch später nicht an alle Einzelheiten erinnerte. Ich weiß nur noch, dass ich eine Treppe hinuntergeschleift wurde, dann auf einmal an der frischen Luft war, wieder eine Treppe hoch- musste und schließlich zu Boden geschleudert und irgendwo angebunden wurde. Dann vernahm ich etwas, dass sich wie ein Flugzeugmotor anhörte.

Ja, ich war in einem Flugzeug, mit verbundenen Augen, an- gekettet wie ein Stück Vieh. Ich erzähl dir das jetzt zum ersten und zum letzten Mal, Ahmet. Du hast dir so lange Sorgen um mich gemacht, also hast du das Recht zu erfahren, was mit mir geschehen ist. Aber danach werde ich nie wieder darüber sprechen und auch nicht zulassen, dass das Thema noch ein- mal erwähnt wird.

Es heißt immer, dass bei Zwillingen der eine fühlt, wie es dem anderen gerade geht. Unfug. Völlig unmöglich, dass du mitbekommen hast, was für körperliche und seelische Qua- len ich durchlitten habe. Wie mein Herz mit einer Zange zerrissen wurde und der Gedanke an Olga mich an den Rand des Wahnsinns trieb. Daher hör mir jetzt gut zu, unterbrich mich nicht und stell mir keine Fragen. Lass mich berichten, als würde ich mit mir selber reden. Und dann vergessen wir das alles auf ewig. Hätte ich Olga geheiratet, so hätten wir den Spruch gehört: »Sollte jemand gegen diese Ehe etwas einzuwenden haben, so soll er jetzt sprechen oder auf ewig schweigen«. Jetzt ist es Zeit für dieses ewige Schweigen, und was ich dir erzähle, soll diese Geschichte auf immer versie- geln.

Endlich erzählt Mehmet, was ihm widerfahren ist. Nachdem ich schon alle Hoffnung aufgegeben hatte. In seinem Gesicht nicht die mindeste Regung; es spricht eine starre Maske zu mir. Er will keinerlei Mitleid erregen. Das ist kein Menschengesicht mehr. Ich weiß nicht, wie ich reagieren soll. Es ist keinerlei Nähe mehr zwischen uns. Der gewaltige Widerspruch zwischen seiner ungerührten Miene und den furchtbaren Dingen, die er erzählt, setzt mir gehörig zu. Alles andere ist auf einmal bedeutungslos.

Man hatte mir die Augen so fest verbunden, dass ich alles ganz verschwommen sah, als mir die Binde abgenommen wurde. Als Erstes nahm ich eine graue Wand wahr, die ich so lange anstarrte, bis ich das Gefühl hatte, dass sie auch mich ansah.

Ich hatte eine lebende, atmende, grausame Wand vor mir, einen Feind. Als man mich aus dem Flugzeug heraus in einen Lastwagen verfrachtet hatte, musste ich mich wieder übergeben, die ganze Fahrt über, bis wohl nur noch Galle herauskam und ich mich vor Krämpfen schüttelte. Jedes Mal, wenn ich im Flugzeug oder im Lastwagen etwas sagen wollte, sauste von irgendwoher ein Schlag auf mich herab. Da ich die Augen verbunden hatte, wusste ich nie, aus welcher Richtung der Schlag kam. Und das Schlimmste war, nicht zu wissen, wann er kam.

Mehr noch als das Gehörte entsetzt mich, wie ausdruckslos Mehmets Gesicht ist. Ich sehe einen Menschen vor mir, der nicht mehr zum Fühlen imstande ist. Und während ich ihm zuhöre, sterben auch in mir die Gefühle ab.

Wenn er fertig ist, wird er bestimmt gehen, und meine Hoffnung, ihn jemals wiederzusehen, schwindet dahin. Ich denke das nur, ohne etwas zu fühlen, denn gleich ihm empfinde ich immer weni-

ger. Ich höre nur noch zu. Höre seine Stimme. Höre, wie die Wellen des Schwarzen Meeres wütend an die Felsen schlagen, wie der Muezzin zum Abendgebet ruft und Kerberos draußen winselt ...

Es war ein fensterloser Raum. In einer Ecke funzelte eine schwache Glühbirne. Schließlich merkte ich, dass gegenüber der Wand, die mich so feindselig musterte, eine Holzbank stand, ohne Decke. Ich setzte mich darauf, ein wenig später streckte ich mich darauf aus. Ich bemühte mich, wieder zu mir zu kommen, einen klaren Gedanken zu fassen, doch war ich noch viel zu benommen, und außerdem peinigte mich die Erinnerung an Olga.

Da man mich mit dem Flugzeug hergebracht hatte, musste ich weit weg von Moskau sein. Die Zellenwände waren so dick, dass kein menschlicher Laut hereindrang, keinerlei Hinweis darauf, wo ich mich wohl befinden mochte. Einzige Ausnahme waren Flugzeuggeräusche, ein ständiges Starten und Landen.

War ich in Untersuchungshaft, war ich Geisel? In wessen Händen war ich nur?

Während ich mich mit diesen Fragen abquälte, verspürte ich in der Magengrube auf einmal ein Stechen. Mir fiel ein, dass ich seit mehr als vierundzwanzig Stunden nichts gegessen und getrunken hatte. Wollten sie mich hinter diesen grauen Mauern verhungern und verdursten lassen? Gut möglich. Aber warum sollten sie so etwas tun? Stundenlang krümmte ich mich auf der Holzbank, dachte an die vergangenen schönen Tage zurück, versuchte mir Olga vorzustellen, was meinen Schmerz aber nur noch schlimmer machte.

Ich bin in einem billigen Hotel in Istanbul. Vermutlich bin ich weggesackt, in einen kurzen Albtraum hinein. Mir dröhnt das Tuten eines Stadtdampfers ins Ohr. Durch das schmutzige Fenster scheint die Morgensonne herein. Ich mache mich zu den trinkenden Minaretten auf, doch an diesem Morgen beugen sie sich nicht zum Wasser hinab, sondern stehen aufrecht da wie gespitzte Bleistifte, die etwas in den Himmel schreiben werden.

Ich werde der Firma mitteilen, dass ich kündige. Ich kann dort nicht mehr arbeiten. Die Zeit, bis ich in Rente gehen kann, werde ich irgendwie überbrücken, mir fällt schon was ein. Sowieso ist mir das momentan egal. Mehmet suche ich nicht mehr, ich habe alles Menschenmögliche getan, ja, ich bin sogar zu Wahrsagerinnen gegangen. Eine hat mir gesagt, mein Bruder sei gestorben und grüße mich aus dem Jenseits; laut einer anderen müsse ich alle vertrockneten Brunnen der Welt nach ihm absuchen, sonst werde seine Seele nie Ruhe finden; und eine dritte verkündete mir, er werde nach drei Jahren, drei Monaten und drei Tagen wieder zu mir kommen. Ja, ich warte auf ihn, jeden Tag, aber es ist ein seltsames Warten, ohne Hoffnung, als kümmerte mich schon gar nicht mehr, wie die Sache ausgeht. Es ist ein Dauerzustand, der mir allmählich in Fleisch und Blut übergeht.

Durch ein Geräusch wurde ich wach. Mir pochte das Herz. Wo kaum der Laut nur her? Durch das Liegen auf der harten Bank war mein durchgeprügelter Körper wie zermalmt. Schließlich sah ich in der Eisentür ein kleines Gitterfenster aufgehen. Eine Hand streckte ein Tablett herein, vermutlich mit Essen. Ich stand auf und ging hin. Durch das Fensterchen sah ich ein altes Gesicht mit auf die Mundwinkel herabhängenden Wangen wie bei einer Bulldogge. Die Augen schienen mich nicht zu sehen

»Wo bin ich?«, fragte ich. »Ich flehe Sie an, sagen Sie mir, wo ich bin.«

Der Mann ließ das Tablett los, und mit allem, was darauf stand, knallte es auf den Betonboden. Dann ratschte das Schiebefenster wieder zu, und unter den feindseligen Blicken der grauen Wand versank ich wieder in meine Einsamkeit.

Mehmet kommt und kommt nicht. Mir schwankt der Boden unter den Füßen. An den Anlegestellen schwankt er noch mehr. Mir wird übel in der Riesenstadt. Ich will nur noch weg, und am schlimmsten ist, dass ich Mehmet allmählich vergesse. Während ich anfangs jede Sekunde dachte, wo ist er, wo kann er nur sein, schicke ich mich nun in mein Schicksal drein. Der Mensch findet sich mit allem ab, wie ein Tier, das sich seine eigenen Regeln setzt.

Da sie mir meine Uhr abgenommen hatten, wusste ich nicht mehr, wie spät es war. Ohne Tageslicht vermischten sich Tag und Nacht. Geht das Zeitbewusstsein verloren, wird man Schritt für Schritt auf seinen Grundzustand reduziert, auf das nämlich, was die Zivilisation auf so vielfältige Weise zu überwinden und überhöhen trachtet: auf das Tiersein. So schleppte ich mich wieder von der Bank hoch, kroch auf allen Vieren zur Tür und begann die breiartige Masse, die die Bulldogge hatte fallen lassen, vom Boden aufzulecken.

Irgendwann später – eine Stunde, einen Tag, eine Woche? – ging das Schiebefenster wieder auf und die Bulldogge hielt mir ein Tablett hin. Diesmal nahm ich es dankbar an. Den Körper eines Menschen kann man mit einer Walze zerdrücken, für die Seele braucht es viel weniger.

Unaufhaltsam schrumpfte ich weiter auf meinen tierischen Kern zusammen. Meine Notdurft verrichtete ich in einer Zellenecke. Zunächst stank es von dort, dann weniger und weniger, und schließlich roch ich gar nichts mehr. Einmal hielt ich das Tablett unter die Glühbirne und versuchte, in dem schwärzlichen Metall mein Gesicht zu erkennen. Ich sah ein bleiches Gespenst.

Die Glühbirne war von einem eisernen Käfig umfasst, den ich irgendwann aufzubrechen versuchte, um mir damit die Pulsadern aufzuschneiden, aber er war zu stabil.

Wie heiße ich, wie heiße ich, wie heiße ich; wer bin ich? Habe ich wirklich eine Freundin namens Olga, oder ist das nur die Wahnvorstellung eines seit Jahren eingesperrten Irren? Ist es wahr, oder ist es ein Traum? Ja, es ist wahr, genauso wahr wie die Minarette in Istanbul. So wahr wie die schwarzen Pferde auf dem Laufband. Oder aber es hat so ein Leben nie gegeben, und Borissow und Olga und Ludmilla sind nur meinem in einer Zelle darbenden verfluchten Hirn entsprungen …

Ich ging zu der verdammten Wand, die mich ständig musterte, und begann meinen Finger daran zu reiben, so lange und so fest, bis die Fingerkuppe blutend aufplatzte. Mit dem Blut schrieb ich dann auf die graue Wand ein riesengroßes OLGA. Das verschaffte mir derartige Erleichterung, dass ich mich über den Schmerz regelrecht freute. Wenigstens wusste ich nun wieder, dass ich ein Mensch war. Wenn ich auf der Holzbank saß und an die Wand sah, konnte ich mir Olga nun wieder viel besser vorstellen. Ich hatte die Wand besiegt, denn Olgas Name hatte sie beschämt. Sie wurde wieder zu einer ganz gewöhnlichen grauen, schmutzigen Wand und konnte mir nicht einmal mehr ins Gesicht sehen.

Ich bekam zu essen, aß, schlief auf der Bank, verrichtete in der Ecke meine Notdurft, bekam wieder zu essen, aß, schlief auf der Bank, verrichtete in der Ecke meine Notdurft, bekam wieder zu essen, aß, schlief auf der Bank, verrichtete in der Ecke meine Notdurft. Und wieder und wieder und wieder … Vergingen Monate so oder Jahre, ich wusste es nicht.

* * *

Jedes Mal, wenn ich das Wort Schlaf sagte, fielen dem Mädchen die Augen weiter zu, und schließlich schlief sie ganz ein, und der Kopf sackte ihr nach vorn. Mir fiel auf einmal ein Lied ein, das meine Großmutter gerne gesungen hatte: »Am Fuß des hohen Berges / ein Mädchen schlafend lag.« Als ich schon meinte, die Geschichte würde eben am nächsten Tag zu Ende erzählt, raffte sich das Mädchen auf einmal doch wieder hoch, sagte »Einen Moment bitte«, ging ins Bad und spritzte sich Wasser ins Gesicht. Dann machte sie uns beiden Kaffee und setzte sich wieder in ihren Sessel. Mit wachen Augen sah sie mich entschlossen an.

Ich sage in der Firma Bescheid, dass ich zum Arbeiten keine Kraft mehr habe und daher kündige. Sie meinen es gut mit mir und zahlen mir eine so hohe Abfindung, als hätten sie mich entlassen.

Ich verkaufe mein gesamtes Hab und Gut und lege genügend Geld zurück, um bis zum Eintritt der Rente über die Runden zu kommen und meine fehlenden Beitragszahlungen zu leisten. Somit bin ich – wenn auch nicht offiziell – Rentner geworden. Der Frührentner und ehemalige Ingenieur Ahmet Arslan.

Mit einem Teil des verbleibenden Geldes kaufe ich mir einen Gebrauchtwagen und fahre damit in der Umgebung von Istanbul herum, zuerst nach Rumeli Feneri und Garipçe, danach mehr in Richtung Şile. Aber wo ich auch hinkomme, ist alles voller Istan-

buler, vor allem am Wochenende. In den Fischrestaurants wimmelt es von Leuten.

Eines Tages steige ich in Rumeli Feneri ans Wasser hinab, setze mich auf einen bemoosten Felsen und schaue aufs Schwarze Meer. Der Himmel zieht sich zu, schwarze Wolken ziehen heran, das Meer wird grau, und auf einmal blitzt es. Diesen Blitz sehe ich als ein Zeichen an, ein Zeichen von Tesla. Ich steige rasch hoch zu meinem Auto und mache mich auf die Suche nach dem Blitz. Auf der Uferstraße in Richtung Bulgarien fahre ich am Schwarzen Meer entlang. Mal führt die Straße ins Landesinnere, durch einen dichten Wald, dann kehrt sie wieder ans graue Meer zurück.

An einer nach rechts abgehenden Straße sehe ich ein Schild, auf dem Yalıköy steht. Dort biege ich ab, lasse mich von den Schlaglöchern durchrütteln. Und komme schließlich an einem Ort an, der genauso einsam, abweisend und nordisch ist, wie ich es mir nur wünschen kann. Ich frage nach einer Pension, und man verweist mich an einen Krämerladen. Am folgenden Tag erfahre ich, dass das heruntergekommene Haus gegenüber zu verkaufen ist.

Wie gesagt, ich sehe in alledem ein Zeichen dafür, dass ich mich hier niederlassen, hier bleiben und vielleicht sogar hier sterben und beerdigt werden soll. Warum aber? Weil dieser Ort mit meinem bisherigen Leben nichts zu tun hat. Ich bin hier so fremd wie auf einem Mondkrater. Weder kenne ich irgendjemanden, noch kennt jemand mich. Ein in mich gekehrtes Leben fern von allen Fragen und Freundschaften, fern von jeglicher Gesellschaft. Genau das, was ich will.

Ich kaufe das Haus, renoviere es, bestelle in Istanbul Bücher, gestalte alle Zimmer und Bücherregale um. Für ein Leben, in dem ich nicht mehr frage: »Mehmet, wo bist du?« Doch Mehmet kehrt in mein Leben zurück.

»Aber wie, wie?«

»Ich weiß schon, dass du darauf neugierig bist, aber so weit sind wir noch lange nicht.«

»Darf ich Sie mal was fragen?«, sagt das Mädchen. »Sie laufen vor den Menschen weg und Sie, wie soll ich sagen, Sie ekeln sich sogar vor ihnen. Halten Sie sich eigentlich für so viel besser? Sind Sie der anständigste, intelligenteste, beste Mensch auf Erden, und die anderen sind lauter Dummköpfe?«

»Die meisten Menschen«, erwidere ich, »sind tatsächlich Dummköpfe, das stimmt schon. Vor allem die Reichen. Du in deinem Alter merkst das noch nicht so, denn du willst berechtigterweise einen reichen Mann heiraten, ein Kind haben, ein Auto und ein schönes Haus. Doch wenn du schon gesehen hättest, was ich gesehen habe …«

»Was denn?«

»Reichtum ist keine Eigenschaft. Geld ist kein natürliches Attribut des Menschen, es kann verloren gehen, gestohlen werden, es ist ein abstrakter Begriff, eine Reihe von Nullen. Was im Leben wirklichen Wert hat, kann nicht gekauft werden. Man kann ein Buch kaufen, einen Gegenstand, einen Menschen, der für einen arbeitet, aber das ist kein Ersatz für Wissen, für Freundschaft, für die Freude am Teilen. Die reichen Dummköpfe aber halten Geld für sehr wichtig und erwarten daher, dass ihr Vermögen ihnen seelische Privilegien verschaffen wird, besonderes Glück. Und da das nun mal nicht möglich ist, werden sie von einer inneren Leere geplagt. Zu sagen haben sie sich nichts, also ertragen sie das Leben und einander nur dadurch, dass sie sich die Zeit mit irgendwelchen Spielen vertreiben oder sich Hals über Kopf in die Arbeit stürzen, als müssten sie sich aus ärgster Not befreien. An ihrer Stelle würde ich mich umbringen.«

»Hm, und worin besteht dann Ihr Privileg?«

»Ganz einfach darin, dass ich lese. Wer liest, kehrt dem vorherrschenden Denken den Rücken. Meine Freunde sind die klügsten und schöpferischsten Menschen, die die Welt je gesehen hat: Aristoteles, Plato, Averroës, Faulkner, Homer, Nietzsche, Ibn Chaldun … Mit welchen materiellen Werten sollte das aufzuwiegen sein?«

»Sie sind ein sehr seltsamer Mensch.«

»Nicht ich bin seltsam, sondern die Welt, ja die ist sogar verrückt. Die Schwäche von Leuten wie mir besteht aber darin, dass wir das alles merken. Wer zu viel weiß, macht sich dadurch unglücklich. Glücklich wird nur, wer sich wie ein Fötus im schützenden Mutterleib der Dummheit krümmt.«

»Und deshalb mochten Sie Arzus Gäste an jenem Abend nicht?«

»Die mag ich aus mehreren Gründen nicht. Ein Beispiel: Die geben doch gerne an, ja? Mit dem teuersten Auto, dem größten Haus, dem schönsten Kleid, dem prächtigsten Schmuck?«

»Ja, schon«, sagte das Mädchen.

»Aber gleichzeitig sind sie furchtbar abergläubisch und haben Angst, dass man ihnen den Reichtum nicht gönnt. Einerseits tragen sie diesen zur Schau, andererseits versuchen sie sich mit heidnischem Schabernack wie Opfertieren und Amuletten vor dem bösen Blick zu schützen. Anstatt sich solche Mühe zu geben, könnten sie doch einfach bescheidener leben, ein billigeres Auto fahren und sich ein wenig bilden, wie wäre es damit?«

»Da haben Sie schon recht, das ist ein Standpunkt, aber heutzutage schwer zu vermitteln.«

»Siehst du, damit hast du dir die Antwort selbst gegeben. Deswegen halte ich mich von den dummen Massen fern. Du ärgerst dich zwar über mich, aber allmählich siehst du ein, wie recht ich habe.«

***

Ohne Möglichkeit, die Zeit zu messen, hatte ich keine Ahnung, wie lange ich schon in der Zelle war, aber irgendwann wurde mir auch das egal. Mein Leben bestand nur noch darin, dass ich das Tablett mit dem Essen annahm und es danach wieder zurückgab. Ach, wäre es doch nicht so elend rund und stumpf gewesen, dieses vermaledeite Tablett, sondern irgendwie spitz oder scharf, dann hätte ich mich vielleicht damit umbringen können.

Erst ist man furchtbar wütend, in einer Zelle zu hocken, man lehnt sich auf. Dann wartet man darauf, dass das Missverständnis sich aufklärt. Diese Hoffnung kann ziemlich lang anhalten, dann aber erlischt sie allmählich, bis man sich schließlich fürchtet, überhaupt noch zu hoffen. Dann verfällt man in Lethargie und versucht bewusst, die Gedanken abzutöten. Ein anderes Ziel, als überhaupt am Leben zu bleiben, hat man nicht mehr. So kann es lange weitergehen, bis man einsieht, dass auch das Leben an sich keinen Wert mehr hat. Dann sieht man den Tod als Heilmittel gegen jede Art von Schmerz, weiß aber nicht, wie er zu erlangen ist. Man kann sich nicht selbst erwürgen und sich auch nicht in der Kelle voll Wasser ertränken, die man bekommt. Um sich die Pulsadern aufzuschneiden, hat man nichts, und wenn man den Kopf an die Wand stößt, wird man nur irgendwann bewusstlos und hat danach noch größere Schmerzen.

So wurde ich mit der Zelle allmählich eins. Olgas Name an der Wand verblasste immer mehr, und ich hatte keine Kraft, ihn aufzufrischen. Mein Gehirn war derart eingetrübt, dass ich zum »Mankurt« wurde.

Ich weiß nicht, ob dir »Mankurt« etwas sagt. Wenn früher bei asiatischen Stämmen ein feindlicher Krieger gefangengenommen wurde, schor man ihm den Kopf kahl und zog ihm den Pansen eines frisch geschlachteten Schafes über den nackten Schädel. Dann grub man den Mann bis zum Hals in die Erde und setzte ihn tagelang der Sonne aus. Da er nicht sterben sollte, bekam er zu essen. Wenn dem Mann die Haare zu wachsen begannen, konnten sie den getrockneten, eng sitzenden Pansen nicht durchdringen und wuchsen in Richtung Gehirn. Der Mann litt fürchterliche Qualen, vergaß mit der Zeit vollkommen, wer er war, und entwickelte sich so zu einem sogenannten Mankurt, einem Wesen, das man dazu einsetzen konnte, seinen eigenen Stamm zu bekämpfen. Bei mir wuchsen zwar die Haare nicht in den Schädel zurück, sondern fielen mir bis zur Hüfte herab, doch auch mein Gehirn zersetzte sich allmählich.

Ich stand wohl kurz bevor, selbst ein Mankurt zu werden, als eines Tages, einem Wunder gleich, jener Amerikaner in meine Zelle geworfen wurde. Erst begriff ich gar nicht, was da geschah. Dass die eiserne Zellentür aufgehen und jemand hereinkommen sollte, erschien mir so unvorstellbar wie die Spaltung der Weltkugel in zwei Teile. Doch dem zitternd in seiner Zelle kauernden, vor lauter Haaren und Bart kaum mehr erkennbaren Mann, der ich war, wurde dieses Wunder zuteil.

Der Mann, der in die Zelle gestoßen wurde, war nicht minder dünn als ich, aber gesund und sportlich gekleidet. Er trug eine Jacke mit vielen Taschen daran. Er wehrte sich dagegen, in die Zelle gesteckt zu werden, und ich weiß noch gut, wie ich mir dachte, mein Gott, ich verstehe ihn! Wie wunderbar, die Worte zu begreifen, die einem Menschen aus dem Mund kommen. Ich rappelte mich in meiner Ecke hoch, doch nicht nur mein Körper richtete sich auf, sondern durch jene Worte vollzog sich in mir auch ein Aufstieg vom tierischen Zustand zum Menschsein. Ich war ein Geschöpf, das zu sprechen vermochte.

Ich muss den Mann wohl verschreckt haben. Als die Zellentür zugeschlagen war, ging ich mit ausgestreckten Händen auf ihn zu und wollte ihn berühren.

»Halt«, rief er auf Englisch, »halt, komm mir nicht näher.«

Dann zog er sich in eine Ecke zurück. Ich blieb stehen, deutete auf die Bank, auf die er sich setzen sollte, und versuchte etwas zu sagen, aber es kam mir nur ein Grunzen aus dem Mund.

Nach einigen Versuchen gelang es mir, die Zunge richtig zu bewegen, und zum ersten Mal nach so langer Zeit brachte ich wieder einen Satz heraus: »Ich bin ein Mensch.«

Mir war, als hätte ich ihn nur einmal gesagt, doch an den abwehrenden Bewegungen des Mannes erkannte ich schließlich, dass ich den Satz endlos wiederholt haben musste. Wenn ich redete, im Gehirn einen Begriff formulierte, die Stimmbänder zum Vibrieren brachte, einen Laut produzierte und ihm im Mund eine Form verlieh, also etwas sagte, dann bedeutete das, dass ich ein Mensch war, und das wollte ich dem Mann beweisen.

»Sei still«, sagte er, »bitte sei still, ich muss erst mal einen klaren Kopf kriegen.«

Aus Angst, meinen Gast zu verlieren oder zu vergrätzen, zog ich mich schweigend in meine Ecke zurück und bedeutete ihm, auf der Bank Platz zu nehmen. Ich kauerte mich hin und sah dem Mann dann zu, wie er sich auf der Bank vor- und zurückwiegte. Er machte einen sehr niedergeschlagenen Eindruck. Gebildet wirkte er und vom Reden her wie ein studierter Amerikaner.

Ich musste irgendetwas Besonderes sagen. Nachdem ich mich lange genug in Geduld geübt hatte, sagte ich auf einmal »Nemo cogendus amicus«, und gleich noch einmal: »Nemo cogendus amicus.«

Das wirkte. Er fragte mich, was ich da gesagt habe. »Nemo cogendus amicus«, wiederholte ich. In einer Zelle diesen vorwurfsvollen lateinischen Satz zu hören, hatte er sichtlich nicht erwartet.

»Wir sind ja keine Freunde«, sagte er.

»Eben. Daher sage ich es ja: Man kann niemanden zur Freundschaft zwingen.«

»Können Sie Latein?«

»Das bisschen, was ich auf dem Gymnasium und an der Universität gelernt habe. Eigentlich kenne ich nur ein paar bekannte lateinische Sprüche.«

Daraufhin begann er sich doch für mich zu interessieren.

»Tun Sie mir einen Gefallen«, sagte ich, »und beantworten Sie mir zwei einfache Fragen, dann werde ich Sie auch nicht weiter belästigen.«

»Welche Fragen?«

»Sie sind ganz einfach. Wo sind wir hier, und welches Datum ist heute?«

Seine Antworten lösten bei mir Entsetzen aus. Ich war seit etwa eineinhalb Jahren in der Zelle, und wir befanden uns in Tschetschenien, auf einem sowjetischen Militärstützpunkt bei Grosny.

Dann erzählte er von sich. Wie ich vermutet hatte, war er Amerikaner, ein Journalist, der über die tschetschenischen Bestrebungen, sich von der Sowjetunion zu lösen, recherchierte. Sowohl mit Regierungsvertretern als auch mit Rebellenführern hatte er sich schon unterhalten.

Auf dem Weg zum Versteck eines dieser Anführer war er am Vortag von der Roten Armee angehalten und festgenommen worden. Man hatte seine Manuskripte und seinen Fotoapparat beschlagnahmt und ihn schließlich in jene Zelle verbracht, aber besondere Sorgen mache er sich nicht, da die amerikanische Botschaft über seinen Fall unterrichtet sei und er eine Aufenthaltsgenehmigung vorweisen könne. Das Missverständnis werde sich bestimmt bald aufklären. Er sei jetzt nur schrecklich müde; ob er sich wohl auf der Holzbank etwas ausstrecken dürfe, denn sonst könne man sich ja in der Zelle nirgends hinlegen. Toilette sei auch keine da? Dann bleibe ihm wohl auch nichts anderes übrig, als in jene Ecke zu gehen. Primitivste Zustände seien das. Ja, ja, meine Geschichte werde er sich schon auch noch anhören, aber nicht jetzt, bitte nicht jetzt. Er sei derart erschöpft, dass ihm die Augen schon zufielen, und außerdem sei ich nur schwer zu verstehen, aber morgen, versprochen, werde er mir seine ganze Aufmerksamkeit schenken, und wenn er wieder rauskomme, was ganz gewiss geschehen werde, dann werde er natürlich, auch das könne er mir versprechen, keine Mühen scheuen, um mir zu helfen.

Dann legte er sich hin und schlief in der stinkenden Zelle, die vor meinen dankbaren Gefühlen und meinen Gebeten geradezu überquoll. Ich aber starrte dieses erste zivilisierte Gesicht, das ich seit so vielen Monaten sah, die ganze Nacht über an, als wäre ich Zeuge eines Wunders. Dieser Journalist war meine einzige Verbindung zum Leben.

***

Als der amerikanische Journalist in den Schlaf sank, rutschte auch der jungen Journalistin in ihrem Sessel der Kopf zur Seite. Ihr Atem wurde flacher und langsamer, und sie schlief ein. Ich steckte ihr noch ein Kissen unter den Kopf, dann ging ich in mein Schlafzimmer.

Bevor ich selbst einschlief, drängte sich mir noch das Bild von allem auf, was um mich herum schlief. Auf dem Grund des zur Ruhe gekommenen Schwarzen Meers schliefen die Muränen und die Tintenfische in ihren Löchern. Am Ufer schliefen die Fischerboote und die zum Trocknen ausgelegten Netze und die Krebse und Krabben im Sand. Und der Imam schlief und der Muezzin, der Doktor, Hatice, Muharrem, Ali, Arzu in ihrem Grab. Auch Kerberos und Arzus Katze mit der blutigen Schnauze schliefen. In der Kreisstadt schliefen der Staatsanwalt und der Gerichtsdiener, und im Gefängnis schlief Swetlana. Und vor mir der amerikanische Journalist.

Einzig und allein Mehmet schlief nicht. Voller Verwunderung starrte er den Gast in seiner Zelle an.

»Gute Nacht, du geordnete Welt«, sagte ich und fiel in tiefen ruhigen Schlaf.

25
Der letzte Tag

Da die Glühbirne auch in der Nacht brannte, konnte ich an der Armbanduhr des Journalisten die Zeit ablesen. Zum ersten Mal seit Langem wurde ich mit dem Begriff der Zeitmessung wieder vertraut. Ich zählte die Sekunden, die Minuten … Es wurde vier Uhr, fünf Uhr, sechs Uhr … Der Mann schlief noch, aber ich wurde immer unruhiger. Was nun, wenn plötzlich die Tür aufging und der Mann abgeholt wurde? So zupfte ich ihn leicht am Arm. Erst wusste er nicht, wo er war, und auch das Geschöpf vor ihm konnte er nicht gleich einordnen. »Es ist Morgen, Mister«, flüsterte ich. »Vielleicht werden Sie gleich geholt.«

Er sah auf die Uhr, verzog das Gesicht und richtete sich mühsam auf.

* * *

Das Mädchen stand an meinem Bett und rief: »Jetzt wach endlich auf!«

Sie weckte mich, noch bevor ich in meine morgendliche Traumwelt abgleiten konnte.

»Heute ist mein letzter Tag. Und zwar wirklich der letzte.«

Ich schlug die Augen auf und sah ihr verschrecktes Gesicht.

Sie meinte wohl, ich wäre recht verärgert, und erklärte mir daher eilig, warum sie mich aufgeweckt hatte.

»Ich muss zurück, meine Familie macht sich Sorgen, und ich kann sie nicht länger hinhalten. Die sind imstande und kommen her. Außerdem geht es meinem Fuß besser. Also bitte, erzähl mir die Geschichte von Mehmet endlich fertig. Erzähl den ganzen Tag, wenn es sein muss, und die ganze Nacht, aber morgen muss ich ganz früh aus dem Haus.«

Sie stockte kurz, dann fügte sie, nicht sonderlich überzeugend, hinzu: »Ob die Geschichte nun zu Ende ist oder nicht.«

* * *

»Hören Sie mir bitte gut zu«, sagte ich zu dem Mann, »ich flehe Sie an. Sie sind meine einzige Verbindung zur Außenwelt. Ich bin seit über einem Jahr in dieser armseligen Zelle und habe nicht die geringste Ahnung, wer mich hier hineingebracht hat und warum. Womöglich soll ich hier elend umkommen. Ich flehe Sie an, helfen Sie mir. Sie kommen bestimmt raus, erzählen Sie dann bitte da draußen von mir, egal wem. Fragen Sie die Leute, was ich verbrochen habe, und benachrichtigen Sie bitte die türkische Botschaft. Ich bitte Sie inständig!«

»Beruhigen Sie sich erst mal. Ich begreife Ihre Lage natürlich. Unfassbar, dass Sie schon so lange in diesem Drecksloch sind. Ich würde es hier nicht einen Tag aushalten. Deshalb werde ich alles tun, was in meiner Macht steht, um Ihnen hier rauszuhelfen. Aber erzählen Sie mir erst mal in aller Ruhe, wer Sie sind und wie Sie hier reingekommen sind.«

In ständiger Angst, die Tür könnte gleich aufgehen und

meine einzige Hoffnung entschwinden, versuchte ich, rasch zu erzählen, was mir widerfahren war.

Er unterbrach mich gleich zu Anfang und meinte, es habe vielleicht damit zu tun, dass ich Türke sei. Die Türkei als muslimisches Land unterstütze wohl die tschetschenische Unabhängigkeitsbewegung, und da könne es doch sein, dass … Ich wehrte ab und beteuerte, dass ich mich für Tschetschenien nicht interessierte und mich überhaupt seit Jahren nicht mit Politik beschäftigte.

»Außerdem bin ich kein Muslim. Ich bin dabei, Christ zu werden, für meine Verlobte. Das dauert zwar noch ein Jahr, wegen der Formalitäten, aber vom Herzen her bin ich schon orthodoxer Christ.«

Irritiert blickte er mich an. Womöglich hielt er mich nun für einen Wirrkopf, von dem man sich besser fernhielt. Mich packte eine wahnsinnige Angst. Auch wenn dies für einen amerikanischen Journalisten wohl höchst befremdlich gewesen wäre, hätte ich mich ihm am liebsten zu Füßen geworfen, und ich machte wohl auch Anstalten dazu, denn er zog seine Füße zurück. Ich sagte, er solle mich doch bitte nicht für verrückt halten, ich könne ihm alles erklären. Dann versuchte ich mich so weit wie möglich zu beruhigen und ihm ihn kurzen Worten zu erzählen, was mir widerfahren war. Er unterbrach mich aber gleich wieder und fragte: »Haben Sie draußen keine Verwandten oder sonst irgendjemanden, der Sie sucht?«

»Doch, natürlich, meinen Bruder, der arbeitet in derselben Firma. Ahmet Arslan heißt er. Können Sie sich unsere Namen merken?«

»Ja, in New York gehe ich manchmal in ein türkisches Lokal und der Inhaber heißt auch Mehmet.«

»Ahmet könnten Sie sich mit Ahmad Jamal merken, Sie wissen schon, der Jazzmusiker.«

»Ach ja, genau.«

»Ahmet sucht wahrscheinlich wie ein Verrückter nach mir, und nicht nur er, die Leute von der Firma und von der Botschaft auch. Und meine Verlobte, und unsere Dolmetscherin, aber die haben wohl alle keine Spur von mir gefunden, sonst wäre ich doch nicht mehr hier.«

»Das ist schon reichlich kafkaesk«, murmelte er.

»Ja, nur dass bei mir kein Schloss und kein Prozess vorkommen. Bloß meine Verwandlung in ein Ungeziefer.«

Stirnrunzelnd sah er mich an. Erst jetzt schien er mich richtig ernst zu nehmen und forderte mich auf, ihm meine Geschichte kurz zu erzählen. Und ich erzählte, von Borissow, Olga, Ludmilla, von meinem Bemühen, Christ zu werden, von unseren Sotschi-Plänen und meiner Festnahme auf dem Flughafen Scheremetjewo. Ich versuchte dabei, so ruhig wie möglich zu bleiben und kein Detail unerwähnt zu lassen, das vielleicht irgendwie nützlich sein könnte. Auch achtete ich darauf, meine einzige Verbindung zur Außenwelt nur ja nicht zu langweilen oder zu verärgern. Dabei war ich sehr unter Zeitdruck, da jeden Augenblick die Tür aufgehen und Henry – so hieß der Journalist – auf Nimmerwiedersehen verschwinden konnte.

Ich hoffte, Henry würde sich alles Nötige merken können. Er schien übrigens keinen sonderlich verwunderten Eindruck zu machen. Nun, er war Kriegsreporter, wer weiß, was er schon alles erlebt hatte. Dass in Kriegszeiten ein Menschenleben keinen Wert mehr hatte, wusste er längst.

Als ich fertig war, dachte er eine Weile nach.

»Ich will hier keine falschen Vermutungen anstellen, aber

irgendwie denke ich doch, die Sache hat damit zu tun, dass Sie Muslim sind. Auch wenn Sie vom Herzen her noch so sehr Christ sein wollen, steht in Ihrem Pass doch ›Islam‹, oder? Außerdem sind Sie dunkelhaarig und haben einen muslimischen Namen.«

»Ist das etwa ein Vergehen?«

»In meinen Augen natürlich nicht, aber für manche Menschen ist es das eben doch oder zumindest ein Grund für Misstrauen. Auf jeden Fall ist da was merkwürdig. Aber das wird sich schon noch aufklären.«

Ich bekam es wieder mit der Angst zu tun, dass er mich vergessen würde, sobald er draußen war.

»Bitte vergessen Sie mich nicht!«, flehte ich.

»Das verspreche ich Ihnen.«

Als gegen Mittag die Tür aufging und Henry fortgeschafft wurde, sah er mir noch mal in die Augen und wiederholte: »Versprochen.« Dann sank ich wieder in die Einsamkeit meiner Zelle zurück. Die Stunden vergingen nun mühsamer als zuvor. Ist der Mensch ohne Hoffnung, kann er sich in sein Schicksal finden, doch spitzt durch die schwarzen Wolken ein einziger Sonnenstrahl, so klammert man sich ganz und gar an diesen. Ich hatte Hoffnung geschöpft, und das tat mir nicht gut. Nun horchte ich wieder ständig auf Schritte von draußen, doch niemand anderes kam als die Bulldogge.

So verlor ich allmählich wieder jeden Zeitbegriff, wusste nicht mehr, wann Tag und wann Nacht war, sank erneut zum Tier herab. Hin und wieder schreckte ich aus fiebrigem Schlaf hoch und meinte schon, da wäre überhaupt nie ein Henry und alles nur Einbildung gewesen, ja dessen war ich mir bald sogar sicher. Ich weiß nicht, wie viel Zeit so verging, aber eines Tages, als ich es überhaupt nicht mehr erwartete, wurde die

Tür geöffnet und zusammen mit der Bulldogge trat ein Offizier ein. Aus ihrem »*dawai, dawai*« und ihren Gesten schloss ich, dass ich aufstehen und mit ihnen mitkommen sollte.

Furchtsam ging ich mit ihnen den Gang entlang, bis sie mich in einen Raum schoben. Meine Augen durchfuhr ein Stechen, denn in diesen Raum schien das Tageslicht herein. Ich war wie blind und hielt mir die Augen zu. »Weinen Sie nicht, es ist alles vorbei«, sagte da jemand zu mir, doch ich weinte gar nicht, mir flossen nur die Tränen herab, weil ich so geblendet war.

Das Erstaunliche aber war, dass ich jene Worte auf Türkisch gehört hatte. Zum ersten Mal nach so langer Zeit hörte ich etwas Türkisches, und das konnte ich kaum fassen. Langsam zog ich die Hände von den Augen weg und versuchte die Silhouette mir gegenüber zu erkennen. Es war ein junger, adrett aussehender Mann im Anzug, der mir die Hand hinstreckte. Zitternd hielt ich ihm auch meine Hand hin.

Als sich meine Augen an die Helligkeit gewöhnt hatten, sah ich mich in dem Raum um. An einem Schreibtisch saß ein hünenhafter russischer Offizier, den seitlich die Sonne beschien. Draußen fiel sanft der Schnee. Das Zimmer war warm.

Der Mann, der Türkisch gesprochen hatte, stellte sich vor. Er heiße Nâzım und sei vom türkischen Konsulat. Man habe ihm von meinem Fall berichtet, und nun sei er hier, um mir zu helfen. Der russische Offizier zeigte auf die beiden Stühle vor seinem Schreibtisch, und wir setzten uns. Es wurde Tee serviert. Die Männer redeten, und ich hörte zu. Es war wie in einem Traum.

»Der Herr Offizier entschuldigt sich bei Ihnen«, sagte Nâzım. »Das Ganze sei ein Versehen gewesen.«

»Ein Versehen? Was für ein Versehen?«

»Das erzähle ich Ihnen unterwegs.«

Die Aufregung darüber, hier herauszukommen, war noch stärker als meine Neugierde. Ich hatte einige Papiere zu unterschreiben, dann bekam ich meine Kleidung, meine Brieftasche und meinen Pass zurück. In einem Nebenraum zog ich mich um, dann verließen wir das Gebäude.

Die Luft war kalt und unfassbar frisch. Die Wälder rundum waren schneebedeckt, das Garnisonsgelände jedoch schlammig und von Panzerspuren durchfurcht. Überall fuhren Militärfahrzeuge umher, und ganz in der Nähe landeten und starteten Flugzeuge. Wir bestiegen Nâzıms Lada.

»Wohin fahren wir eigentlich?«, fragte ich.

»Nach Grozny. Dort sind Sie heute Abend bei uns zu Gast, damit Sie wieder einigermaßen zu sich kommen. Und morgen können Sie hingehen, wohin Sie wollen.«

»Ich bin also völlig frei?«

»Ja, völlig frei.«

Er erzählte mir, die schon seit Zarenzeiten immer wieder aufflammenden Unabhängigkeitsbestrebungen der Tschetschenen hätten kürzlich einen neuen Höhepunkt erreicht. Tschetschenische Anführer seien von arabischen Fundamentalisten im Guerillakampf ausgebildet worden, und einer davon sei Muhammed Arslanow gewesen.

»Muhammed Arslanow?«

»Tja, der Mann hieß leider fast genauso wie Sie, denn dass Muhammed dem türkischen Mehmet entspricht, wussten die Russen, und von Arslan zu Arslanow ist es auch nicht weit. «

Er zog aus der Innentasche seines Anzugs einen Zeitungsausschnitt heraus und hielt ihn mir hin. Das Foto darauf zeigte anscheinend eine Gruppe tschetschenischer Anführer, und der dritte Mann von rechts sah mir erstaunlich ähnlich.

»Ist das dieser Muhammed Arslanow?«

»Ja. Schon ein sehr unglücklicher Zufall. Nicht nur heißen Sie so wie er, sondern Sie sehen auch noch so aus.«

Jede neue Information traf mich wie ein Schlag. So banal sollte das alles gewesen sein? Ich war also wegen einer simplen Ähnlichkeit hierhergekommen? Nâzım erklärte, nach Grosny sei ich gebracht worden, um verhört zu werden.

»Warum ist das dann nie passiert?«

»Es war nicht mehr nötig.«

»Wieso?«

»Ungefähr eine Woche nach Ihrer Verhaftung ist Muhammed Arslanow von einer russischen Kommandoeinheit getötet worden.«

Wir waren inzwischen am Stadtrand von Grosny angelangt.

»Wenn er tot war, warum hat man mich dann nicht freigelassen?«

Nâzım parkte vor einem kleinen alten Hotel, stellte den Motor ab und drehte sich zu mir.

»Sie werden sich jetzt wundern, aber … Man hat Sie vergessen.«

»Was?«

»Ja, schlicht und einfach vergessen. In der Einheit, bei der Sie gefangen waren, hat es anscheinend personelle Veränderungen gegeben, und dabei ist, nun ja, eine Verwaltungslücke entstanden. Die haben Krieg geführt, und zugleich ist das Regime zusammengebrochen …«

»Was?«, konnte ich nur wieder fragen.

»Und deswegen sind Sie dort vergessen worden. Die Akte Arslanow wurde geschlossen, und Sie sind in Ihrer Zelle geblieben. Ihr Glück war dieser amerikanische Journalist, sonst wären Sie womöglich bis an Ihr Lebensende eingesperrt geblieben.«

Da packte mich ein Zittern, und ich wusste nicht, ob das nun wegen all dem war, das ich erlebt hatte, oder weil der Anlass dafür so furchtbar lächerlich war.

Nâzım nahm mich in meinem verstörten Zustand mit in das Hotel, meldete mich an und brachte mich auf mein Zimmer.

Du kannst dir vorstellen, dass jenes überaus schlicht eingerichtete Hotelzimmer mir vorkam wie das Paradies. Mit meinen Händen, die so lange nichts Weiches berührt hatten, strich ich über das Bett, das Kopfkissen, die Vorhänge, auf der Suche nach lang vergessenen Genüssen.

Dann ging ich meine Sachen durch, die mir vorkamen, als sähe ich sie zum ersten Mal, und fand darunter die Telefonnummern, die ich gesucht hatte. Danach rief ich in der Rezeption an und sagte, ich wolle telefonieren, doch war da niemand, der Englisch sprach. Auf der Kommode lag ein kleiner Notizblock, auf den ich daraufhin die Nummern schrieb, die ich von Borissow her noch hatte, also deine, die von Dinç und die von Ludmilla. Olga konnte ich nicht anrufen, sie hatte zu Hause kein Telefon. Ich ging hinunter, zeigte dem Mann an der Rezeption die Nummern, machte die Geste des Telefonierens und sagte: »Telefon, telefon paschalusta, Borissow, Belarussja, spasiba.«

Der Mann entgegnete mit verdrossener Miene irgendetwas. Kopfschüttelnd drehte er dann die Wählscheibe des Telefons auf der Theke und gab vermutlich die Nummern durch, die ich ihm gegeben hatte. Ich wusste, wie schwierig es war, in der Sowjetunion zu telefonieren, und dass man oft stundenlang warten musste, doch blieb mir ohnehin keine andere Wahl.

Ich ging wieder in mein Zimmer hinauf, in das billig ge-
flieste Bad, das mir in all seiner Armseligkeit strahlend vorkam. Nachdem ich mich ausgezogen hatte, sah ich mich im
Spiegel an. Dieser ausgemergelte Mann mit den schulterlan-
gen Haaren und dem bis zum Bauch reichenden Bart sah tatsächlich Muhammed Arslanow ähnlicher als mir selbst.

Als ich später in die mit heißem Wasser gefüllte Wanne
stieg, fuhr ein Prickeln durch meinen Körper. Ich überließ
mich der Wärme des Wassers, als wollte ich in den Mutterleib
zurück, um neu geboren zu werden, und auf einmal – nein,
ich schäme mich nicht, es zu sagen – packte es mich, und ich
weinte schluchzend los.

Nachdem ich meinen Gefühlen freien Lauf gelassen hatte,
ging es mir besser, und ich konnte darüber nachdenken, was
nun zu tun war. Als Erstes würde ich natürlich am nächsten
Morgen nach Borissow fliegen, zu Olga, an die ich durch die
vernarbte Wunde an meiner Fingerkuppe und die niemals
vernarbende Wunde in meinem Herzen stets erinnert wurde.

Ich wusch mir Haare und Bart mit Seife. Sie waren derart
schmutzig, dass ich sie dreimal waschen musste. Als ich aus
der Wanne stieg, fühlte ich mich um einige Kilo leichter. Das
Badewasser hatte sich in eine einzige Brühe verwandelt, und
als diese den Abfluss hinunterquirlte, schien mir das zu ver-
künden, dass die schwärzeste Periode meines Lebens nun zu
Ende ging. Vom Bad aus horchte ich stets zum Telefon hinüber, doch das läutete nicht.

Dann legte ich mich in das weiche Bett, eine Erfahrung,
die ich so lange entbehrt hatte. Ich muss gleich eingeschlafen
sein. Vom Telefonklingeln wurde ich wach und wähnte mich
einen Augenblick wieder in meiner Zelle. Erleichtert begriff
ich, wo ich war.

Nâzım war am Apparat, er wartete unten auf mich. Er entschuldigte sich wortreich, keinen passenden Mantel für mich aufgetrieben zu haben und brachte mir als Verlegenheitslösung eine Decke mit, die ich mir beim Verlassen des Hotels als Umhang um die Schultern legte, denn immerhin hatte es draußen minus achtzehn Grad.

Wir fuhren mit dem Auto in ein Restaurant, und unterwegs dankte ich ihm noch einmal überschwänglich für alles, was er für mich getan hatte. Als wir das Lokal betraten, blickte ich ungläubig auf die gutgekleideten Menschen, die essend und trinkend dasaßen und sich fröhlich unterhielten. Wir setzten uns ebenfalls, und Nâzım bestellte uns zum Essen eine Flasche Rotwein, von dem sich mir schon bald der Kopf drehte. So herrlich aber die lang entbehrten Genüsse waren, hatte ich im Gespräch mit Nâzım doch andauernd das Gefühl, dem Mann liege da noch etwas Heikles auf der Zunge. Mehrfach versuchte ich, das aus ihm herauszukitzeln, doch zog er sich jeweils geschickt aus der Affäre und wollte indessen noch mehr von mir erfahren. Alles aber wollte auch ich ihm nicht offenbaren.

Bevor wir aufstanden, bat ich ihn noch, für mich herauszufinden, wie ich am nächsten Tag am besten nach Borissow gelangen konnte. Vermutlich würde ich wieder in Moskau zwischenlanden müssen, ob er mir wohl in der ersten Maschine dorthin einen Platz besorgen könne? Ich hatte ja auch Geld und würde das Ticket selbst bezahlen können. Er versprach mir, sich gleich am Morgen zu erkundigen und sich um alles zu kümmern.

»Bis Sie morgen früh rasiert sind, habe ich bestimmt schon alles erledigt«, meinte er schmunzelnd.

»Ich werde mich nicht rasieren«, erwiderte ich.

»Und die Haare lassen Sie sich auch nicht schneiden? Ich habe Ihr altes Passfoto gesehen, darauf sahen Sie entschieden besser aus.«

»Ich weiß, dass ich einen merkwürdigen Eindruck mache, aber vorläufig möchte ich so bleiben.«

»Darf ich mich nach dem Grund dafür erkundigen? Soll es eine Erinnerung an das sein, was Sie in der Zelle so mitgemacht haben? Ich an Ihrer Stelle würde mir das Zeug auf der Stelle wegscheren lassen.«

»Das mag ja sein, aber als ich mich im Spiegel gesehen habe, ist mir aufgefallen, dass ich mit dem Bart und den langen Haaren Ähnlichkeit mit den christlichen Heiligen habe, wie man sie auf Ikonen sieht. So als müsste ich mir nur noch einen Sack über die Schultern werfen und einen Stock in die Hand nehmen. Vielleicht gefalle ich meiner armen Verlobten ja so besser, wo sie doch so gläubig ist.«

Daraufhin sagte er zögerlich: »Darf ich Sie fragen, wie Ihre Verlobte heißt?«

»Natürlich. Olga Pawlowna heißt sie.«

Er war von seinem Stuhl schon aufgestanden, aber plötzlich setzte er sich wieder hin.

»Puh!«

Daraufhin bräuchten wir einen Cognac, sagte er, vorher lasse er mich nicht weg, und schon bestellte er beim Kellner. Er wirkte unheimlich erleichtert. Nachdem wir angestoßen und unseren Cognac nach russischer Art auf ex hinuntergekippt hatten, fragte ich ihn, was ihn an meiner Antwort so erfreut habe.

Da rückte er mit der Sprache heraus. Als er auf den Stützpunkt gekommen sei, um mich herauszuholen, habe er aus Konsulatsbeständen zwei Flaschen edlen Whisky mitgebracht, woraufhin der wohlgestimmte Regimentskommandeur ihm alles erzählt habe. Dabei habe Nâzım etwas erfahren, was er zunächst lieber für sich behalten habe, aus Angst, mich zu verletzen. Angezeigt und damit als Muhammed Arslanow verhaften lassen habe mich nämlich eine Frau, und da habe er schon befürchtet, das könnte meine Verlobte gewesen sein. Aber zum Glück habe sein Verdacht sich als unbegründet erwiesen.

Vom Alkohol und allem, was da auf mich einstürzte, rauschte es in meinen Ohren, als ich fragte, wer diese Frau gewesen sei. Seine Antwort ließ mir das Blut in den Adern gefrieren.

»Eine gewisse Ludmilla. Kennen Sie eine Ludmilla?«

Ich hatte noch nie einen Herzanfall erlitten, doch was ich in jenem Augenblick verspürte, kam einem Herzanfall vermutlich ziemlich nahe.

»Ludmilla? Ludmilla?«

Dem Mädchen ging es kaum anders.

»Also tatsächlich diese Ludmilla? Verdammt noch mal! Aber warum? Warum hat sie das getan?«

»Wenn das dich schon so mitnimmt, dann stell dir mal vor, wie es Mehmet ergangen ist. Man kann von Glück reden, dass er darüber nicht den Verstand verloren hat.«

Sie nickte stumm.

»Du verstehst hoffentlich, wie schwer es mir gefallen ist, dir das alles zu erzählen. Ich bin jetzt sehr müde, deshalb sollten wir nun eine Pause machen und etwas essen. Danach erzähle ich weiter.«

»Aber …«, entfuhr es ihr, dann verstummte sie.

26
Der letzte Abend

Den größten Teil jener Nacht verbrachte ich im Freien. Nicht nur erinnerte das Hotelzimmer mich schmerzlich an die vielen im Dunkeln verbrachten Tage, sondern trotz der Kälte zermarterte ich mir vor allem den Kopf darüber, warum Ludmilla mir das hatte antun können. Obwohl ich wusste, dass ich auf die Frage, warum mein Leben derart aus den Fugen geraten war, in dieser Nacht keine Antwort finden würde, wanderte ich stundenlang durch das eiskalte Grosny.

Als ich ins Hotel zurückkam, war die Tür verschlossen, und ich musste klingeln. Der Nachtpförtner wollte mich erst gar nicht einlassen, und wer sollte es ihm auch verdenken, bei dem zotteligen Wesen mit den eingefallenen Augen, das er da vor sich hatte. Mit meiner Zimmernummer und meinem Pass konnte ich ihn schließlich doch überzeugen, und als er mir meinen Schlüssel aushändigte, sagte er noch, es sei eine Nachricht für mich da. Mit den Telefonnummern, die ich angegeben hätte, habe man mich nicht verbinden können, sie seien alle stillgelegt. Aufgeregt wollte ich wissen, was das zu bedeuten habe, doch er beteuerte, er wisse von nichts und habe lediglich bei Dienstantritt jene Nachricht vorgefunden.

Ich ahnte ja, dass die Großbaustelle längst geschlossen war, doch hatte ich noch ein Fünkchen Hoffnung gehabt, man hätte irgendein kleines Büro noch aufrechterhalten, aber das hatte sich nun auch zerschlagen. Bevor ich nicht in Borissow war, würde ich nichts erfahren.

Am folgenden Morgen flog ich über Moskau nach Minsk. Ich dachte andauernd an Olga und Ludmilla, aber natürlich wollte ich auch dich benachrichtigen, nur wusste ich nicht wie. Entweder du warst in die Türkei zurückgekehrt, oder du hattest auf einer anderen Baustelle irgendwo in Russland Arbeit gefunden. Aber in Borissow würde ich das schon herausbekommen. Die Antworten auf all meine Fragen waren dort zu suchen.

Vom Minsker Flughafen fuhr ich mit dem Taxi nach Borissow. Unterwegs dachte ich wieder einmal, dass Weißrussland im Winter seinen Namen völlig zu Recht trug, denn außer Weiß war überhaupt keine Farbe zu sehen, von der vereisten Straße bis zu den verschneiten Wäldern und Ebenen, und selbst der tiefliegende Nebel war ganz milchig.

In Borissow lenkte ich den Englisch radebrechenden Taxifahrer zu den alten Offiziersunterkünften. Mir verkrampfte sich das Herz, als wir zwischen den gelblichen Gebäuden hindurchfuhren. Neben einem schneebedeckten Spielplatz ließ ich den Mann parken und bat ihn, vorsichtshalber zu warten. Ich betrat Olgas Gebäude, stieg in den zweiten Stock hinauf und klingelte.

Wie eh und je roch es nach Kohl. Nichts schien sich geändert zu haben, doch die Tür wurde mir von einer unbekannten Frau geöffnet.

»Olga, Olga«, sagte ich.

Aus der Antwort der Frau hörte ich nur das »*Niet, niet*« heraus. Ich hatte kaum etwas anderes erwartet, da Olga nach dem

Tod ihres Vaters ja nicht hatte bleiben dürfen, aber irgendetwas musste ich ja versuchen.

Unter den Sachen, die ich zurückbekommen hatte, befand sich auch ein kleiner Sprachführer mit nützlichen russischen Sätzen, den zog ich nun heraus und deutete nach einer Weile auf folgenden Satz: мохете ли вы постойте.

Laut dem Büchlein bedeutete das: »Könnten Sie bitte ein bisschen warten?«, und ich konnte nur hoffen, dass das auch stimmte und ich zu der Frau nicht gesagt hatte: »Ich hätte gern eine Portion Kohl.« Ich kümmerte mich nicht weiter um den verwunderten Blick der Frau und rannte hinunter, um den Taxifahrer zu holen, dem ich unterwegs meine Situation schon in groben Zügen geschildert hatte.

Der Taxifahrer übersetzte der Frau meine Worte, aber angesichts ihres Kopfschüttelns wurde mir klar, dass ich mir keine Hoffnungen machen durfte. Die Frau sei mit ihrem Mann vor einem Jahr hier eingezogen, die Vormieter kenne sie nicht, und von meiner Olga wisse sie gar nichts.

Beim Wegfahren aus dem Viertel machte ich mich schon darauf gefasst, dass mich an der alten Baustelle eine noch größere Enttäuschung erwarten würde, und damit hatte ich nicht unrecht. Wo einst die Baustelle und unsere Baracken gestanden hatten, erhob sich nun ein modernes Viertel, fast schon eine kleine Stadt. Mit dem Versprechen auf ein großzügiges Trinkgeld konnte ich den Taxifahrer dazu bewegen, sich weiter durchzufragen. Inzwischen stapfte ich zwischen den Gebäuden durch den Schnee und dachte an all die Arbeit zurück, die wir hier geleistet hatten, an die glücklichen mit dir verbrachten Tage. Ludmilla aber war und blieb ein Rätsel. Nach einer Weile kam der Taxifahrer zurück, unverrichteter Dinge.

So blieb mir nichts anderes übrig, als mich wieder durch

Eis und Nebel nach Minsk zurückchauffieren zu lassen. Vielleicht waren alle Antworten ja in Moskau zu finden, also musste ich dort so schnell wie möglich hin. Wie der Teufel es aber wollte, gab es an dem Tag keinen Flug mehr nach Moskau, sodass ich mich bis zum nächsten Morgen gedulden musste. So brachte mich der Taxifahrer, dem ich allmählich leid tat, zu dem großen Hotel, in dem ich früher logiert hatte.

Am Empfang wurde ich ohne Umschweife auf Russisch angesprochen, denn vermutlich hielt man mich für einen der Mönche, von denen seit dem Zusammenbruch der Sowjetunion immer mehr herumliefen.

Ich verbrachte in dem Hotel eine sehr, sehr mühsame Nacht. Alles in dem Gebäude, selbst der ganz eigene Geruch, der sich darin festgesetzt hatte, erinnerte mich an jene Tage damals. Ich hatte das Zimmer mit der Nummer 308 genommen, in dem ich mit Olga meine einzige Nacht verbracht hatte.

In der Bar im Erdgeschoss trank ich Wodka. Der Musiker, der sein Klavier zum Tanzen brachte, war nicht mehr da. Um diese Jahreszeit war die Bar so gut wie leer, und niemand spielte »Via con me«.

In reichlich betrunkenem Zustand ging ich danach in mein Zimmer hinauf. Ständig musste ich an jene Nacht damals denken, an Olgas nervöse Zuckungen, auf die hin ich zuerst dich und dann Ludmilla angerufen hatte. Was führte diese Ludmilla nur im Schilde, und warum hatte sie so einen Hass auf mich, dass sie mich ins Gefängnis werfen ließ? Mir kam sogar der Gedanke, dass sie meine Gespräche mit Olga womöglich gar nicht richtig übersetzt, sondern uns irgendwie manipuliert hatte.

Am folgenden Morgen flog ich nach Moskau und fuhr dort

direkt in die Zentrale unserer Baufirma. Und weißt du, wen ich dort angetroffen habe? Aber entschuldige, natürlich weißt du es, denn von dort habe ich dich ja damals angerufen, und du hast erfahren, dass ich noch lebe und wieder aufgetaucht bin.

Ja, Dinç erkannte mich nicht sofort, dann aber sprang er auf und warf sich mir an den Hals.

»Mein Gott, Junge, wo hast du bloß gesteckt? Wir sind fast wahnsinnig geworden«, rief er, und du wirst es nicht glauben, er vergoss sogar ein paar Tränen.

Nach der Schließung der Baustelle in Borissow war er in die Zentrale versetzt worden und koordinierte von dort die Arbeiten auf mehreren Baustellen in Russland. Ohnehin war er mit einer Finnorussin verheiratet und hatte nicht vor, wieder wegzuziehen. Unter der Bedingung, dass ich ihm bald meine ganze Geschichte in allen Einzelheiten erzählen würde, gab er sich vorläufig mit dem Wesentlichen zufrieden.

»Mein Gott! Mein Gott!«, sagte er immer wieder mit weit aufgerissenen Augen. Dass Ludmilla mich denunziert hatte, verriet ich ihm nicht.

Dann erzählte Dinç mir, was nach meinem Verschwinden passiert war, wie sie hektisch nach mir gesucht hatten und du schließlich, als keine Hoffnung mehr bestand, nach Istanbul zurückgegangen warst. Wo Olga war, wusste er auch nicht, und Ludmilla hatte nach der Schließung der Baustelle nicht mehr für die Firma gearbeitet.

Über die schnelle Telefonleitung, die der Firma zur Verfügung stand, rief Dinç dann die Direktion in Istanbul an und fragte, wie du zu finden wärst. So erfuhren wir, das du gekündigt und dich nach Podima zurückgezogen hattest, und sie gaben mir deine Telefonnummer.

Weißt du noch, wie völlig verwirrt du warst, als du am Telefon meine Stimme hörtest? Ziemlich lang konntest du gar nicht antworten.

Ja, ich war so verdattert und so aufgeregt, dass ich gar nichts herausbrachte. Ich stand mit dem schwarzen Telefonhörer in der Hand da, als hätte ich einen Anruf aus dem Jenseits bekommen. Nach all der Zeit hätte ich nie gedacht, Mehmet je wiederzufinden. Aller Wahrscheinlichkeit nach war er tot, und ich würde nicht einmal sein Grab sehen. Und auf einmal war er am Telefon und redete mit mir.

Als der erste Schock überwunden war, konnte ich ihn fragen, wo er überhaupt war, und da erzählte er mir alles. Ich solle mir keine Sorgen machen, es gehe ihm nun gut, und sobald er Olga gefunden hätte, würde er mit ihr nach Istanbul kommen. Ob ich vielleicht eine Ahnung hätte, wo Olga nun sei? Leider musste ich verneinen.

Bevor wir auflegten, sagte er noch: »Du kannst von Glück reden, dass du Ahmet heißt. Als Mehmet wäre es dir übel ergangen.«

Das traf mich sehr.

Danach bat ich Dinç, mir bei der Suche nach Olga zu helfen. Er sagte, es hätte sich ja herausgestellt, dass er bei der Suche nach Leuten nicht gerade sehr erfolgreich sei, aber natürlich wolle er sein Möglichstes tun. Wie denn ihr Nachname sei? »Olga Pawlowna«, sagte ich, aber da klärte er mich auf, dass Pawlowna gar kein Nachname sei, sondern nur der Name von Olgas Vater mit einer weiblichen Endung daran. Olga Pawlowas gebe es zu Tausenden, und solange wir nicht ihren Nachnamen wüssten, sei sie unmöglich zu finden.

Ich schlug Dinç daraufhin vor, über Ludmilla auf Olgas Spur zu kommen. Auch deren Nachnamen wusste ich nicht, doch stand er bestimmt irgendwo in den Unterlagen der

Firma. Dinç sagte seiner Sekretärin Bescheid, und fünf Minuten später hatten wir den Namen. Sie hieß Ludmilla Belinskaya, doch Adresse stand keine dabei. Niemand wusste, wohin sie nach Borissow gegangen war.

Ich bat Dinç, bei anderen Baufirmen nachzufragen, und er versicherte mir, er werde sowohl das tun, als auch die Botschaft um Hilfe bitten.

»Meine russischen Bekannten werde ich auch alle einschalten, vielleicht können wir dadurch die Schande wieder gutmachen, dass wir dich nicht gefunden haben.«

Dann lud er mich zum Essen ein und bestand darauf, dass ich auf Firmenkosten in dem Hotel übernachtete, in dem die Firma ihre Gäste unterbrachte. Er sagte ferner, er werde von der Buchhaltung berechnen lassen, wie viel Gehalt inzwischen aufgelaufen sei, und für dessen Auszahlung sorgen.

»Was für ein Gehalt denn?«

»Na, während du nicht hier warst, ist dein Gehalt weitergelaufen. Wir haben dich schließlich nicht entlassen. Wenn du willst, kannst du gleich wieder auf einer anderen Baustelle anfangen.«

Ich dankte ihm herzlich, sagte ihm aber zugleich, dass ich mir von nun an ein zurückgezogenes Leben wünschte. Nach allem, was mir zugestoßen sei, hätte ich kein anderes Ziel mehr, als Olga zu finden.

Dinç brachte mich in das Meschdunarodnaja Hotel, in dessen Lobby eine Hahnenfigur zu jeder vollen Stunde krähte. Nachdem Dinç weg war, sah ich mir nacheinander die vielen Mädchen an, die sich in der Hotelhalle herumtrieben. Sie lächelten mich alle an, da sie mich für einen Freier auf der Suche nach einem Escort-Girl hielten. Natürlich wusste ich, dass ich Olga oder Ludmilla unter diesen Mädchen nicht finden würde, doch aus reiner Verzweiflung wollte ich nichts unversucht lassen.

In einem der Restaurants des Hotels aß ich eine heiße Borschtsch-Suppe, dann machte ich mich in der Bar über den Wodka her und hoffte, so schnell wie möglich betrunken zu werden. Der alte Barkeeper warnte mich davor, so hastig zu trinken, aber ich hörte nicht auf ihn. Nach gar nicht langer Zeit stand ich auf einmal draußen in der Eiseskälte und übergab mich. Es wurde eine schlimme Nacht.

»Bei der Borschtsch-Suppe fällt mir ein, dass wir ja auch ein Abendessen brauchen«, sagte ich und riss das Mädchen aus der Geschichte heraus. Hatice hat uns was in den Kühlschrank gestellt. Und dazu könnten wir auf Mehmet ein bisschen Wodka trinken?« Freundlich ablehnend schüttelte sie den Kopf. »Das Ende dieser Geschichte kann nur mit einem eiskalten Russki Standard besiegelt werden«, fuhr ich beharrlich fort. »Noch dazu aus einer Flasche, die Mehmet aus Moskau mitgebracht hat. Die machen wir zu Ehren unseres letzten Abends jetzt auf.«

»Ich habe noch nie Wodka getrunken. Haut der nicht ziemlich rein?«

»Dann trinkst du eben deinen ersten Wodka mit mir. Und von ein, zwei Gläsern wird es dir schon nicht gleich so ergehen wie Mehmet.«

Die Flasche war seit Mehmets Rückkehr bei mir im Kühlschrank. Ich öffnete sie, schenkte zwei kleine Gläser voll und hielt eines dem Mädchen hin.

»Und worauf sollen wir trinken?«, fragte sie. »Auf das Wiedersehen von Mehmet und Olga?«

Ich schmunzelte.

»Um das Ende der Geschichte zu erfahren, musst du dich noch ein wenig gedulden. Ich schlage vor, wir trinken auf alle unglücklichen Liebenden.«

»Und warum?«

»Weiß auch nicht. Ist mir nur so in den Sinn gekommen. Wenn es dir lieber ist, können wir auch auf Kerberos trinken. Den habe ich wegen dir seit Tagen sträflich vernachlässigt.«

»Um Gottes willen, bloß nicht auf den. Dann schon lieber auf Ludmilla.« Zögerlich setzte sie ihr Glas an und trank einen vorsichtigen Schluck. Erschreckt riss sie die Augen auf. »Mensch, was ist das für ein Zeug? Wie Eis und Feuer zugleich.«

Am folgenden Tag lief ich in Moskau herum. Ich ging zum Roten Platz, vor das Lenin-Mausoleum, in die Twerskaja-Straße, die ich noch als Gorki-Straße gekannt hatte, ins Kaufhaus Gum, in diverse Metro-Stationen.

Jeder Frau sah ich ins Gesicht. Unter Millionen von Menschen wollte ich zwei Frauen finden. Am Abend ging ich in die Firmenzentrale, wo es aber nichts Neues gab. Dinç empfahl mir, mich doch erst einmal im Hotel auszuruhen und wieder Kräfte zu schöpfen, und auch, mir die Haare und den Bart scheren zu lassen, doch davon wollte ich nichts hören. In dichtem Schneetreiben wanderte ich weiter umher und ließ mir den Wind in Bart und Haare fahren.

Im Kaufhaus Gum kaufte ich mir einen bis zum Boden reichenden, einer Soutane ähnlichen Mantel, in dem ich vermutlich noch seltsamer wirkte als mit meiner Decke. Als mir auf dem Roten Platz der Mantelsaum vom Schneesturm hochgewirbelt wurde, wollten Touristen von mir sogar Fotos machen.

Fast eine Woche dauerte mein Herumirren an. Allmählich gewöhnte man sich an jene merkwürdige Erscheinung, die jeder jungen Frau ins Gesicht zu sehen versuchte. Ich verließ morgens das Hotel, wanderte den ganzen Tag umher, kehrte hundemüde ins Hotel zurück, aß meine Suppe und betäubte mich dann in der Bar mit Wodka.

Wie alles, so ging auch diese Phase irgendwann zu Ende. Als ich eines Abends ins Hotel zurückkehrte und meinen Schlüssel verlangte, sagte die hochgewachsene, blau uniformierte Rezeptionistin, es sei eine Nachricht für mich hinterlassen worden, und sie drückte mir einen Umschlag in die Hand, den ich mit zitternden Händen öffnete. Auf dem Briefpapier des Hotels stand etwas in kyrillischen Buchstaben. Ich bat die Rezeptionistin um Hilfe.

»Entschuldigen Sie bitte«, sagte sie, »aber die Nachricht ist per Telefon gekommen, und mein Kollege hat sie so notiert.«

»Schon gut, aber was steht da?«

»Das ist eine Adresse. Ich schreibe sie Ihnen auf.«

Sie nahm ein anderes Blatt und begann in lateinischen Buchstaben zu schreiben. Ein L, dann ein u, ein d, ein m, ein i … Mir stockte der Atem. Als sie fertig war, fragte ich sie, wo diese Adresse sei. Wäre sie auch weit hinter dem Ural gewesen, hätte ich mich doch augenblicklich auf den Weg gemacht.

Die Rezeptionistin sagte, es sei eine Adresse in einem Außenbezirk von Moskau, in etwa zwanzig, fünfundzwanzig Minuten zu erreichen. Sogleich stieg ich in eines der Taxis vor dem Hotel, drückte dem Fahrer das Blatt mit den kyrillischen Buchstaben in die Hand und wir fuhren durch das einsame, eisige Moskau. Endlich war es so weit! Ich hatte Ludmilla gefunden, doch da ich nicht auf Rache aus war, sondern nur darauf, Olga zu finden, war ich geradezu von Freude erfüllt.

Das Mädchen kippte gerade seinen dritten Wodka. »Pass auf«, sagte ich, »du wirst mir noch betrunken«, aber sie hörte nicht auf mich. Mit aufgerissenen Augen saß sie vornübergebeugt da und versuchte mich zu schnellerem Erzählen zu animieren.

»Das Taxi brachte Mehmet in eine jener Siedlungen mit gelblichen Wohnblöcken, wie es in Moskau so viele gibt. Es war niemand mehr auf den Straßen unterwegs.«

Bevor ich zwischen fahl beleuchten Schneehaufen den Eingang der Hausnummer 23 betrat, durchfuhr mich ein Schauer. Vielleicht war ja auch Olga da drinnen, vielleicht würde ich in einer Minute vor der Liebe meines Lebens stehen, vor dem Wesen, das all mein Denken und mein Fühlen beherrschte. Während ich die Treppe hochstieg, schlug in meinem Brustkasten kein Herz mehr, sondern eine Handgranate, die jeden Augenblick explodieren und mich und ganz Moskau in die Luft jagen konnte.

Vor der Tür mit der Nummer 12 im dritten Stock blieb ich stehen und horchte, doch vergeblich, da aus vielen Wohnungen Fernsehgeräusche drangen. So klingelte ich und trat dann zur Seite, damit ich durch den Spion nicht zu sehen war. Es tat sich nichts. Ich klingelt noch einmal. Wieder nichts. Nach dem dritten Mal merkte ich, dass sich in der Wohnung etwas regte. Daher klingelte ich kein viertes Mal, sondern wartete einfach. Als das Ganglicht ausging, machte ich es nicht wieder an. Ich lauerte im Dunkeln wie eine Katze.

Nach einer Weile ging die Tür auf, und im Lichtschein, der aus der Wohnung drang, erschien ein Frauenkopf. Ich schnellte vor, drückte der Frau meine rechte Hand auf den Mund und fasste sie mit der anderen um die Taille. Dann schob ich die zappelnde Frau in die Wohnung und schlug mit dem Fuß die Tür zu.

Hinter einer winzigen Diele war das Wohnzimmer, dort zerrte ich die Frau hin. Es war ein kleiner, schlicht eingerichteter Raum mit einer orangefarbenen Couch und einem schmutziggrünen Sessel. Über dem viereckigen kleinen Esstisch hing eine geschmacklose Plastiklampe. Gegenüber war eine geschlossene Tür. Ich erfasste das alles in einem einzigen Augenblick, dann lockerte ich den Griff meiner rechten Hand etwas, denn ich merkte, dass ich der Frau nicht nur den Mund, sondern auch die Nase zudrückte. Ich ließ ein wenig los, gerade so viel, dass sie durch die Nase wieder atmen konnte, und zugleich flüsterte ich ihr von hinten ein langgezogenes »Pssssst« ins Ohr, etwa so, wie man ein Pferd beruhigt. An ihrer Halsschlagader spürte ich, wie ihr das Herz pochte. Ich wartete, bis ihr Widerstand sich legte, dann sagte ich: »Ich nehme jetzt die Hand von deinem Mund, Ludmilla. Wenn du aber schreist, drehe ich dir den Hals um, hast du verstanden?«

Als sie nickte, lockerte ich den Griff wieder ein bisschen, aber nur so weit, dass ich sofort wieder hätte zupacken können, falls sie geschrien hätte. Sie schrie aber nicht. Ich ließ weiter los, und sie blieb still. Da nahm ich die Hand ganz von ihrem Mund, packte sie an den Schultern und drehte sie herum.

Sie war leichenblass, zu Tode erschrocken.

»Guten Tag, Ludmilla. Erkennst du mich?«

Wieder nickte sie.

»Dann sag meinen Namen.«

Sie schwieg. Ich aber wiederholte meinen Befehl und grub ihr meine Finger in die Schultern. Vor Schmerz verzog sie das Gesicht. Schließlich flüsterte sie: »Mehmet.«

»Und wie weiter?«

Wieder musste ich sie zu der Antwort erst zwingen.

»Arslan«, sagte sie dann, kaum hörbar.

»Dann lautet also mein vollständiger Name wie?«

»Mehmet Arslan.«

»Nein, falsch. Muhammed Arslanow.«

Erschrocken riss sie die Augen auf und wollte protestieren. Da erhob ich zum ersten Mal in meinen Leben gegen eine Frau die Hand und versetzte Ludmilla eine gewaltige Ohrfeige. Sie flog zu Boden, und als sie sich langsam wieder aufrichtete, merkte ich auch schon, dass ich einen Fehler begangen hatte. Durch die Ohrfeige hatte ich nämlich ihre Angst in Wut verwandelt, in einen Hass, den sie mir nun ganz offen entgegenschlagen konnte. Dass eine starke Frau wie Ludmilla, nachdem der erste Schock überwunden war, nun in den Kampfmodus übergehen würde, war nicht schwer zu erraten.

Sie hielt sich beim Aufstehen die Wange, blickte aber schon drein, als hätte sie einen Sieg errungen. Dann ging sie auf mich zu und blickte mir geradewegs in die Augen.

»Du siehst aus wie Rasputin.«

»Ach ja, wirst du mich diesmal als Rasputin denunzieren? Pass auf, Ludmilla, mag sein, dass ich dir einen Schrecken eingejagt und ein wenig die Beherrschung verloren habe, aber glaub mir, ich will hier keine Rache üben. Ich möchte nur wissen, warum du das getan hast.«

Fragend sah sie mich an.

»Wirklich wissen will ich nur, wo Olga ist. Und das sagst du mir entweder im Guten, oder ich presse es mit allen Mitteln aus dir heraus.«

Sie lachte, und als würde sie eigentlich mehr mit sich selbst reden, sagte sie: »Das Leben ist schon komisch.«

»Was soll komisch sein?«

»Du hast dich bloß durch ein Wunder retten können, aber das ist dir alles egal, du willst nur Olga.«

»Ja.«

»Und wenn ich dir helfe, sie wiederzufinden, dann verzeihst du mir?«

»Ja, ich schwöre es dir. Ich kann auch vor dir auf die Knie fallen und dich anflehen und dir alles Geld geben, das ich habe. Ich tue alles, was du willst.«

»Dann willst du also wirklich keine Rache?«

»Nein, ganz bestimmt nicht. Mir ist vorhin nur die Hand ausgerutscht, verzeih mir das bitte. Bitte! Du kannst mich auch schlagen, zweimal oder dreimal, dann sind wir quitt.«

Ich kniete nieder, nahm ihre Hand und ließ sie zweimal auf meine Wange klatschen.

»Ist das nicht unglaublich?«, sagte sie. »Du kniest vor einem Menschen nieder, der dich an den Rand des Todes gebracht hat, und flehst ihn an, dich zu schlagen.« Nun gab sie mir von selbst eine Ohrfeige nach der anderen und sagte dabei: »Und was bringt dich zu alledem? Die Liebe! Einzig und allein die Liebe!«

Sie beruhigte sich wieder. Ich stand auf und stand ihr nun reglos gegenüber.

»Ja«, sagte ich. »Bitte versteh mich, Ludmilla.«

Ich zeigte ihr meine vernarbte Fingerkuppe.

»Mit meinem Blut habe ich den Namen Olgas an die Kerkerwand geschrieben. Aber dieser Schmerz ist nichts gegen den Schmerz in meinem Herzen. Ich habe kein anderes Ziel, als Olga wiederzufinden. Ich schwöre es dir. Aber wenn ich sie nicht finde, werde ich wahnsinnig. Bitte sag mir, wo Olga ist, bitte, bitte!«

Sie lachte wieder.

»Hast du eigentlich mal darüber nachgedacht, warum ich dich denunziert habe?«

»Zunächst wusste ich gar nicht, dass du es warst. Das habe ich erst erfahren, als ich jener Hölle entkommen bin, und dann konnte ich es mir nicht erklären. Wir waren doch gute Freunde, und du hast Geld an mir verdient. Du hattest keinen Grund, mir das anzutun.«

Sie setzte nun eine merkwürdig selbstzufriedene Miene auf, und ihre Mundwinkel verrieten sowohl Spott als auch Trauer.

»Dich zu denunzieren hat mir also nichts gebracht, meinst du, und wenn man bedenkt, wie viel Geld ich verdient und was für ein Leben ich dort geführt habe, dann habe ich mich praktisch ins eigene Fleisch geschnitten?«

»Ja, ich denke schon. Meinst du nicht auch?«

»Doch, ich bin sogar völlig deiner Meinung. Welches Gefühl bringt den Menschen dazu, Dinge zu tun, mit denen er sich selber schadet?«

Ich dachte nach.

»Ich weiß nicht, der Hass?«

»Nein. Dich zu hassen, hatte ich keinen Grund. Denk weiter.«

»Bist du vielleicht eine Agentin?«

»Was soll denn das?«, erwiderte sie. »Ich rede hier davon, dass man gegen seinen eigenen Nutzen handelt, sich selbst schadet … und ich rede von einem Gefühl. Welches Gefühl lässt den Menschen die größten Verrücktheiten begehen? Zum Beispiel das, was ich dir angetan habe. Na?«

Ich kam mir vor, als zischte eine Schlange mich an. Verblüfft wurde ich gewahr, dass Ludmilla nun völlig die Oberhand hatte. In einen solchen Zustand konnte man doch nur gelangen, wenn man ein großes Ziel vor sich hatte und von einer unüberwindlichen Leidenschaft gepackt war. Was mich an den Rand des Wahnsinns gebracht hatte, war klar, doch was war es bei ihr? Wie konnte ein so kaltes, maschinenhaftes Wesen, das die Welt durch Milchglas hindurch betrachtete, nur in solche Ekstase geraten? Und wie hatte sie das so lange kaschiert? Mir zersprang schier der Kopf. Ich merkte, dass mir Ludmilla regelrecht Angst einjagte. Sie setzte mir zu, als wäre nicht sie die Schuldige, sondern ich.

»Hör auf mit deiner Fragerei«, versetzte ich. »Ich bin hier derjenige, der Fragen stellen sollte. Hast nicht du meine fatale Liebe zu Olga in Worte gefasst? Und warst ihr allernächster Zeuge?«

»Dann lautet also deine Antwort: Liebe?«

»Ja. Ich benutze dieses armselige Wort, denn ein anderes gibt es ja nicht. Doch reicht es bei Weitem nicht aus, um zu beschreiben, was in mir vor sich geht.«

Wieder lächelte sie geheimnisvoll.

»Ach ja, und die Liebe ist also etwas, das ganz dir allein gehört? Und außer dir kann niemand sich verlieben?«

»Du hast es aus Liebe getan?«, stammelte ich. »Du also auch?«

Sie erwiderte nichts und musterte mich nur spöttisch.

Ich war völlig vor den Kopf geschlagen. Diese Frau hatte mir nie irgendwelche Zuneigung gezeigt. All die Zeit über hatte sie ihre Liebe zu mir also verborgen. Sogar, als sie Zeugin meiner verzweifelten Liebe zu Olga wurde, als sie unsere intimsten Augenblicke miterlebte, als wir uns mit Worten, die sie formulierte, unsere Liebe schworen. Wie konnte das nur sein? Und wie konnte sie, wo sie doch in mich verliebt war, mich in jene Hölle schicken, nur um mein Glück mit Olga zu zerstören? Nur aus purer Eifersucht?

»Aber …«, stammelte ich, »wie konntest du den Menschen, den du liebst, ins Gefängnis schicken?«

Da wurde ihr Lächeln auf einmal noch breiter, wurde zum Lachen, zu lautem Lachen, ja sie schüttete sich geradezu aus vor Lachen, als hätte sie etwas ungeheuer Komisches gehört. Abrupt wurde sie dann völlig ernst.

»Ich hatte dich ja von Anfang an für einen Dummkopf gehalten«, sagte sie, »aber für so dumm nun auch wieder nicht. Du meinst also, in dich sei ich verliebt gewesen?« Wieder kicherte sie. »Aus allem, was passiert ist, ziehst du diesen einen Schluss? Du eingebildeter Kerl.«

»Aber du hast doch gesagt, du seist verliebt? Vielleicht nicht mit genau diesen Worten …«

»Ja, und das leugne ich auch gar nicht. Ich bin verliebt, und zwar sehr, aber warum gerade in dich?«

»In wen sonst?«

Kaum hatte ich das gefragt, fuhr mir eine giftige Natter mit ihrer Zunge ins Gehirn. Ich versuchte die Natter zu verjagen und mich vor ihrem Gift zu retten, doch umsonst, sie hatte ihr Gift verspritzt, das nun rasch seine Wirkung tat.

»Doch nicht etwa …« sagte ich und wagte es nicht, das Gedachte in Worte zu fassen.

»Doch.«

»Doch was?«

»Das, was du denkst.«

»Und was denke ich?«

»Du weißt es.«

Mit beiden Händen zog ich meinen Hemdkragen weiter auf, so sehr brach mir der Schweiß aus

»Was ist nur los, Ludmilla? Ich verstehe überhaupt nichts mehr. Tu mir den Gefallen und sag mir, was los ist.«

»Es ist ganz einfach, du willst es nur nicht einsehen. Wir haben uns beide in den gleichen Menschen verliebt.«

Ich spürte den tödlichen Biss der Schlange.

»In Olga?«

»Ja.«

»Von Anfang an? Schon damals, als ich sie auf dem Markt gesehen habe? Du hast gesagt, du kennst sie nicht, war das gelogen?«

»Nein, ich kannte sich wirklich nicht. Als wir sie zusammen suchten und schließlich fanden und ihr euch dann nähergekommen seid, bis zu dem Hotel in Minsk, daran war überhaupt nichts gelogen. Ich fand eure Beziehung sogar nett, und gut verdient habe ich auch daran. Wir waren ein schönes Trio.«

»Und dann?«

»Tja dann ... Dann bin ich allmählich auch Olgas Zauber verfallen, und ohne es so recht zu merken, habe ich mich an deine Stelle versetzt. Während ich deine Liebesworte übersetzte, kam ich mir auf einmal vor, als würde ich sie selbst aussprechen. Du sagtest ›I love you‹, aber mein ›Ja tibja liubliu‹ war nicht einfach eine Übersetzung davon, sondern bedeutete viel mehr.«

Fassungslos sah ich sie an.

»Erst war ich nur eine Dolmetscherin, die deine Worte übertrug, aber mit der Zeit wurden diese Worte zu meinen eigenen. Ich ging sogar noch weiter und übersetzte gar nicht mehr, sondern erklärte ihr meine eigene Liebe. Ich benutzte Verse und Zitate von Jessenin und Puschkin, die sie und ich kannten, du aber nicht. Aber du weißt ja auch selbst am besten, wie Olga auf Menschen wirkte, und auf mich wirkte sie eben genauso, ich verliebte mich in sie und merkte bald, dass ich ohne sie nicht mehr leben konnte. Das ging eine Weile so dahin, bis ich auf dich immer eifersüchtiger wurde. Vor allem dein Plan, sie nach Istanbul mitzunehmen, machte mich wahnsinnig. Ich durfte sie doch nicht verlieren!«

Einer Ohnmacht nahe bat ich Ludmilla um Wodka. Die Flasche Stolichnaya, die sie mir brachte, setzte ich umstandslos an den Mund und trank, und als ich davon abließ, nahm Ludmilla die Flasche und trank daraus ebenso ungeniert. So wechselten wir uns ab. Wie zwei Komplizen, die sich gegenseitig ihre abscheulichen Taten eingestehen, verfielen wir ins Flüstern und versuchten, unser Gehirn so schnell wie möglich mit Wodka zu betäuben.

»Also bist du Lesbierin?«

»Nein. Das heißt, vor Olga hatte ich nie so etwas empfunden. Ab wann genau gilt man als Lesbierin? Ich weiß es nicht.«

»Als wir damals in dem Hotel in Minsk allein auf unserem Zimmer waren, hatte Olga eine Art Nervenkrise, erinnerst du dich noch?«

»Selbstverständlich.«

»Was hat sie damals gesagt?«, fragte ich und richtete mich dabei auf.

»Sie stammelte, es sei nicht richtig, mit dir eine Beziehung einzugehen, und dass sie dir von Anfang an die Wahrheit hätte sagen müssen.«

»Was für eine Wahrheit?«

Da legte mir Ludmilla eine Hand auf die Schulter und sah mir tief in die Augen.

»Olga hat von ihrer Mutter eine Krankheit geerbt, eine

Nervenkrankheit. Sie bildet sich ein, nicht von dieser Welt zu sein, sondern eine aus dem Jenseits gesandte Botin.«

In stummer Ungeduld sah ich sie an.

»Dann gerät sie in Trance«, fuhr Ludmilla fort, »und behauptet, dass sie Engel herumfliegen sieht und mit ihnen redet. Wenn sie aus diesem Zustand erwacht, verfällt sie in tiefe Melancholie. So hast du sie vermutlich schon erlebt.«

»Ja, aber ich dachte, dass sei Kummer wegen der Krankheit ihres Vaters und danach wegen seines Todes.«

»Das ist es aber nicht. Olga ist krank, und es ist eine fortschreitende Krankheit. Ihre Mutter ist in der Psychiatrie gestorben, und Olga selbst bleibt auch nicht mehr viel Zeit, dann muss sie eingeliefert werden. In jener ersten Nacht hat sie dir das alles erzählt, um dich zu warnen, damit du nicht zu weit gehst. ›Ich kann dir das nicht antun‹, sagte sie verzweifelt.«

»Aber du hast das nicht übersetzt …«

»Nein.«

»Und auch nicht, was sie sonst noch gesagt hat.«

»Nein, ich habe dir irgendwas anderes erzählt.«

»Warum?«

»Weil ich an eurer Beziehung gut verdiente. Du hast mir ja die Hälfte deines Gehalts bezahlt. Außerdem hat mich das Ganze amüsiert. Bis ich mich in sie verliebt habe. Das ist urplötzlich geschehen, wie ein Blitz, der irgendwo einschlägt. Ich konnte auf einmal nicht mehr ohne sie sein, und allein, sie nicht zu sehen, machte mich ganz verrückt. In einem Zimmer mit ihr die gleiche Luft zu atmen, war für mich eine Quelle der Glückseligkeit. Nachts stand mir andauernd ihr Gesicht vor Augen. Es wurde mir zum Lebensziel, sie zu umarmen und vor all dem Bösen in der Welt zu beschützen. Ihre zarte, verletzliche Seele durfte von niemandem verwundet werden. Einem Mann kann ich gar nicht begreiflich machen, was für eine Art von Liebe das ist. Es ist mehr noch als das, was eine Mutter empfindet, wenn sie ihr Neugeborenes zum ersten Mal in den Arm bekommt, es ist wie das Zusammenfließen zweier Flüsse. Daher musste ich dich irgendwie loswerden, und die Reise nach Sotschi hat mir Gelegenheit dazu gegeben. Tut mir leid, ich wollte dir wirklich nichts Böses antun, aber ich hatte keine andere Wahl, denn ich konnte Olga mit niemandem teilen.«

Eine Zeitlang weinte sie nur noch. Währenddessen tranken wir gemeinsam die Flasche leer.

»Du hast mich gefragt, ob ich Lesbierin bin«, sagte sie dann. »Nach allem, was ich dir erzählt habe, möchte ich aber hoffen, dass du meine Geschichte nicht mit etwas Sexuellem verwechselst.«

Das war mir gar nicht in den Sinn gekommen. Ludmilla erzählte mir von einseitiger Liebe, wie sollte ich da an Sex denken?

»Ich beginne dich zu verstehen«, sagte ich. »Zuerst war das Ganze ein Riesenschock für mich, aber jetzt ist mir klar, wie sehr du dich in Olga verliebt hast. Wie gesagt, bin ich bereit, dir alles zu verzeihen und die Sache zu vergessen. Ich will einzig und Olga finden und mit ihr von hier weggehen. Sag mir jetzt also, wo sie ist!«

»Das wirst du nie erfahren. Nach so langer Zeit ist alles anders. Olga ist nicht mehr wie zuvor. Ihre Krankheit ist fortgeschritten, und sie braucht viel Liebe und Zuwendung.«

»Die wird sie von mir bekommen.«

»Nein, unmöglich. Kein Mann kann ihr das geben, das ist ganz etwas anderes. Du kannst das nicht einmal verstehen.«

»Sag mir, wo sie ist, ich flehe dich an.«

»Nein. Ganz abgesehen von meinen Gefühlen kann Olga nicht mehr ohne mich sein. Und ich bin ohne sie verloren. Bald werde ich sie in eine psychiatrische Klinik einliefern. Aber auch dort werde ich sie nicht alleine lassen, sondern bis zu ihrem letzten Atemzug bei ihr sein, ganz egal, wie lange das dauert.«

Da begriff ich, dass ich Olga für immer verloren hatte. Ich jammerte, ich flehte, aber es half alles nichts. Auf einmal geriet ich in derartige Wut, dass ich Ludmilla mit beiden Händen am Hals packte, sie zu Boden riss und sie würgte. Dazu flüsterte ich: »Du wirst es mir sagen, du wirst es mir sagen, du darfst das weder mir antun noch Olga, sie gehört mir.« Hin und wieder lockerte ich meinen Griff, fragte: »Sagst du es mir?«, und da sie keinerlei Anstalten dazu machte, drückte ich wieder mit ganzer Kraft zu.

Ihr Gesicht lief violett an, sie musste dem Tod schon nahe sein. Wenn sie starb, waren meine Hoffnungen, Olga wiederzufinden, völlig dahin. Dieser Gedanke machte mich wahnsinnig. Ohne mich um die Nachbarn zu kümmern, brüllte ich: »Sag es, sag es, ich bring dich um, sag es!« Obwohl mir schon war, als hörte ich ein Knacken, als hätte ich ihr die Halswirbel zermalmt, drückte ich dennoch nur noch immer fester zu, mit übermenschlicher Kraft.

Bis mich im letzten Augenblick etwas aufhielt, eine Stimme, die ich hinter mir hörte, eine Frauenstimme, die etwas auf Russisch sagte. Ich erstarrte zu Eis, meine Finger lösten von selbst ihren Griff, alle Kraft verließ mich. Die Stimme hinter mir war die Stimme von Olga. Ich drehte mich um, und da sah ich sie. Sie stand vor der Tür gegenüber dem Eingang und sah mich an. Ganz weiß war sie gekleidet, und das blonde Haar reichte ihr bis zur Hüfte. Mehr als einem Menschen aus Fleisch und Blut glich sie einem Gespenst. Ihr Blick hatte etwas Trunkenes. Sie schien da zu sein, und zugleich wieder auch nicht.

Ich ließ von Ludmilla ab und rutschte auf Knien zu Olga hin und umarmte sie. Sie regte sich nicht. Ich hörte, wie Ludmilla keuchte und nach Luft schnappte, verharrte aber in meiner Umarmung, ohne die Augen zu öffnen.

Da hieß Olga mich mit sanften Gesten aufstehen und führte mich zu der Couch, wo ich mich setzen sollte. Dabei schien sie mich kaum wahrzunehmen. Mehrfach drehte ich ihr Gesicht zu mir und sagte: »Olga, Olga, ich bin's, Mehmet, ich bin zu dir gekommen.«

Olga hörte mich nicht, sie war in einer anderen Welt, und sie war nicht mehr die alte Olga. Seit unserer letzten Begegnung war sie zu einem anderen Menschen geworden. Sie erkannte mich nicht einmal. Langsam stand sie auf und ging zu Ludmilla. Sie setzte sich auf den Boden, legte Ludmillas Kopf auf ihren Schoß und strich ihr zärtlich übers Gesicht. Ludmillas Hals war violett, sie weinte und rang noch immer nach Atem, doch in dem Blick, mit dem sie Olga bedachte, lag so viel Liebe, so viel Flehen und anbetende Bewunderung, ja etwas undefinierbar Göttliches, dass ich das Gefühl hatte, nicht eine sitzende und eine liegende Frau vor mir zu haben, sondern eine Ikone, ein Heiligenbild. Olga zog aus dem Ärmel ein spitzenbesetztes weißes Taschentuch und wischte damit Ludmilla die Tränen ab. Streichelnd beruhigte sie Ludmilla, dann beugte sie sich zu ihr vor und gab ihr einen flüchtigen, zarten Kuss auf die Lippen. Ludmilla lächelte sie dankbar an. Die beiden Frauen hatten mich vergessen, und eine versank im Blick der anderen.

Da stand ich auf und wanderte auf Zehenspitzen zur Tür und hinaus. Langsam stieg ich die Treppe hinab. Draußen wanderte ich unter dem still herabrieselnden, die Nacht erhellenden weichen Schnee dahin. Die kalte Luft schnitt mir in die Lungen wie ein kasachisches Schwert. Nach einer Weile sah ich am Straßenrand ein Auto stehen. Ein Taxi war es nicht, aber als ich dem Fahrer Geld hinstreckte und wie in Trance zu ihm sagte »Meschdunarodnaja Hotel«, ließ er mich einsteigen und brachte mich in mein Hotel.

Dort ging ich direkt in die Bar, kaufte mir eine Flasche Wodka und trank sie so schnell leer wie nur irgend möglich. Dann ging ich wieder hinaus auf die Straße. Wenn ich an einer Laterne vorbeikam, sah ich den Schnee wie glänzende Watte herabsegeln. Ich lief dahin und lief und lief und wusste nicht, wohin.

Irgendwann kam ich an eine Art Platz. Um mich herum standen Kirchen mit golden funkelnden Kuppeln. Hinter mir hörte ich schwerfälliges Pferdegetrappel über den Platz hallen. Ich drehte mich um und sah zwei riesige Pferde auf mich zukommen, ein schwarzes und ein weißes. Darauf saßen zwei kleine Mädchen in Reiterkleidung perfekt im Sattel und waren mit ihren Stiefeln, ihren Reiterkappen und ihren kleinen Peitschen zu dieser mitternächtlichen, verschneiten Stunde ein völlig unerwarteter, ein atemberaubend schöner Anblick. Wie Engel sahen die beiden aus. Ich ging auf sie zu, ging ganz nah an sie heran, denn ich wollte die Pferdemähnen streicheln und zu den Mädchen sagen, dass ich mein Lebtag noch nicht so etwas Schönes gesehen hatte. Da wurden die Pferde auf einmal riesengroß, größer noch als die goldenen Kirchenkuppeln, und sie bedeckten die ganze Welt. Und eines der beiden Mädchen sang ein Lied.

27
Berührung und Abschied

Draußen war das Leben gleichsam stehengeblieben. Seit Stunden hörten wir Kerberos nicht mehr bellen. Weder kam ein Auto vorbei noch eine Straßenkatze, und auch die Minarette waren still, genauso wie Arzu in ihrem Grab, wie Hatices Mann im Kaffeehaus und wie die Straße, die in die Kreisstadt führt. Die ganze Welt lauschte der Geschichte meines Bruders.

Ich sagte nichts mehr. Auch das Mädchen sagte nichts, stellte keine Fragen. Sie spielte mit dem Wodkaglas in ihrer Hand. Es herrschte eine seltsame Spannung zwischen uns beiden, als schämten wir uns für etwas Ungehöriges, für das Offenlegen eines Geheimnisses. Das Mädchen starrte mit gerunzelter Stirn auf das Glas, und um seine Mundwinkel spielte ein verwunderter, unschuldiger Zug, wie ich ihn noch nicht bei ihm wahrgenommen hatte. Vielleicht zitterte sie sogar.

Nach einer Weile hielt sie mir das Glas hin und sagte: »Noch einen.«

Das war ihr einziger Kommentar zu allem, was ich ihr erzählt hatte. Also füllte ich die kleinen Gläser noch einmal, und wir kippten den Wodka hinunter.

»Diesen Wodka hat doch Mehmet mitgebracht?«

»Ja.«

»Schon merkwürdig.«

Ich fragte sie, was genau sie merkwürdig finde, denn an Merkwürdigkeiten fehlte es in der Geschichte wahrhaftig nicht.

»Da hält man was Konkretes in der Hand, das von einem Märchenhelden kommt. Wie ein Geschenk aus dem Jenseits. Und diese Flasche da hat er mit seinen Händen berührt. Du hättest mich gestern Abend doch aufwecken sollen. Diesen Menschen, der durch die Hölle gegangen ist, hätte ich liebend gerne kennengelernt.«

Mir fiel dabei der Mann ein, der von einer Zeitreise eine Rose mitgebracht hatte, doch das sagte ich nicht.

»Vielleicht nächstes Mal.«

»Nein, ein nächstes Mal gibt es nicht. Morgen früh fahre ich endgültig, und dann sehen wir uns auch nicht wieder. Das Leben von deinem Bruder und dir ist ja hochinteressant, aber ich habe schließlich auch ein Leben, wenn auch kein so aufregendes und romantisches.«

Im Kampf zwischen Vernunft und Gefühl, den ich bei ihr so oft beobachten konnte, hatte wieder mal die Vernunft gewonnen. Auch wenn ihr vom Wodka die Zunge schon ein wenig schwer wurde, war an ihrer Entschlossenheit nichts zu deuteln. Aus dem fernen Moskau war ihr Kopf nach Podima und zu den unleugbaren Tatsachen des Lebens zurückgekehrt.

»Weißt du«, sagte ich, »die Pferde auf dem Platz und die kleinen Mädchen darauf, die hat Mehmet sich nicht nur eingebildet.«

»Sondern?«

»Beim Zusammenbruch der Sowjetunion ging es in den Reitschulen dort nicht anders zu als sonst wo, es kam nämlich niemand mehr für die Unkosten auf. Damit die Tiere dennoch ihr Futter bekamen, zogen die Reitschüler abends mit ihren Pferden durch die Straßen von Moskau und sammelten Geld. So hatte Mehmet also keine Fata Morgana gesehen, sondern echte Pferde, doch als er mit erhobenen Armen auf sie zuging, scheute eines und bäumte sich auf, wobei Mehmet einen Huftritt an den Kopf bekam. Und was er für ein Singen der kleinen Mädchen hielt, waren vermutlich deren entsetzte Schreie. Schließlich kam die Polizei, und Mehmet wurde in ein Krankenhaus eingeliefert.«

»Und ihr wusstet natürlich nichts von alledem.«

»Natürlich nicht. Ich meinte, Mehmet würde bald nach Istanbul kommen, doch eines Tages rief Dinç bei mir an und fragte nach ihm, und da erfuhr ich, dass er schon wieder verschwunden war. In seinem Hotel sei er seit Tagen nicht gesehen worden. Besorgt setzte Dinç daraufhin wieder sämtliche Hebel in Bewegung, und diesmal wurde Mehmet schnell gefunden. Da er seinen Ausweis bei sich trug, tauchte er in den Polizeiakten auf.«

»Konnte er denn nicht selbst erzählen, was passiert war?«

»Geduld, Geduld. Ich flog zwei Tage später nach Moskau, besuchte Mehmet im Krankenhaus und sprach mit seinem Arzt. Der sagte mir, es würde sich um keinen Schädelbruch, sondern lediglich um ein Gehirntrauma handeln, das an sich nicht wirklich gefährlich sei. Mehmet war noch bewusstlos, doch binnen einer Woche werde es ihm schon viel besser gehen.«

Nach all dem Wodka war das Mädchen müder denn je, kämpfte aber mit letzter Energie dagegen an, sodass mir nichts übrig blieb, als die Geschichte nun fertig zu erzählen.

»Jene Woche verbrachte ich an Mehmets Bett. Der Arzt sagte, wie es um das Bewusstsein Mehmets genau bestellt sei, könne er nicht sagen, doch könne es durchaus hilfreich sein, wenn jemand in seiner Muttersprache zu ihm spreche, vielleicht werde er dann schneller wieder wach. So setzte ich mich zu ihm und redete in einem fort auf ihn ein. Ich sprach von dem Unfall, der damals unser Leben verändert hatte, von unseren Eltern, von unseren Schul- und Unijahren in Ankara, von Nikola Tesla, von unseren Großeltern, kurz, von allem, was ihn irgendwie interessieren konnte. Einzig und allein Olga erwähnte ich nicht. Ich wollte nicht riskieren, alles noch schlimmer zu machen. Hin und wieder stammelte er kaum Verständliches, aus dem ich irgendeinen Sinn herauszuhören versuchte. Ich hätte vermutet, es würden darin am ehesten Worte wie Olga oder Borissow vorkommen, aber das war nicht der Fall, nicht ein einziges Mal hörte ich ihn Olgas Namen aussprechen. Stattdessen phantasierte er von seltsamen Sachen wie etwa von herumflitzenden violetten Kaninchen, auf die ich mir keinen Reim machen konnte.«

Da fiel dem einschlafenden Mädchen das Wodkaglas zu Boden. Sie schreckte hoch, riss die Augen auf und stieß einen fragenden Laut aus. Sie konnte sich ganz einfach nicht mehr wachhalten.

»Komm, leg dich schlafen«, sagte ich. »Die Geschichte ist sowieso zu Ende.«

Mühsam stand sie auf und ging zur Treppe. Dort drehte sie sich noch mal um.

»Und Mehmet?«

»Der wurde wieder gesund. Nach einer Woche durfte er das Krankenhaus verlassen. Und den Rest weißt du ja. Also, gute Nacht.«

Ich räumte noch ein wenig auf, putzte mir die Zähne und ging ins Bett. Alles war ruhig. Wie jede Nacht hätte ich sofort in tiefen Schlaf fallen müssen, aber so kam es nicht. Ich konnte und konnte nicht einschlafen. Unwillkürlich stand ich auf, verließ mein Zimmer und ging leise die Treppe hinunter.

Die Tür zu dem Zimmer des Mädchens war nur angelehnt. Wie ein Gespenst schlich ich mich hinein. Ohne recht zu wissen, was ich da tat, legte ich mich im fahlen Schein der Straßenlampe neben das Mädchen aufs Bett. Sie lag auf der rechten Seite mit an den Bauch gezogenen Beinen in tiefem Schlaf. Ihr Atem war kaum zu hören.

Ich lag hinter ihr, aber ohne sie irgendwo zu berühren. So verharrte ich eine ganze Weile und sog den frischen Duft ihres Körpers und ihrer Haare ein. Wahrhaftig wusste ich nicht, warum ich das tat, zu welchem Zweck ich eigentlich hierhergekommen war. Es tat mir aber ganz einfach gut, ihre Gegenwart zu spüren, ihre Wärme, und den Frühlingsduft ihrer Haare zu riechen.

Aufwecken wollte ich sie auf keinen Fall, aber bei mir war an Schlaf nicht mehr zu denken. Ich hätte stundenlang so verharren können, als allernächster Zeuge nicht nur ihrer Körperlichkeit, sondern auch der mit Händen nicht zu greifenden und mit Worten nicht zu beschreibenden Atmosphäre. Ob schon mal ein anderer Mann dieses Privileg genossen hatte, wusste ich nicht, aber in jener Nacht war nur ich da, auch wenn sie es nicht merkte.

Plötzlich fragte ich mich, wie es mit mir so weit hatte kommen können. War ich etwa, wie Mehmet behauptete, in das Mädchen verliebt? Nein, nein, das nicht, auf keinen Fall, solche Gefühle wurden in mir nicht wach. Hatte ich mich im Wissen um die Gefahren der Liebe nicht für immer solchen Empfindungen verschlossen? Hieß Lieben nicht, mit verbundenen Augen einen Abgrund entlangzugehen? Wandelte jemand, der sein Herz verlor, nicht auf dünnem Eis dahin, ohne je zu wissen, wann und wo er einbrechen würde? Und war mir durch Mehmets Schicksal nicht eine unvergessliche Lektion erteilt worden? Vielleicht ging es mir auch nur um Lust, um ein körperliches Vergnügen, das mit der Seele nichts zu tun hatte. Anders konnte es gar nicht sein.

In dem Licht, das aus dem Fenster auf das Mädchen fiel, leuchtete ihre linke Schulter wie ein Schneeball. Ich dachte zurück an alles, was geschehen war, seit sie zum ersten Mal bei mir geklingelt hatte. An Arzu, die gar nicht weit von hier unter der Erde lag, an Swetlana in ihrer Gefängniszelle, an den schmerzgebeugten Ali, an Mehmet, der wieder in Gott weiß was für eine entlegene Weltgegend strebte. Am nächsten Morgen würde das Mädchen davongehen und ich wieder zu meinem ruhigen Leben zurückfinden.

Wäre sie aufgewacht, was hätte sie mir dann für eine Szene gemacht! Aber ich würde ja bald leise wieder aufstehen und in mein Schlafzimmer zurückgehen, ohne sie aufzuwecken. Und somit wäre die Sache vorbei. Eine einseitige, ziemlich gefühlvolle Abschiedsszene.

Plötzlich drehte sich das Mädchen auf die andere Seite, ohne mich in ihrem wodkabeschwerten Schlaf zu bemerken. Irgendetwas musste sie aber doch verspürt haben, denn auf einmal murmelte sie »Ach, Schatz« und drückte ihre Lippen auf die meinen. Erst dachte ich, sie sei aufgewacht, aber nein, sie schlief noch immer und sogar tief.

Was also war das? Vielleicht die im Unterbewusstsein schlummernde Erinnerung an einen früheren Freund, vielleicht die Sehnsucht nach ihrem jetzigen Freund, vielleicht nur ein Traum … Ich wusste es nicht. Viel merkwürdiger aber war, dass ausgerechnet ich, der ich doch jahrelang keinerlei menschliche Berührung ertragen hatte, die Lippen des Mädchens als friedvolles großes Glück erlebte. Was zuerst noch ein Schock gewesen war, empfand ich nun als Ausdruck einer herrlich liebevollen Beziehung zwischen einem Mann und einer Frau.

Da merkte ich erst, dass ich weinte. Während das Mädchen an meinen Lippen weiterschlief, flossen mir still Tränen von den Wangen. Durch jene warme Berührung brach das Ende der ganz persönlichen Eiszeit an, in der ich seit Jahren gelebt hatte. All der Regen, der sich in so vielen kalten Jahren angesammelt hatte, während deren ich mich vor der Liebe gefürchtet, mich von der Liebe ferngehalten hatte, brach sich nun Bahn. Über die Lippen des Mädchens sog ich ihre Seele in mich auf, die ganze Art, wie sie so war: verschmitzt, stirnrunzelnd, aufbrausend, unentschlossen, dann auf einmal entschieden ihre Gefühle in die Schranken weisend, von der Zukunft träumend, sich begeisternd, beim Scherzen mit den Kollegen anmutig lächelnd, dann wieder wehmütig dreinschauend oder auch nörgelnd, wenn ihr das Essen nicht schmeckte, mal ruhig, mal ehrgeizig, ab und an melancholisch, ganz kleines Mädchen beim Telefonieren mit daheim und voller Lebensenergie. Und ihre Mundwinkel, denen ich schon so oft bewundernd zugesehen hatte, waren nun an meinen Lippen. Ja, ich spürte sie!

Da fuhr eine Sternschnuppe über den Nachthimmel und erhellte alles, jeden dunkelsten Fleck, die verborgensten Windungen des Lebens, mein Herz so finster wie die Nacht und … da erinnerte ich mich.

Jene Lippen brachten mir alles zurück. Wie Zauberküsse aus einem Märchen erweckten sie mich aus einem tiefen

Schlaf, aus dem ich nie hätte erwachen dürfen, und wurden mir so zum Henker.

Ja, der Mensch kann leben, wenn er alles vergisst, aber er kann nicht leben, wenn er sich an alles erinnert.

Weinend löste ich mich von den Lippen des Mädchens, und obwohl ich wusste, dass sie mich nicht hören würde, sagte ich »Verzeih mir.« In tiefer Reue stand ich von dem Bett auf und ging in mein Schlafzimmer zurück. Dort setzte ich mich in den Sessel und dachte nach. Am Anfang war alles ein unterhaltsames Spiel gewesen. Es gefiel mir, mit dem Mädchen Katz und Maus zu spielen, sie zu überraschen. Auf einmal waren wir mitten in einem modernen *Märchen aus Tausendundeiner Nacht*. Innerhalb kurzer Zeit aber wurden zwischen Herr und Sklave die Rollen vertauscht, und das geschah nicht aus Stärke, sondern aus Schwäche. Der stete Tropfen hatte den Stein gehöhlt, das Schneeglöckchen sich durch den vereisten Boden gebohrt, die Anmut über rohe Kraft gesiegt und das Weibliche wieder mal über das Männliche sanft triumphiert. Und schließlich waren die Lippen der schlafenden Märchenprinzessin mir zu höchstem Glück und höchstem Verhängnis geworden. Die Verwandlung des geküssten Frosches in einen Prinzen, die Kühle sommerlicher Buchenwälder, das göttliche Lächeln Olgas vor ihrer Erstarrung, jugendliches Gelächter, »Via con me«, meine vernarbte Fingerkuppe, die den Himmel verdeckende Mähne des sich aufbäumenden Pferdes, die Worte, die ich verstand, die Worte, die ich nicht verstand, die alles überziehende Schneedecke … Das alles fiel in den Rhythmus eines Herzens ein, das so heftig schlug, als wollte es damit all die verlorenen Jahre zurückbringen.

Die Morgenröte fand eine Scheherazade vor, die ihre letzte Geschichte erzählt hatte. Dennoch rührte ich mich nicht von der Stelle. Die Hähne krähten, aber nicht wie der fröhliche Hahn in dem Moskauer Hotel, sondern wie zum Abschied.

Als die Sonne am Himmel emporstieg, hörte ich von unten Geräusche. Das Mädchen war aufgestanden und wollte mich wohl nicht stören. Bald würde sie nicht nur aus der Haustür, sondern auch aus meinem Leben treten, und ich würde sie nie wiedersehen.

Sie war fort.

Der Brief

Sehr geehrter Herr Staatsanwalt,

beim Verfassen meiner nunmehr 281 Seiten umfassenden Notizen wäre mir nicht in den Sinn gekommen, dass Sie diese
eines Tages lesen würden, doch wie die Dinge nun liegen, erscheint mir dies unumgänglich, denn um diesen komplizierten Fall zu lösen, werden Sie meiner Notizen vermutlich be-
dürfen. Wegen diverser Stellen, an denen ich mich über Ihre
werte Person herabwürdigend geäußert haben mag, möchte
ich Sie zuallererst um Verzeihung bitten. Seien Sie versichert,
dass diese abschätzigen Bemerkungen sich nicht speziell auf
Sie bezogen, sondern vielmehr von der Teilnahmslosigkeit
und Verschlossenheit herrührten, die ich – wie Sie gewiss bemerkt haben – der Welt gegenüber an den Tag legte, sowie von
einer ganzen Reihe von Gefühlen, die ich damals nicht einmal hätte benennen können. (Lassen Sie mich ganz nebenbei
anmerken, dass es sich wohl kaum mit der Würde Ihres Amtes
sowie der Ernsthaftigkeit der Justiz vereinbaren lässt, wenn als
Klingelton Ihres Handys das Lied »Du bist nicht gekommen«
ertönt. Ich hoffe dennoch, dass Sie mit dem Kollegen, der Sie
damals besuchen sollte, und seiner Familie ein angenehmes
Wochenende verbracht haben.) Bevor ich aus freien Stücken
dieser Welt entsage, hinterlasse ich Ihnen diese Notizen und
diesen Brief, um meine kränkenden Äußerungen – die zu til-
gen ich nun weder Kraft noch Zeit habe – irgendwie wieder-
gutzumachen, als Geschenk gewissermaßen, das Sie auch als

Botschaft aus dem Jenseits ansehen dürfen. Zu tun hat das Geschenk mit dem Mord an Arzu Kahraman, um dessen Aufklärung Sie sich so sehr bemüht haben, dass Sie mich sogar verhaften lassen wollten.

Die in Untersuchungshaft befindliche und von Ihnen als sichere Täterin angesehene Swetlana Kurumowa ist vollkommen unschuldig, Herr Staatsanwalt. Zu diesem Schluss bin ich aufgrund einer in der Hütte meines Hundes Kerberos gefundenen goldenen Halskette sowie durch langes Nachdenken gekommen. Wie Sie sich erinnern werden, habe ich Sie um den Preis, Sie nochmals mit meiner Erscheinung belästigen zu müssen, in Ihrem Büro aufgesucht und Sie gebeten, mir Fotos vom Tatort zu zeigen. Ich wollte damals herausbekommen, ob sich die Kette, die Arzu während der Party um den Hals hatte, nach dem Verbrechen noch immer dort befand. Und siehe da, das war nicht der Fall. Nicht Kerberos hatte die Kette in der Hütte vergraben, sondern der Mörder nach der Tat.

Sehr geehrter Herr Staatsanwalt, ich möchte mich nun mit einem literarischen Spielchen von Ihnen verabschieden und Ihnen den Namen des Täters in Form eines kleinen Rätsels kredenzen, das Sie anhand der Kapitelüberschriften meiner Notizen lösen können.

1. Zehnter Buchstabe des ersten Kapitels:
2. Sechster Buchstabe des sechsten Kapitels:
3. Elfter Buchstabe des zweiten Kapitels:
4. Vierter Buchstabe des dritten Kapitels:
5. Achter Buchstabe des fünften Kapitels:

(Sie dürften mittlerweile begriffen haben, um wen es sich handelt, Herr Staatsanwalt, aber mit Ihrer Erlaubnis möchte ich doch fortfahren.)

6. Dritter Buchstabe des elften Kapitels:

7. Erster Buchstabe des vierten Kapitels:

8. Zwölfter Buchstabe des zwölften Kapitels:

Sehr geehrter Herr Staatsanwalt, ich hoffe, dass mein Abschiedsbrief Ihnen nicht so lästig fällt wie mein bisheriges Verhalten. Und nehmen Sie auch meine Kritik an der Art, wie Sie Ihre Krawatte binden, nicht allzu ernst. Möge diese Anzeige als Entschuldigung für meine groben Scherze gelten. Dennoch empfehle ich Ihnen, bei Ihrer Krawatte statt eines einfachen einen doppelten Knoten binden. Dann rutscht die Krawatte nämlich nicht zur Seite. Nehmen Sie dies als Besserwisserei eines Ingenieurs hin, der nun mal in allem eine Ordnung sucht.

Hochachtungsvoll

Beschluss

Türkische Republik
Staatsanwaltschaft
Çatalca

Einstellung des Verfahrens
KLÄGER: **K.H.**
OPFER – TATVERDÄCHTIGER: **Mehmet Arslan**, Sohn von
İsmail und Hayriye Arslan, geboren am 14. 08. 1953 in Fatih/
Istanbul, Avcıbey, wohnhaft in Çatalca.
STRAFTAT: Anstiftung zum Selbstmord und Benutzung ei-
ner fremden Identität
ZEITPUNKT DER STRAFTAT: 24. 06. 2011 und vorher
ORT DER STRAFTAT: Çatalca/Istanbul, Yalıköy (ehemals Po-
dima), Eski Cami Mahallesi Nr. 14.

Nach Prüfung der Ermittlungsakten
Nach Eingang einer Anzeige bei der Gendarmerie-Kom-
mandantur, in Yalıköy sei bei der Adresse Eski Cami Mahallesi Nr. 14 in einem Einfamilienhaus eine männliche Leiche
aufgefunden worden, wurde an den Tatort ein Einsatzteam
der örtlichen Gendarmerie entsandt, das im Erdgeschoss des
Hauses in einem Gerät von unbekannter Funktion die Leiche
eines etwa 55–60 Jahre alten Mannes vorfand. Nach Verstän-
digung der Staatsanwaltschaft wurde der einzige in Yalıköy
praktizierende Arzt, Dr. Abdullah SAĞLAM, hinzugezogen,
der den Tod der betreffenden Person feststellte. Staatsanwalt

Nizamettin TOGAN ließ zusammen mit Ali Haydar TIĞLI vor Ort die Ermittlungen aufnehmen und ordnete zum Zwecke der Feststellung der Todesursache die notwendigen Untersuchungen nebst Anfertigung von Tatortskizzen und -fotos an. Anschließend wurde die Leiche zunächst ins Kreiskrankenhaus und anschließend zur genauen Feststellung der Todesursache zur Autopsie in die Gerichtsmedizin Istanbul verbracht.

Erstattet wurde die Anzeige von der ebenfalls in Yalıköy wohnhaften 48-jährigen Hatice DÖNMEZ, die beim Opfer dreimal in der Woche als Haushälterin tätig war. Ihrer Aussage nach handelt es sich bei dem Opfer/Verdächtigen um einen gewissen Ahmet ARSLAN, der sich nach seiner Verrentung in Yalıköy niedergelassen habe. Am Tag der Tat habe Hatice DÖNMEZ gegen neun Uhr mit ihrem Schlüssel die Haustür geöffnet und ihrer Gewohnheit nach mit Putzarbeiten begonnen. Im ersten Zimmer rechts im Erdgeschoss habe offensichtlich jemand übernachtet, nämlich eine junge Journalistin aus Istanbul, deren Name ihr nicht bekannt sei und die zu dem Zeitpunkt das Haus anscheinend schon verlassen hatte. Um das Frühstück zuzubereiten, habe sie nach Herrn ARSLAN gerufen, und als dieser sich auch nach mehrmaligem Rufen nicht gemeldet habe, sei sie in den ersten Stock hinaufgegangen und habe ihn in seinem Schlafzimmer und in den anderen Räumen gesucht, aber ohne Erfolg. Sie habe daraufhin vermutet, Herr ARSLAN sei mit der Journalistin irgendwohin gefahren, und habe ihre Putzarbeiten fortgesetzt, doch als sie im Erdgeschoss das zweite Zimmer betreten habe, habe sie dort in einem Gerät, das ihrer Meinung nach eine merkwürdige Bettcouch sei, Herrn ARSLAN reglos angetroffen. Sie habe ihn mehrfach angesprochen, aber keine Antwort erhalten, sodass sie schließlich zu ihm gegangen sei und festgestellt habe, dass er nicht mehr atmete. Sie habe seine Stirn berührt, die ganz kalt gewesen sei, und daraufhin habe sie die Gendarmerie verständigt.

In Bestätigung der Aussage von Frau Hatice DÖNMEZ konnten sowohl Dr. Abdullah SAĞLAM als auch die Gendarmeriebeamten bezeugen, dass es sich bei dem Toten um den in Rente lebenden Ingenieur Ahmet ARSLAN handelt. Dieser war erst vor Kurzem in der Angelegenheit des in Yalıköy begangenen Mordes an Frau Arzu KAHRAMAN von der Staatsanwaltschaft Çatalca in der Person von Staatsanwalt Nizamettin TOGAN einvernommen und mit einem Haftbefehl ins Gericht verbracht worden. Angesichts der Ermittlungsergebnisse ist für Ahmet ARSLAN ein Totenschein ausgestellt und an das zuständige Einwohnermeldeamt Istanbul weitergeleitet worden.

Es ergab sich daraufhin neuer Ermittlungsbedarf, da laut Einwohnermeldeamt Istanbul Ahmet ARSLAN, Sohn von İsmail und Hayriye ARSLAN, 1963 während einer Autofahrt auf der Strecke Istanbul-Ankara zusammen mit seinen Eltern tödlich verunglückte. Überlebt hat den Unfall lediglich Ahmets Zwillingsbruder Mehmet ARSLAN. Ahmet ARSLAN ist auf dem Istanbuler Friedhof Zincirlikuyu im Grab Nr. 3/308/113 bestattet.

Auf den Verdacht hin, dass bei Ahmet ARSLAN ein Fall von Vorspiegelung einer falschen Identität vorliegt, sah sich die Staatsanwaltschaft zu weiteren Ermittlungen genötigt und veranlasste zur genauen Bestimmung der Identität des Opfers/Verdächtigen die Anhörung mehrerer Zeugen sowie die Einholung zusätzlicher Informationen über Mehmet ARSLAN beim Einwohnermeldeamt Istanbul.

Das neben der Leiche gefundene und allem Anschein nach von Mehmet ARSLAN verfasste handschriftliche Manuskript mit einem Umfang von 281 Seiten im A4-Format wurde nach aufmerksamem Studium durch den Staatsanwalt zum Zwecke zusätzlicher Untersuchungen an das gerichtsmedizinische Institut weitergeleitet.

Neben dem von Mehmet ARSLAN offenbar für die Nachwelt hinterlassenen Manuskript wurde ein an den Staatsanwalt gerichteter handschriftlicher Brief sichergestellt, durch dessen Inhalt das merkwürdige Verhalten von Mehmet ARSLAN während seines Verhörs im Mordfall Arzu KAHRAMAN in neuem Licht erscheint.

Nach Kenntnisnahme des Briefinhalts wurden die von Arzu KAHRAMAN kurz vor ihrer Ermordung aufgenommenen Fotos mit danach am Tatort gemachten Aufnahmen verglichen, woraus sich ergab, dass die in dem Brief erwähnte goldene Halskette dem Opfer während oder nach der Tat abgenommen worden sein musste. Die in der Akte als Beweismittel Nr. 3 eingetragene Kette befand sich in dem von Mehmet ARSLAN hinterlassenen Brief und wurde zur Untersuchung der Fingerabdrücke ins gerichtsmedizinische Institut gesandt.

Aus den Antworten auf die an das gerichtsmedizinische Institut und das Einwohnermeldeamt Istanbul gerichteten Anfragen zur Feststellung der wahren Identität des Toten ging hervor, dass es sich bei der Person um Mehmet ARSLAN handelt und nicht um seinen im Alter von zwölf Jahren ums Leben gekommenen Zwillingsbruder Ahmet ARSLAN, dessen Identität Mehmet ARSLAN sich aneignete.

Den beigefügten Dokumenten und angeforderten Informationen ist ferner zu entnehmen, dass Mehmet ARSLAN durch den Verlust seiner Familie im Jahre 1963 ein schweres Trauma erlitt. Er absolvierte später unter seiner eigenen Identität ein Bauingenieurstudium an der Technischen Universität Ankara und arbeitete danach auf einer von dem türkischen Unternehmen ENKA betriebenen Baustelle in der damals zur Sowjetunion gehörenden weißrussischen Stadt Borissow. Auf Anfrage teilte ENKA mit, ein Ingenieur namens Mehmet ARSLAN sei eine Weile für das Unternehmen tätig gewesen, habe jedoch dann aufgrund von Widrigkeiten seine Stelle gekündigt. Ein Ahmet ARSLAN sei in den Akten der Firma nicht zu finden.

Einem Gutachten der psychiatrischen Abteilung des Krankenhauses Çapa in Istanbul zufolge kam bei Mehmet ARSLAN, der aufgrund eines Irrtums achtzehn Monate lang in Tschetschenien inhaftiert war und danach den schockartig erlebten Verlust einer innig geliebten Frau hinnehmen musste, durch einen in Moskau erlittenen Pferdetritt an den Kopf auch noch ein physisches Trauma hinzu, sodass bei ihm unter der Wirkung seines im Unterbewusstsein noch nicht verarbeiteten Kindheitstraumas eine Gehirnanomalie namens »Blunted Affect« ausgelöst wurde. Es handelt sich dabei um eine Art emotionale Abstumpfung, die weder die Sinne noch die Intelligenz oder die Fähigkeit zum Alltagsleben beeinträchtigt, während im Bereich der Gefühle ein permanentes Defizit besteht.

Bei jedem Menschen vorkommende Empfindungen wie Stolz, Freundschaft, Liebe, Hass, Eifersucht, Wut oder Reue sind bei den Betroffenen so gut wie nicht vorhanden. Infolge traumatischer Erlebnisse haben sie ihr Gehirn vor jeglicher Art von Gefühlen verschlossen, um gegen weitere Verwundungen gewappnet zu sein. Sie sind zu jedem Denk- und Verstehensprozess sowie zu körperlicher Lust fähig, nicht aber zu seelischem Empfinden. Im Fall von Mehmet ARSLAN kommt zu den Symptomen eine Phobie hinzu, Menschen zu berühren. Wie aus den hinterlassenen Notizen hervorgeht, hat er die junge Journalistin, mit der er die letzten Tage verbrachte, nie namentlich erwähnt, sondern sie ganz allgemein als anonymes Symbol der Weiblichkeit aufgefasst.

Ferner sind bei Mehmet ARSLAN sekundäre Symptome zu beobachten wie etwa die Einbildung, mit Tieren sprechen zu können, sowie veränderte Bewusstseinszustände mit Halluzinationen kurz nach dem Aufwachen.

Am auffälligsten aber ist an dem komplizierten Fall, dass Mehmet ARSLAN nach seinen Erfahrungen in Russland die Wahrheit nicht anerkennen wollte und die tragischen Vorfälle auf seinen verstorbenen Bruder Ahmet ARSLAN projizierte, als habe nicht er selbst sie erlebt, sondern jener. Anstatt aber seinen verstorbenen Zwillingsbruder zum Zwecke dieser Projizierung gewissermaßen symbolisch wiederzubeleben und den erlittenen Schmerz auf ihn zu übertragen, versetzte er sich selbst an die Stelle des Verstorbenen und entfremdete sich seiner eigenen Identität.

Bei der von Mehmet ARSLAN anscheinend selbst gebauten und den Notizen zufolge »Liebling« genannten Apparatur, in der er zu Tode kam, handelt es sich um eine gemeinhin bei der Behandlung von Autisten und Menschen mit Berührungsphobie eingesetzten sogenannten »Hug Machine«, einer 1965 von der Amerikanerin Temple GRANDIN erfundenen Umarmungsmaschine (Anlg. 1). Die Benutzung der Maschine löst im Allgemeinen einen Zustand der Entspannung aus, führt aber nie, wie im vorliegenden Fall, durch erhöhten Druck zum Tode. Es wird davon ausgegangen, dass der Ingenieur Mehmet ARSLAN durch seine technischen Fähigkeiten diesen Umstand absichtlich herbeigeführt hat.

Nach der Klärung der Identität durch den Staatsanwalt, wurde die Leiche zur genauen Feststellung von Todesursache und Todesart ins gerichtsmedizinische Institut verbracht und dort obduziert. Der Obduktionsbericht (Anl. 2) ergab Folgendes: »Gesicht der Leiche sehr blutig, um das linke Auge und auf dem Wangenknochen eine 10x10 cm große violette Schwellung. Im Stirnbereich beginnende und in einem 45°-Winkel nach rechts bis zum Brustansatz immer breiter werdende Ekchymose. Die Betastung ergibt, dass die Halswirbel gebrochen sind und die Rippen durch übermäßigen Druck gebrochen und in Lunge und Leber eingedrungen sind. Bei Öffnung des Schädels unter der Kopfhaut kein pathologischer Befund, Schädelknochen unauffällig.

Die Öffnung von Brust- und Bauchhöhle bestätigt, dass die Rippen gebrochen und in Lunge und Leber eingedrungen sind. Die Halswirbel sind zerschmettert, auf der linken Halsseite ein großes Hämatom, die linke Halsschlagader ist zerfetzt.

An Rücken und Hüfte sowie an der Hinterseite der Beine Leichenflecken. Die am Tatort festgestellte Totenstarre hat sich gelöst.

Als Todesursache ist anzusehen, dass durch übermäßige Druckeinwirkung die Halswirbel, die linke Halsschlagader und die Rippen so sehr in Mitleidenschaft gezogen wurden, dass durch Atem- und Kreislaufstillstand der Tod eintrat.«

Zur Feststellung, ob ein Mord oder ein Unfall vorliegt, wurden die Ermittlungen erweitert. Aus der Einvernahme der Haushälterin Hatice DÖNMEZ, der Arztes Dr. Abdullah SAĞLAM sowie des benachbarten Krämers Tevfik AKAR ging hervor, dass die in den Notizen erwähnte »junge Journalistin« tatsächlich existiert und mehrere Tage im Haus des Opfers/Verdächtigen verbracht hat, das sie kurz vor dessen Tod verlassen hat.

Den Ermittlungen zufolge handelt es sich um die am 11. 09. 1991 in Istanbul geborene Pelin SOYSAL, die als Zeitungsreporterin tätig ist. Sie wurde aufgefordert, die Notizen zu lesen und anzugeben, ob sie der Wahrheit entsprächen.

Pelin SOYSAL sagte aus, in den Notizen sei jedes einzelne Wort zutreffend und Mehmet ARSLAN sei »der merkwürdigste Mensch«, der ihr je begegnet sei. Von seinem Tod sei sie sehr betroffen. Dass er sich in der letzten Nacht, die sie in seinem Haus verbracht hatte, zu ihr gelegt habe, habe sie nicht bemerkt. Unter Tränen erklärte Pelin SOYSAL, Mehmet ARSLAN habe ihr keinerlei Leid angetan.

Sie gab ferner an, im Zusammenhang mit dem Mord an Arzu KAHRAMAN habe Mehmet ARSLAN die Geschichte mit der Halskette erwähnt und sie gebeten, ihm auf Facebook bei der Suche nach Fotos von der betreffenden Party behilflich zu sein. Als er auf den Fotos festgestellt habe, dass Arzu KAHRAMAN die fragliche Kette um den Hals getragen hatte, habe er gestutzt, ihr jedoch auf ihr Fragen hin den Namen des mutmaßlichen Mörders nicht mitgeteilt, sondern lediglich die auch in anderem Zusammenhang mehrfach geäußerte Auffassung wiederholt, laut der »die Liebe beim Menschen das gefährlichste Gefühl« sei. Seiner Meinung nach sei auch Arzu KAHRAMAN aus Liebe getötet worden.

Nachdem der Staatsanwalt zu der Überzeugung gelangt war, Pelin SOYSAL treffe am Tod von Mehmet ARSLAN keinerlei Schuld, wurde sie freigelassen.

Der an den Staatsanwalt gerichtete Brief (Anl. 3), der von Mehmet ARSLAN neben seinen Notizen hinterlassen wurde, enthält eine Art literarisches Rätsel, aus dem hervorgeht, dass der Mord von Muharrem DÖNMEZ begangen worden sein soll, dem geistig behinderten Sohn von Hatice DÖNMEZ. Nachdem in der bisherigen Anklageschrift von einer Täterschaft Swetlana KURUMOWAS ausgegangen worden war, wird aufgrund der neuen Beweislage eine neue Anklageschrift an die Große Strafkammer des Landgerichts Istanbul ergehen.

Wie die Ermittlungen ergeben haben, besuchte Muharrem Dönmez wegen seiner geistigen Behinderung weder eine Schule noch geht er einer geregelten Tätigkeit nach. Gelegentlich führt er bei von Istanbul nach Yalıköy gezogenen Familien kleinere Arbeiten aus, darunter auch bei der Familie KAHRAMAN. Dass Arzu KAHRMAN sich seiner rührend angenommen und ihn manchmal wie ein Kind auf beide Wangen geküsst hat, hat er anscheinend missverstanden und ist zu der Überzeugung gelangt, zwischen Arzu KAHRAMAN und ihm bestünde eine Liebesbeziehung, was er während seines Verhörs bei der Gendarmerie auch nicht geleugnet hat. Bei der Party am 10. Juni sei Arzu KAHRAMAN sehr leicht bekleidet gewesen, habe mit männlichen Gästen aus Istanbul Alkohol getrunken, sei von diesen geküsst, umarmt und um die Taille gefasst worden und habe sich beim Tanzen eng an sie geschmiegt. In seiner Verwirrung habe er angenommen, dass Arzu KAHRAMAN ihn betrügen würde, und sei darüber sehr wütend geworden, doch habe er den Mord nicht begangen, sondern sei im Lieferwagen der Catering-Firma zu sich nach Hause gebracht worden. Die Mitarbeiter der Catering-Firma City Gourmet konnten diese Aussagen bestätigen. Der Junge habe ihnen leid getan, sodass sie ihn nach Hause gefahren hätten. Auch die Eltern und Geschwister von Muharrem DÖNMEZ bestätigten diese Aussage, sodass der Junge schließlich freigelassen wurde.

Aus dieser Beweislage geht hervor, dass der Tod von Mehmet ARSLAN als ein Selbstmord zu bewerten ist. Da ferner wegen des Todes von Mehmet ARSLAN keine Untersuchung wegen Identitätsbetrug durchgeführt werden kann, wird nach § 64 des Türkischen Zivilgesetzbuchs das gesamte Verfahren EIN-GESTELLT.

18. 12. 2011

NİZAMETTİN TOGAN
Staatsanwalt

Der letzte Brief

Sehr geehrter Herr Staatsanwalt,

ich nehme an, dass dieser letzte Brief noch später in Ihre Hände gelangen wird, denn ich habe ihn gut versteckt.

Da ich tot bin, weiß ich nicht, wann Sie diesen Brief lesen, doch bin ich sicher, dass Sie auf mich noch wütender sein werden als bisher.

Ich habe Sie nämlich noch einmal auf eine falsche Fährte geführt und Sie durch literarische Spielchen und fingierte Beweise glauben lassen, der Täter sei Muharrem. Doch leider ist alles, was wir über das Leben erzählen, nur eine Geschichte, lieber Herr Staatsanwalt. So wie Gott erzählen die Menschen fortwährend Geschichten, und sogar Ihre Anklageschriften sind doch letztlich nichts anderes, oder?

Ich weiß nicht, wer Arzu umgebracht hat, Herr Staatsanwalt. Die aufgefundene Halskette ist dem Original vielleicht nur ähnlich oder vor der Tat zu Boden gefallen. Vielleicht hat Kerberos sie gefunden und in seiner Hütte vergraben oder vielleicht Muharrem. Jedenfalls ist das Verstecken einer Halskette kein so schlimmes Verbrechen wie ein Mord. Und vielleicht habe ich mir das alles ja auch nur ausgedacht.

Kurz gesagt, lasse ich Sie in einer Welt voller Geschichten mit vielen Fragezeichen alleine zurück und verabschiede mich ein letztes Mal von Ihnen.

Vergessen Sie nicht, dass auch mein Bruder und ich nichts weiter als eine Geschichte sind!